UMA MORTE TÃO DOCE

UMA MORTE TÃO DOCE

Kayla Cottingham

Tradução
Sofia Soter

Rio de Janeiro, 2024

Copyright © 2023 by Kayla Cottingham. Todos os direitos reservados.
Copyright da tradução © 2024 by Sofia Soter por Casa dos Livros Editora
LTDA. Todos os direitos reservados.

Título original: *This Delicious Death*

Todos os direitos desta publicação são reservados à Casa dos Livros Editora
LTDA. Nenhuma parte desta obra pode ser apropriada e estocada em sistema de banco de dados ou processo similar, em qualquer forma ou meio, seja eletrônico, de fotocópia, gravação etc., sem a permissão dos detentores do copyright.

COPIDESQUE	Laura Pohl
REVISÃO	Angélica Andrade e Lui Navarro
DESIGN DE CAPA	Amanda Miranda
ADAPTAÇÃO DE CAPA	Beatriz Cardeal
DIAGRAMAÇÃO	Abreu's System

Dados Internacionais de Catalogação na Publicação (CIP)
(Câmara Brasileira do Livro, SP, Brasil)

Cottingham, Kayla
    Uma morte tão doce / Kayla Cottingham; tradução Sofia Soter. –
Rio de Janeiro: Pitaya, 2024.

    Título original: This delicious death.
    ISBN 978-65-83175-06-9

    1. Ficção – Literatura juvenil 2. Lésbicas – Ficção 3. Terror –
Ficção 4. Zumbis I. Título.

24-230179   CDD-028.5

Índice para catálogo sistemático:
1. Ficção : Literatura juvenil   028.5
Bibliotecária responsável: Tábata Alves da Silva – CRB-8/9253

Este livro possui descrições de canibalismo e outros tipos de violência. Para os leitores mais sensíveis recomendamos cautela.

Editora Pitaya é uma marca licenciada à Casa dos Livros Editora Ltda. Todos os direitos reservados à Casa dos Livros Editora LTDA.

Rua da Quitanda, 86, sala 601A – Centro,
Rio de Janeiro/RJ – CEP 20091-005
Tel.: (21) 3175-1030
www.harpercollins.com.br

Para Ally, Alex, e Simone:
não sei se acredito em destino, mas, se houver uma força maior
mexendo as peças, agradeço muito por ter nos reunido.
E por garantir que nosso auge não tenha sido na adolescência.

um

*Ainda sou um monstro
Se te faço cafuné?
E te dou um beijo de boa-noite?
Amor, aqui não dá mais pé.*

— "Monstro", No Flash Photography

Quando meus pais me perguntaram se eu queria um Mini Cooper de presente de formatura, não cheguei a calcular se o porta-malas teria espaço suficiente para meu cooler cheio de órgãos.

Sem contar o cooler que levava a água com gás, mas isso era menos importante.

— Não dá para empilhar os dois? — sugeriu minha melhor amiga, Celeste, apontando o porta-malas com a afiada unha de acrílico cor-de-rosa. — Ou abaixar o banco de trás?

Eu a encarei com a sobrancelha levantada. Celeste Fairbanks era branca e magra, tinha o cabelo pintado de rosa e pernas compridas que pareciam quilométricas. Ela era uns bons quinze centímetros mais alta do que eu, uma diferença acentuada pelo fato de estar usando um salto

plataforma branco. Combinava bem com a salopete cor-de-
-rosa estampada com corações e a sombra perolada — duas
compras recentes que fizera com a renda cada vez maior
que recebia como influencer.

Só mesmo Celeste, aquela monstrinha, para estar bonita
assim antes das oito da manhã.

— São altos demais para empilhar — argumentei, cruzando os braços. — E, a não ser que você queira ir com a
Valeria no colo até o festival, precisamos de todo o espaço
do banco de trás.

Celeste murmurou em concordância, com uma careta.
Estávamos paradas na frente da casa dos Fairbanks, nos
preparando para nossa primeiríssima viagem de carro para
o Desert Bloom, um festival de música no deserto Mojave,
a poucas horas dali. A casa era um bangalô modesto e
quadrado, adornado por um jardim verdejante de plantas
do deserto. Painéis solares reluziam no telhado, diferente
da maioria dos imóveis em Aspen Flats, cujos moradores
eram egoístas demais para considerar energia sustentável,
apesar das provas recentes das consequências de ignorar
esse problema.

— Vocês vão ter que juntar tudo — disse Wendy, mãe
de Celeste.

Ela era quase trinta centímetros mais baixa do que a filha,
mas compensava com sapatos de salto alto de oncinha. Mesmo morando na Califórnia havia décadas, ainda carregava o
sotaque pronunciado de Nova Jersey em toda sílaba.

— Vê se cabe tudo no cooler maior — sugeriu ela —, que
eu guardo o outro em casa.

Celeste suspirou.

— Acho meio… errado botar as bebidas no cooler da carne.

— O *cooler da carne* — repeti em voz baixa, segurando um sorriso.

A boca de Celeste tremeu por um momento antes de ela finalmente cair na gargalhada.

Isso imediatamente me fez rir também, com um guincho deselegante que provocou ainda mais gargalhadas em Celeste. Ver ela se dobrar para recuperar o fôlego só piorou a situação. Empurrei o ombro dela de brincadeira e ela deu um tapa na minha mão, tentando disfarçar o riso.

— Tá bom, tá bom — cortou Wendy, abrindo o cooler da água com gás. — Me ajudem a juntar isso aqui. Vocês estão desperdiçando o dia, e não quero que dirijam no escuro. É a hora em que aparecem todos os tarados.

Celeste e eu resmungamos, apesar de ainda estarmos sorrindo, e nos abaixamos para tirar os órgãos embrulhados em plástico do cooler menor. Nós nos revezamos para jogá-los no que antes estava só com bebidas. Vinham todos etiquetados com o selo de TECIDO SINTÉTICO LABORATORIAL, APENAS PARA CONSUMO HUMANO — provavelmente para impedir que alguém tentasse fazer um transplante de órgãos caseiro. Os pacotes caíam em cima do gelo com um leve ruído.

— Meu bem, tem certeza de que não quer levar mais fígados? — perguntou Wendy para a filha. — Você sabe que comprei um monte no atacado naquela promoção…

— *Mãe* — repreendeu Celeste —, está tudo bem, sério.

— Tá, tá bom, já entendi. Minha filhinha já está crescida e não precisa mais que a mãe dê ordens o dia inteiro — falou Wendy, e se aproximou de mim, quase acertando minha cara com os cachos loiros. — Mas fica a oferta se você quiser mais um pouco, Zoey. É só pedir.

Abri um sorriso, mostrando os dentes.

— Obrigada, Wendy.

Wendy era uma das poucas pessoas que conseguia me fazer sorrir com sinceridade. Desde que eu e Celeste ficamos amigas, no ensino fundamental, ela foi quase uma segunda mãe para mim. Era sempre a primeira a me oferecer abrigo, ou um ombro amigo se eu precisasse. Em todo mês de junho, ela levava Celeste e eu até Los Angeles para a Parada do Orgulho, e era sempre quem mais gritava, levantando bandeiras trans e bi em homenagem à filha. Não era a mãe perfeita, mas chegava perto disso.

Depois de alguns minutos, nós três conseguimos encaixar todos os pacotes de SynCarn no outro cooler, que coube no porta-malas sem muita dificuldade. Fechei o bagageiro e suspirei, já sentindo a transpiração no pescoço apesar de o sol mal ter nascido. Rezei para não estar com manchas de suor debaixo do braço.

— Mais uma coisa antes de vocês irem — disse Wendy, dando um passo para trás. Ela tirou o celular do bolso e tocou a tela. — Quero tirar fotos.

— Foi você quem *acabou* de falar que estamos desperdiçando o dia — apontou Celeste.

— Para vocês pararem de enrolar! Isso aqui só vai levar um segundo — insistiu Wendy, e Celeste fechou a cara. — É a primeira viagem de carro sozinhas! Para seu primeiro festival de música! Vão querer ver as fotos quando tiverem a minha idade, já falei. Agora se juntem aí e façam uma cara bonitinha, porque vou botar no Facebook para a vovó ver.

Celeste suspirou e balançou a cabeça, mas não parou de sorrir. Nós duas nos aproximamos, e eu fiz o sinal da paz e me esforcei para não apertar demais os olhos ao sorrir. Celeste me abraçou e colou o rosto o meu. O calor da pele dela queimou contra a minha.

Meu coração deu um pulo e minha barriga se embrulhou inteira.

— Digam *verão das gostosas*!

— De jeito nenhum — retrucou Celeste, rindo, enquanto eu repetia a frase de Wendy, com a voz fraquejando.

— Lindas! — Wendy sorriu para a tela, antes de nos mostrar o celular. — Vocês ficaram ótimas.

Se por *ótima* ela queria dizer tensa e suada, então eu tinha ficado mesmo. Meus olhos cor de mel estavam arregalados, meu rosto pálido, corado, e meu cabelo castanho, na altura do queixo, tinha grudado em um ângulo esquisito na testa molhada de suor. Eu estava sorrindo, mais ou menos, de um jeito torto e forçado. Enquanto isso, a expressão de Celeste era doce, e seu cabelo caía em cima de um ombro formando ondas suaves. Eu parecia uma fã dela, posando em um *meet and greet* extremamente constrangedor.

Celeste segurou o riso.

— A vovó vai adorar.

— Você vai fazer o maior sucesso na casa de repouso, sem dúvida — elogiou Wendy, e guardou o celular no bolso. — Bom, é melhor vocês irem. Juízo, tá? E cuidem uma da outra.

— Sempre cuidamos — disse Celeste, alegre.

A mãe dela subiu na ponta dos pés e beijou o rosto de Celeste, antes de se virar para mim e me puxar para um abraço.

— Amo vocês, meninas.

— Também te amo — falamos ao mesmo tempo.

— Tá, agora podem ir, antes que eu comece a chorar — disse Wendy, fungando. — Boa viagem.

Celeste e eu nos despedimos antes de entrar no carro e partir, nos afastando de Wendy, que acenava pelo retrovisor.

———————•———————

O sol de meados de junho assolava o teto do Mini Cooper enquanto atravessávamos a cidade para buscar Valeria e Jasmine, as duas outras integrantes do nosso grupo de amigas da escola. Antes do Esvaziamento, Valeria e Jasmine eram infinitamente mais populares na escola do que eu e Celeste, e só nos cruzávamos porque Aspen Flats era uma cidadezinha minúscula onde todo mundo se conhecia. Antes do Esvaziamento, Valeria era líder de torcida dos Cascavéis de Aspen Flats, e Jasmine já estava fazendo matérias a nível universitário, além de jogar no time de softbol feminino. Enquanto isso, eu e Celeste passamos a maior parte da vida escolar escondidas almoçando na sala da professora de inglês do primeiro ano, e a maior parte do tempo trocando TikToks e fanfics. Se não fosse pelo Esvaziamento, Jasmine e Valeria provavelmente nunca teriam nem olhado para nós.

Quando chegamos à casa de Valeria, estacionei o carro e deu para ouvir o cooler sacudindo no porta-malas. Eu nitidamente não tinha fechado bem a tampa ao pegar um coração de SynCarn para comer no caminho.

Dezoito meses antes, SynCarn — uma substância fabricada a partir de células-tronco humanas, utilizadas para a bioimpressão de grandes organóides, semelhantes, mas não idênticos, a órgãos humanos naturais — foi considerada a maior invenção do século XXI pela revista *Time*. Fazia sentido, visto que acabou sendo a única solução da humanidade para enfrentar o Esvaziamento, que foi considerado o maior desastre do século XXI por, bem, literalmente o mundo inteiro.

O pior é que o Esvaziamento meio que foi nossa culpa. *Meio* é a palavra principal, porque o patógeno que deixou as pessoas Vazias surgiu do derretimento do pergelissolo, e todo mundo sabe que a culpa principal disso é das grandes corporações e das forças armadas, que escolheram refogar a Terra em gases tóxicos em nome do lucro. Porém, vinha sempre aquele pensamento: *Talvez aquele copo de café que eu joguei no lixo comum em vez de no lixo reciclável tenha sido a gota d'água e praticamente nos levou a um apocalipse zumbi dois anos atrás.*

O som de alguém batendo na janela me arrancou do devaneio. Lá fora, Valeria Vega esperava, acenando, com um sorriso imenso e um vestido amarelo de verão. Valeria era latina, tinha a pele de tom quente bronzeada e cachos castanhos volumosos, que estavam presos para afastar do rosto.

— Bom dia! — cantarolou ela, entrando no banco de trás. Apontou para o próprio rosto, murchando um pouco o sorriso. — Zoey, tem sangue no seu queixo.

— Sério? Ah, merda — falei, esfregando com a mão. — Foi mal.

— Ela comeu um coração de SynCarn com as próprias mãos no caminho pra cá — disse Celeste do banco do carona, e se virou para transmitir melhor sua opinião para Valeria. — Um caminhoneiro viu e quase derrapou.

Valeria recuou, chocada.

— Enquanto *dirigia*, Z?

— Que foi? Eu acordei atrasada e ainda não tinha comido. As pessoas normais vivem fazendo isso.

Atrás de Valeria, notei outra silhueta se aproximando da casa vizinha e acenei pela janela. Quando ela chegou perto o suficiente, acrescentei:

— Você entende, né, Jaz? Se pessoas comuns podem comer um sanduíche no caminho do trabalho, eu posso lanchar um SynCarn.

— Assim… poder você pode. Até uma criancinha no carro do lado te ver desencaixar a mandíbula que nem uma anaconda para engolir um coração cru de uma vez — disse Jasmine Owusu, de braços cruzados.

Ela era negra de pele retinta, com o porte musculoso, mas gracioso. Recentemente, tinha feito trancinhas compridas, com fios lilás misturados nos cachos. Usava um short jeans rasgado e uma camiseta bicolor com as palavras SOFTBOL ESCOLAR DE ASPEN FLATS estampadas no peito.

Quando entrou no banco de trás, olhou para Celeste e levantou a sobrancelha.

— E você, estava fazendo o que quando isso aconteceu?

— Estava sentada no banco do carona, tentando aparentar normalidade, para os vizinhos não correrem atrás da gente com tochas e foices — resmungou Celeste, massageando as têmporas. — Como sempre.

Jasmine segurou o riso e Valeria suspirou, revirando os olhos.

Pouco depois, quando todas já tinham prendido o cinto de segurança, a tradicional briga pelo rádio começou e acabou com Valeria dizendo carinhosamente que tínhamos um péssimo gosto musical. Ela roubou o cabo, conectou o celular e botou para tocar a música de uma banda desconhecida de indie pop que se apresentaria no festival.

 Abaixei as janelas quando pegamos a estrada para sair de Aspen Flats, deixando entrar o sol e a brisa que sacudia nosso cabelo. A música saía com força da caixa de som, o baixo vibrando como um batimento cardíaco. Coloquei os óculos escuros, enquanto Valeria cantava junto da música, Jasmine balançava de um lado para o outro e Celeste mantinha o ritmo com o pé. Uma sensação agradável e efervescente percorreu meu corpo, como se meu sangue tivesse virado refrigerante. Minha pele estava quente, e meu rosto, corado.

 Depois daqueles últimos dois anos, a gente merecia se sentir bem.

Celeste pegou o volante logo depois de Bakersfield, e eu cochilei no banco do carona.

 Uma hora estava olhando o mato de beira de estrada, e na outra estava cercada por sequoias. De repente, tinha voltado a ter 15 anos, de joelhos ralados e cabelo castanho-escuro — que eu tinha cortado sozinha pela primeira vez — caindo em linha reta na altura do queixo. No silêncio da mata, minha barriga roncou como a de um animal faminto. As árvores ao meu redor eram imensas e silenciosas, e não havia nem um sussurro de brisa ou canto de pássaro.

 — Celeste! — gritei pelo que parecia a milésima vez, e apertei a barriga com a mão quando as pontadas de fome voltaram, ameaçando me derrubar. — Cadê você?!

Quebrei um galho com o pé, e o estalido me fez dar um pulo. Eu já estava a quase dois quilômetros do Acampamento Everwood, a colônia de férias que eu e Celeste frequentávamos juntas havia quatro anos, no interior do norte da Califórnia. Era para termos passado o verão praticando atividades ao ar livre, dormindo tarde na barraca e nos divertindo juntas.

Em vez disso, metade dos campistas e dos monitores pegou uma gastroenterite esquisita. Alguns deles, que tinham levado celulares escondidos, espalharam boatos de que uma doença estranha estava afetando gente *no mundo todo*. Porém, de modo geral, as pessoas tinham voltado ao normal e ficaram saudáveis depois de três dias de cama.

Só que eu e Celeste não estávamos melhorando, e ela tinha sumido no meio da mata.

O peso dos meus pés, que eu arrastava pela grama, de repente me pareceu insuportável, como se tivessem enchido meus sapatos de cimento. Parei e me recostei em uma árvore para tentar recuperar o fôlego, com mais um gemido de dor. Eu tinha passado dias tentando comer sem sucesso, e vomitando tudo que conseguia engolir. O que eu não contara para ninguém era que a bile que voltava era preta e viscosa, igual petróleo.

Quando esbarrei em outra árvore, senti uma coisa molhada.

Com cuidado, me afastei, e vi sangue e terra sujando meu braço. Dei um gritinho, supondo imediatamente que tinha me cortado. Porém, ao tatear a pele em busca do machucado, notei que o sangue não era meu.

O sangue já estava na árvore.

— Celeste! — gritei ainda mais alto, com o coração a mil, porque, se ela estivesse machucada, eu precisava encontrá-la.

— *Celeste!*

Foi então que ouvi um suspiro baixo à esquerda. Com um calafrio, me virei. O cheiro me alcançou antes de eu ver de onde vinha: o odor grudento e metálico do sangue impregnando o ar.

Escondido entre as samambaias estava o cadáver de um homem, o queixo escancarado em um grito paralisado. Uma poça de sangue encharcava a terra e o musgo ao seu redor, além de manchar a bermuda cáqui rasgada e a camiseta do acampamento. O sangue escorria do peito, que estava aberto com um corte fundo, revelando as entranhas moles e rosadas.

Eu o reconheci: Devin Han, um dos monitores.

Também reconheci a silhueta debruçada em cima dele, lambendo os dedos.

— Celeste? — sussurrei.

Quando ela se virou para mim, precisei de todas as forças para não ofegar. O rosto dela estava coberto de sangue, e os dentes, alongados e afiados. Lágrimas cortavam o sangue, que pingava do queixo e molhava as mãos. Ela segurava... *alguma coisa*. As unhas, que na época eram normalmente curtas e sujas, tinham se curvado em garras letais.

Ela soltou um soluço, trêmula.

— Eu... eu não sei o que aconteceu comigo, Zo.

Eu mal a escutei em meio ao som do sangue vibrando nos meus ouvidos, conforme o cheiro de carnificina ficava mais forte. Minha barriga rosnou, e eu senti alguma coisa espetar minha língua. Comecei a tremer, com a visão escurecendo aos poucos.

Pulei em cima do cadáver.

Antes que o sonho progredisse mais, alguém sacudiu meu ombro. A voz de Valeria atravessou meu cérebro adormecido.

— Zoey, acorda. A gente chegou no hotel.

Eu me levantei com um sobressalto, atordoada ao retomar a visão. Estava no Mini Cooper, e Celeste, Valeria e Jasmine todas me fitavam, de sobrancelhas franzidas. Alisei o cabelo com pressa e me endireitei, sacudindo a cabeça.

— Foi mal — murmurei. — Peguei no sono.

— Pesadelo? — perguntou Celeste.

Assenti.

— Também vivo tendo pesadelos — comentou Val, estremecendo. — Tipo, sonho sempre que a Patricia da AEAV me liga para dizer que meu pedido para ir de Aspen Flats a Desert Bloom foi negado e que vou passar o verão toda presa lá. É um horror.

— Até parece que a Patricia presta atenção o suficiente para se importar com as permissões adequadas para sair da cidade — zombou Jasmine. — Vai saber, talvez a versão da Associação Emergencial de Preparo para Vazios dos seus sonhos tenha financiamento governamental suficiente para monitorar a gente de verdade, em vez de passar o dia vendo Netflix no escritório.

— É — concordei. — Foi, *hum*, bem isso meu pesadelo. O horror do desperdício dos nossos impostos.

Jasmine e Val pareceram se acalmar. Compreensivas, saíram do carro para fazer o check-in na recepção. Celeste, porém, franziu a testa com uma expressão de pena.

— Acampamento Everwood? — adivinhou.

Concordei com a cabeça.

Ela mordeu o lábio.

— É. Também sonho com isso. Mas olha — falou, apontando o hotel com a cabeça —, tem jeito melhor de se distrair do que beber a vodca que eu roubei da minha mãe na beira da piscina?

Abri um sorriso.

— Você é uma visionária, Fairbanks. Obrigada.

O Esvaziamento acabou, lembrei. *E você está bem.*

Abri a porta e saí para acompanhar minhas amigas, fazendo o possível para empurrar a lembrança de volta ao fundo da memória, onde era seu lugar.

dois

Se você ou alguém de sua família foi afetado pelo Esvaziamento, lembre-se de incluir seu nome no Registro Nacional de Vazios dos Estados Unidos. O registro garantirá a entrega de proteína nutricional adequada ao seu lar, fornecida por um de nossos distribuidores parceiros. Você também receberá um link para baixar o aplicativo VidaVazia, que permite que representantes regionais da AEAV estejam cientes de sua localização e onde é possível registrar seu consumo semanal de SynCarn.

Qualquer pessoa Vazia que for encontrada sem o devido registro está sujeita a detenção e reclusão.

Lembre-se: a segurança da comunidade é responsabilidade de todos.

— Alerta da Associação Emergencial de Auxílio aos Vazios (AEAV)

O check-in do hotel foi tranquilo, então não demorou para que eu e Celeste arrastássemos o cooler de carne até o quarto. Val vinha desfilando ao meu lado, cantarolando uma das músicas que tocara no carro, e Jasmine pesquisava restaurantes próximos que tivessem opções com SynCarn. Depois de subir as escadas com uma dificuldade muito desagradável, Celeste e eu largamos o cooler no chão do quarto, sem fôlego. Val soltou um gritinho e correu até uma das camas *queen-size*.

— Ai, que legal! — gritou, se largando em cima da pilha de travesseiros e abrindo os braços. — Nunca fiquei no meu próprio quarto de hotel.

Deixei minha mala escorregar do ombro até cair no chão ao lado do cooler e analisei o quarto. O carpete tinha um tom sujo de amarelo-mostarda, e as camas eram cobertas por edredons floridos que pareciam ter sido fabricados nos anos 1970. Ainda assim, cheirava a produto de limpeza refrescante, e as janelas tinham uma bela vista da piscina, além do deserto do outro lado, salpicado de árvores de clima árido, então eu não tinha do que reclamar.

— Você devia ter entrado no time de softbol — disse Jasmine para Val, largando no canto do quarto a mala de rodinhas coberta de adesivos dos movimentos negro, feminista e lésbico. — A gente vivia se hospedando em hotéis. Cada vez tinha um drama gay diferente.

— Por mais divertido que pareça dormir junto de todas as sapatas do time de softbol de Aspen Flats, eu me recuso a fazer atividades que envolvem suar — disse Val, virando--se de bruços e olhando para mim e para Celeste. — Vocês vão dividir a cama?

Celeste e eu nos entreolhamos. Ao ver sua sobrancelha levemente arqueada, algo se agitou no fundo da minha barriga, e eu rapidamente engoli o sentimento.

— Posso pedir uma cama de armar na recepção — sugeri.

— Por quê? — perguntou Celeste, inclinando a cabeça e me fitando por baixo dos cílios compridos e escuros. — A gente dorme juntas na mesma cama desde criança em todas as festas do pijama.

Meu escroto coraçãozinho gay deu um salto mortal.

O problema é que ela estava certa. Não era para ser estranho, porque por muito tempo não fora. Eu perdera a conta de quantas vezes a gente já tinha dormido na mesma cama, em festas do pijama, acampando, ou simplesmente depois de passar o dia todo juntas fazendo o dever de casa. Não era especial nem digno de nota.

Até algumas semanas antes, quando meu horrível cérebro animal decidiu que a pessoa mais atraente do planeta era sem dúvida minha melhor amiga.

Abri a boca para me explicar, mas Jasmine interrompeu:

— Talvez seja o jeito de Zoey finalmente admitir que ela chuta *e* ronca.

Comecei a revirar os olhos, até perceber que Jaz talvez tivesse me providenciado uma saída.

— *Hum...* é. Foi mal, Celeste. Não quero te acordar.

Ela bufou.

— Pode até tentar, mas eu não acordo nem com alarme de incêndio.

Eu me forcei a examinar as cortinas do outro lado do quarto, o coração acelerado. Senti o rosto arder, o que indicava que minhas amigas certamente veriam. Apesar de ter passado a vida inteira no sul da Califórnia, eu era tão pálida que não dava para disfarçar nem o mínimo rubor. Suor brotou na minha testa.

— *Hum.* — Tentei engolir a saliva, mas minha garganta estava seca. — Tá. Se você tem certeza...

Val se levantou da cama em um pulo e declarou:

— Resolvido. Eu e Jaz nesta, Zoey e Celeste na outra. Agora, podemos, *por favor*, comprar comida e descer para a piscina? Estamos de férias, temos que aproveitar!

— Tem uma lanchonete a menos de dois quilômetros daqui que entrega comida e tem opções com SynCarn — informou Jasmine.

Os ombros de Celeste caíram.

— Tem um cooler cheio de SynCarn *bem aqui.*

— E vocês duas foram muito fortes e competentes em carregar esse trambolho escada acima — elogiou Val —, mas eu odeio SynCarn frio.

Celeste se largou no que aparentemente era *nossa* cama e soltou um suspiro profundo, com os cílios tremendo e o cabelo caindo em ondas rosadas ao redor do rosto.

Eu engoli em seco.

Meu Deus, estou ferrada.

Por mais que eu odiasse admitir, Val estava certa: carne fria nem se comparava ao preparo quente.

Comi um bife quente de SynCarn sentada no chão de pernas cruzadas, com os dentes se alongando em presas afiadas ao morder a comida. Usei a outra mão para abrir o app VidaVazia e registrar o jantar — Patricia, a nossa representante da Associação Emergencial para Auxílio de Vazios em Aspen Flats, responsável por nos monitorar, certamente adoraria a milésima foto de carne sintética que provava que eu e minhas amigas não estávamos matando gente inocente por aí para nos alimentar. Era um porre marcar todas as refeições, mas eu entendia que era a condição que o governo estabelecera para deixar pessoas Vazias terem uma vida normal. Era um pouco invasivo, sim, ser monitorada, e também precisar pedir para sair de Aspen Flats, mas preferia isso à alternativa, que seria manter carniçais em instituições carcerárias, como acontecera no começo do Esvaziamento.

Enquanto isso, Val deu a desculpa de que ia buscar alguma coisa no carro, e levou o bife de SynCarn em um isopor. Ninguém falou nada — Val nunca comia com a gente. A gente sabia que era porque ela odiava que a vissem na forma carniçal, então não tinha motivo para se preocupar, desde que ela continuasse se alimentando.

Quando voltou do carro depois do jantar, ela já estava usando biquíni. Nós tivemos que correr para nos juntar a ela, que liderou a marcha em direção à piscina do hotel. Celeste pegou a vodca que roubara de Wendy, e a viramos nas garrafas de refrigerante pela metade que compramos na máquina automática do corredor. Apesar de não podermos comer comida humana sólida sem passar mal, líquidos eram uma exceção — o que era ótimo, porque ainda nos permitia encher a cara nas férias.

Tomei um gole caprichado de Fanta com vodca e quase cuspi — *tá, talvez estivesse meio forte demais*.

A piscina estava vazia quando chegamos, para nossa alegria. A água era azul-clara, e ondulava de leve à luz baixa do entardecer. Val saiu correndo e se jogou na piscina como uma bola de canhão, enquanto Jasmine ajeitava as tranças em um coque alto antes de entrar no ofurô. Celeste foi atrás de Jasmine e, na tentativa de distrair meu coração acelerado, eu apertei o passo até a piscina e mergulhei.

A água estava fria a ponto de causar arrepios, e o cloro ardeu nos olhos quando os abri. Tudo debaixo d'água estava tingido de azul, e as bolhas que escapavam da minha boca cintilavam ao sol. Abri um sorriso travesso e bati as pernas na direção de Val, vestida em seu biquíni amarelo-vivo. Puxei o tornozelo dela e caí na gargalhada, soltando bolhas, quando ela gritou e se debateu.

Emergi, respirando fundo, bem quando ela gritou:

— Ai, meu Deus, sua filha da *puta*!

Ela jogou água na minha cara, e eu levantei os braços para me proteger, ainda gargalhando. Val mergulhou na minha direção para tentar me afundar, e eu dei impulso para nadar para longe. Ela continuou rindo e me xingando, nadando o mais rápido possível para me alcançar.

Antes de nos afastarmos muito da borda, uma voz grave atrás de nós nos interrompeu:

— Uau. Não esperava que uma garota que nem você tivesse uma boca suja dessas.

Val e eu congelamos. Afastei uma mecha de cabelo molhado da cara e vi um garoto de pé na beirada da piscina, com um sorriso torto. Ele era um cara magrelo e branco, com os braços e o peito cobertos por tatuagens em preto e cinza. O cabelo era pintado de preto e caía um pouco sobre os olhos. Eu chutaria que ele tinha uns 20 e poucos anos.

Inclinei a cabeça e franzi a testa.

— Podemos ajudar?

— Desculpa, não quis me meter, só achei engraçado — explicou ele, sorrindo ainda mais. — Meu nome é Eli, aliás.

— Não liga pra Zoey... Prazer, eu me chamo Val.

Val fez contato visual com ele, enquanto eu pensava como podia chamar a atenção dela e suplicar em silêncio para ela mandar o garoto ir catar coquinho. Notei o levíssimo rubor nas maçãs do rosto dela, e quase reclamei em voz alta.

Val nunca gostava de caras legais, sempre ia para uns babacas como aquele que acabara de aparecer.

De trás de Eli, vieram correndo três outros garotos, que mergulharam na piscina com elegância variada. Levantei a mão para me proteger dos respingos, de cara fechada. Dois deles imediatamente começaram a tentar se afundar, e outro foi boiar de costas.

É claro que estão em um grupo.

— E aí, o que traz vocês a um hotel perdido desses? — perguntou Eli, sentando-se na beira da piscina.

A atenção dele era tão dirigida a Val que senti como se tivesse desenvolvido o poder da invisibilidade.

— Vim com minhas amigas para o Desert Bloom — respondeu ela, e um leve sorriso começou a aquecer seu rosto.

— Desculpa, isso é meio estranho, mas você parece... meio familiar. Eu te conheço de algum lugar?

Eli levantou as sobrancelhas.

— Conhece a No Flash Photography?

De repente, o rosto de Val se iluminou como se Eli tivesse admitido que lustrava as estrelas com a própria mão e cuspe todas as noites, pessoalmente.

— *Não acredito!* Você é o *Eli McKinley*?! — exclamou ela, batendo as mãos. — Ai, meu Deus, *eu amo você!*

— Esse é especial, hein? — disse Jasmine, saindo do ofurô, com a pele ainda soltando vapor e uma toalha amarrada na cintura. — Normalmente, ela demora mais para dizer "eu amo você". Tipo, uma semana, por aí.

— Jaz, fala sério! É *o* Eli McKinley! Ele é o vocalista de uma das minhas bandas preferidas que vai tocar no Desert Bloom! E ele compôs algumas músicas que são, tipo, liricamente *lindas*...

— Tá bom, tá bom, relaxa — dispensou Jasmine, e estendeu a mão para Eli. — Jasmine, prazer.

— Prazer — respondeu Eli, apertando a mão dela. Ele indicou a piscina, onde os outros garotos tinham parado de brincar de se afogar e estavam rindo de alguma coisa. — Esses são meus amigos da banda, Kaiden, Raj e Cole. Acho que vocês já sabem que vamos tocar no Desert Bloom.

Os caras acenaram. Tinham menos tatuagens, e pareciam mais novos, mais perto da nossa idade. Um deles, um ruivo de olhos verdes e sardas — talvez fosse o Cole — me estendeu a mão.

— Oi — falou. — Prazer.

Encarei a mão dele como se fosse um peixe morto boiando na piscina.

— Essa é a Zoey — declarou Val, apoiando as mãos nos meus ombros. — Foi mal, ela é tímida.

— Não sou, não — retruquei. — Só não gosto de ser abordada por caras aleatórios.

— Não curte músicos? — perguntou o que-talvez-fosse-Cole.

Sinceramente, ele até era bonitinho, daquele jeito meio desgrenhado e bagunçado, mas isso não me impediu de olhar para ele com irritação.

— Não curto o que tá rolando aqui — falei, dando impulso para boiar até a escada e sair da piscina. — Vou pro ofurô.

Cole piscou algumas vezes, parecendo surpreso, e afundou a mão na água devagar. Val nem hesitou e nadou até a beirada da piscina para continuar o papo com Eli. Jasmine deu de ombros, compreensiva, quando eu passei por ela.

Encontrei Celeste mexendo no celular no ofurô. Ela estava escolhendo o filtro para uma selfie que tinha acabado de tirar, mostrando o biquíni com minissaia e estampado de cerejas, para postar no Instagram. Apesar do calor e do vapor, a maquiagem dela não tinha derretido — provavelmente era resultado de algum fixador caro, ou quem sabe de um pacto faustiano. *Vai saber.*

Desci os degraus e me sentei na frente dela, de braços cruzados.

Ela ergueu as sobrancelhas, e eu expliquei:

— Val encontrou uns garotos.

— Reparei. — Ela apontou para eles com o polegar. — Não quer conversar com os meninos?

Torci o nariz.

— Ué? Por que eu ia querer isso?

Celeste deu de ombros.

— Porque você está solteira, é verão, e eles provavelmente estão interessados? Você sabe até ser bonitinha quando se esforça.

Eu dei uma gargalhada incrédula.

— Ah, é? Você também está solteira, por que não vai falar com eles?

— Fala sério. Hoje em dia, é preciso muito esforço para eu me interessar por homens. E esses daí não fazem nem um pouco o meu tipo.

Isso fez meu coração bater mais rápido, mesmo que não tivesse nenhuma conexão entre Celeste dizer que não estava interessada naqueles caras e o seu hipotético interesse em mim. Celeste normalmente não era de falar de paixões ou de namoro; que eu soubesse, as únicas pessoas com quem ela ficara na escola eram meninas.

Peguei a Fanta com vodca da beira do ofurô e estendi para Celeste.

— Um brinde a isso.

Um sorrisinho surgiu no rosto dela quando brindou com o Sprite.

— Saúde. Quer apostar quanto tempo leva pra Val arrastar os garotos para cá e obrigar a gente a bater papo com eles?

— Dez minutos — falei.

— Aposto vinte. Quem perder vira a garrafa?

— Combinado.

⊰⊱

Celeste, como sempre, estava certa, mas quase valeu a pena, só para ver a reação dos caras da No Flash Photography quando entraram no ofurô e eu imediatamente comecei a beber refrigerante como se minha vida dependesse disso.

Val se sentou no colo de Eli enquanto Jasmine se aninhava perto de mim, provavelmente para evitar o olhar desejoso de um dos caras, um garoto indiano com um topete de altura impressionante e piercing de ouro no septo. Raj, supus. Ele com certeza não tinha percebido que Jasmine era decididamente lésbica.

— Essa é minha amiga Celeste — apresentou Val. — Foi ela quem arranjou nossos ingressos para o festival. Ela posta tutoriais de maquiagem no TikTok e no YouTube, e ganha vários mimos de influencer.

Celeste corou.

— Não é para tanto.

— Fala sério… você merece — disse Eli, ainda de olho em Celeste e abraçado na cintura de Val; fazia menos de uma hora que o grupinho tinha aparecido, e eles já estavam sentados como se namorassem havia anos. — Gente como a gente tem que se esforçar pela fama. Não cai no nosso colo sem motivo.

Talvez fosse minha imaginação, mas parecia até que o olho de Celeste estava tremendo.

— Gente como a gente?

Eli se aproximou, com ar de conspiração.

— Gente *de fora*, sabe? Não esse pessoal falso de Hollywood. Gente de *verdade*, com problemas *de verdade*.

Celeste segurou uma risada.

— Ah, claro. É verdade… Aposto que eu e você passamos por dificuldades muito parecidas.

Val soltou um suspiro e Jasmine escondeu o riso com o refrigerante batizado. Naturalmente, Eli nem reparou.

— Por exemplo — continuou ele, sem se deixar abalar —, pensa nos últimos dois anos. Desde o Esvaziamento, arte é a última coisa na qual as pessoas pensam. É carniçal para cá, carniçal para lá. Será que carniçais podem frequentar eventos grandes sem aprovação da AEAV? Foi boa ideia parar de mandar SynCarn para os carniçais pelo correio, e começar a vender como se fosse carne normal no mercado? A coisa não para. Como vamos encontrar o nosso nicho, se todo mundo está morrendo de medo de sair para um passeio e ser dilacerado por um vizinho com dentes afiados?

Ficamos quietas. *Carniçal* era um termo meio pejorativo para pessoas Vazias, e, apesar de ser assim que a gente se chamasse em geral, definitivamente não soava do mesmo jeito vindo da boca de Eli.

Celeste perguntou, de modo casual:

— Não é fã de pessoas Vazias?

Os outros caras da banda desviaram o olhar de uma vez, sem encarar Eli, nem nenhuma de nós. Cole cochichou alguma coisa com Kaiden — outro cara branco de cabelo escuro, que tinha fumado *vape* sem parar desde que chegara —, que assentiu, e Raj de repente pareceu interessado em alguma coisa do outro lado da piscina. Se eles tivessem uma opinião sobre o que Eli acabara de falar, fosse contra ou a favor, não queriam demonstrar. Enquanto isso, Eli balançou a cabeça e alisou o cabelo molhado com os dedos finos.

— Não, olha só, eu entendo. Ninguém escolheu virar carniçal. Mas, escuta… o Esvaziamento *acabou* com a música por praticamente um ano inteiro! Cancelaram as turnês, ninguém mais comprava camisetas e produtos de bandas, a indústria toda estava desmoronando. E agora fingem que voltou tudo ao normal, como se não tivesse carniçal pra tudo quanto é lado. Quem sabe por quanto tempo vão suportar SynCarn, né? E se um dia eles decidirem que não é mais suficiente?

Ou se tiver alguma mutação no vírus Vazio, e ainda mais gente virar carniçal? Aí a gente vai se ferrar.

Pela primeira vez, Kaiden decidiu apoiar o *vape* na beira da piscina e opinar.

— Todo mundo aqui se lembra do Esvaziamento. Não é possível que vocês olhem para aqueles monstros e achem que eles têm que poder andar por aí que nem todo mundo. A gente nunca devia ter tirado eles das jaulas onde ficaram no começo do Esvaziamento.

A pele de Val ficou pálida e cerosa, e Jasmine inflou as narinas. Jaz olhou com irritação para Kaiden, de soslaio, enquanto examinava as unhas. Até Celeste, a mais tranquila entre nós, tinha retorcido a boca.

Porém, nada se comparava à força com que eu rangi os dentes e cerrei os punhos, até as unhas arranharem a pele. Arranharem *mesmo*, especialmente quando pensei em como seria fácil pular nele e rasgar aquele pescoço. *Caramba, que babacas. Aposto que iam ter um gosto delicioso junto dessa Fanta com vodca.*

Uma gota de sangue desceu pela minha palma.

Ah... merda.

— Esses aí adoram um papo leve no ofurô — disse Raj, com sotaque inglês e um sorriso ineficiente para aliviar a tensão. — Meninas, me desculpem. Nitidamente vocês são apenas um pouco mais legais em relação a essas coisas todas do que esses escrotos aqui. Que tal a gente abrir umas latinhas de White Claw e falar de um assunto menos... mórbido?

Eu me levantei, sentindo algo afiado espetar a língua. Com dificuldade de falar por causa dos dentes, murmurei:

— Não, valeu. Vou voltar para o quarto.

Val estendeu a mão para mim.

— Zo...

— Não é minha praia — murmurei baixinho, e saí do ofurô para pegar a chave e a toalha na espreguiçadeira.

Continuei andando apesar do chamado das minhas amigas, com o rosto quente e corado. Assim que sumi de vista, corri até o quarto. Enfiei o cartão na fechadura acima da maçaneta e empurrei a porta com o ombro. Com o coração a mil, entrei no banheiro e bati a porta. Agarrei a beirada da pia e tentei recuperar o fôlego.

No espelho, vi meus olhos cor de mel, vermelhos de sangue, com mais vermelho ao redor da íris, e olheiras escuras embaixo. Todas as veias ao redor dos olhos tinham ficado pretas, destacando-se na minha pele pálida. Meus dentes tinham ficado mais afiados, duas fileiras de presas compridas e cortantes, e minha boca, roxa e ressecada. Minhas unhas, que estavam mais para garras violentas, estalaram contra a pia enquanto eu me apoiava nela. Os ossos da mandíbula ficaram flexíveis, prontos para se desencaixar. Atrás dos dentes, minha língua tinha o tom azul necrosado.

Bem quando minha visão começou a se avermelhar, uma batida na porta me assustou.

— Zoey? — chamou Celeste. — Tudo bem?

Fechei a boca rápido e fiz o possível para afastar a ideia de enfiar os dentes no pescoço de Eli. Eu me embrulhei em uma toalha branca e felpuda e abri a porta.

Celeste estava na porta, e água do ofurô ainda escorria por suas pernas. Ao me ver, ela ficou boquiaberta.

— Agora entendi porque você fugiu.

Senti o rosto esquentar enquanto Celeste me encarava. Ela já me vira assim várias vezes — inclusive quando literalmente devoramos o monitor do acampamento juntas —, mas mesmo assim não consegui conter o impulso de olhar para o chão. Fazia muito tempo que eu não perdia o controle dessa forma.

— Foi mal. Dei uma surtada lá.

— Ei, tá tranquilo — disse ela, tocando meu braço de leve e apertando, o que fez meu coração bater mais rápido. — Não se preocupa. Eu também pensei nisso.

— Jura?

Celeste esticou a língua e indicou um cortezinho na ponta.

— Me espetei legal. Aqueles babacas teriam merecido.

Suspirei, rindo um pouco, e finalmente relaxei os ombros, que estavam grudados no pescoço de tanta tensão. Por mais que eu desejasse que tivéssemos conseguido evitar nos tornar Vazias, era bom ter uma melhor amiga que imediatamente *compreendesse* quando essas coisas aconteciam. Eu nunca temia ser julgada por ela.

— É que eu odeio esse tipo de cara — falei, ajeitando uma mecha de cabelo escuro atrás da orelha. — Como a Val ainda aguenta esse falatório?

— Ela tem mesmo um tipo — bufou Celeste, e se recostou na porta, de braços cruzados. — Aposto que essa coisa com o Eli logo passa. Tomara que seja antes do festival acabar.

— Que bom que pelo menos você ainda é otimista.

Celeste riu.

— Alguém tem que ser. Ah, mudando de assunto, quer dar uma olhada nos horários de amanhã do Desert Bloom e escolher que shows a gente vai ver? A Val com certeza vai no show do No Flash Photography, mas eu estava de olho em outras opções.

— Quero, com certeza — falei, e puxei um pouco a toalha para cima. — Vou só me vestir.

Ela deu uma risada.

— Ah, você não quer deitar de biquíni molhado na nossa cama?

Meu cérebro quase entrou em curto-circuito ao pensar em deitar ali com ela, nós duas quase nuas. Provavelmente por isso que respondi rápido demais:

— Claro que não tenho interesse nisso.

Fiz uma careta quando o sorriso de Celeste murchou.

Idiota, idiota, idiota.

Ainda assim, ela conseguiu rir.

— Tranquilo, era brincadeira — falou, apontando o banheiro. — Vou tomar um banho enquanto você se troca. Quando estiver vestida, pode abrir a programação.

Depois que disse isso, ela passou por mim, entrou no banheiro e fechou a porta, me deixando do outro lado com o rosto vermelho que nem pimentão e o coração a mil.

três

*Q*uando o Esvaziamento chegou a Aspen Flats, a cidade foi fechada.

As ruas ficaram desertas assim que começaram a circular as notícias de que uma doença estranha parecia assolar as grandes metrópoles. As pessoas trancaram as portas e isolaram as janelas com tábuas como se esperassem um furacão. O estoque do único mercadinho esgotou tão rápido que a maioria das pessoas sequer teve a oportunidade de comprar comida e remédios. Vizinhos que antes se cumprimentavam e sorriam todas as manhãs de repente se recusavam a se olhar, passando a chave nas portas pela primeira vez.

Com a família Vega não foi diferente. O pai de Valeria foi um dos poucos sortudos que conseguiram arranjar mantimentos suficientes para aguentarem por algumas semanas. Passavam dia e noite de cortinas fechadas, para disfarçar as tábuas nas janelas, e com a música ligada para abafar o som intermitente de tiros. A mãe de Val tinha proibido que ligassem a televisão, especialmente o noticiário.

Quando a avó de Val adoeceu, todos trataram o fato como uma simples virose.

— Mamá *fez caldo de* pollo, abuela — *disse Val, deixando uma bandeja na mesinha de cabeceira da avó.*

Ela estava doente havia quase três dias, sem conseguir comer nada, apesar da dedicação da família em preparar comidas leves e chás para amenizar a dor de barriga. Nada era desperdiçado — os irmãos de Val, que pareciam sacos sem fundo, garantiam isso —, mas Val ainda passava as noites em claro, sem conseguir pensar em dormir, preocupada com a avó que vomitava no quarto ao lado.

Com a voz rouca, sua abuela *sussurrou:*

— Gracias, mi hija. *Agora, me deixe. Preciso descansar.*

— *Por favor, tente comer* — *sussurrou Val.*

Abuela *nem se mexeu. Ela parecia tão pequena, enrolada em cobertores, o corpo frágil como o de um passarinho. O cabelo grisalho e comprido estava embaraçado e sujo* — *Val se oferecera para trançá-lo, mas ela recusara.*

— *Val!* — *chamou uma voz da cozinha.* — *Vem jantar!*

Val se abaixou e deu um beijo leve na bochecha da avó.

— Te quiero, abuela. *Melhoras.*

No jantar, os Vega oraram antes de comer o resto do caldo. Os irmãos de Val, o mais novo e o mais velho, tomaram a canja tão rápido que a mãe precisou mandar eles pararem, ou iam acabar se engasgando. Val, enquanto isso, mordiscava o frango, tentando respirar devagar. O mero cheiro da comida tinha começado a deixá-la enjoada, e ela precisava engolir a náusea a cada colherada.

Enquanto a mãe estava ocupada dando bronca nos irmãos e o pai olhava o celular, Val pegava os pedaços de frango da sopa e passava por baixo da mesa para Sunny, a pitt bull vira-lata da família, que engolia tudo agradecida e sem hesitar. Graças a Deus Sunny estava lá, senão Val não teria conseguido disfarçar a mínima quantidade de comida que engolira nos últimos dias.

Val pigarreou e falou:

— *Já volto.*

A mãe a dispensou com um aceno da mão, nitidamente distraída com o sermão sobre bons modos que passava nos filhos. Val deixou a colher na tigela, ajeitou a cadeira e seguiu pelo corredor até o banheiro. O som da conversa da família, além da melodia suave da música da mãe, quase bastavam para dar a impressão de um jantar comum, mesmo que abuela *estivesse de cama. Era como a mãe dissera quando começaram os primeiros boatos sobre o Esvaziamento: isso é problema das outras pessoas, não nosso.*

Val fechou a porta do banheiro, trancou e abriu a torneira e o chuveiro. Então, quando soube que o barulho ia ser abafado pela torrente de água, levantou a tampa do vaso. Ela se debruçou e, engasgando, vomitou bile, preta e oleosa, cuspindo gotas viscosas na privada.

Exatamente como fazia havia três dias inteiros.

Lágrimas desceram pelo rosto de Val enquanto ela cuspia, sem forças, o resquício do gosto de frango. Devagar, ela pressionou a mão na boca para abafar o som do choro. Os ombros tremiam, e o queixo ficou enrugado quando sua expressão toda se contorceu. Ela se apoiou com a mão na bancada, a visão turva. Vapor começou a sair do chuveiro, enchendo o cômodo e grudando no espelho. Que bom... ela não queria ver seu reflexo assim. Estava evitando havia dias.

— Dios te salve, María, llena eres de gracia: el Señor es contigo — *sussurrou Val, repetindo a Ave-Maria como aprendera a recitar.*

Enquanto sussurrava, unindo as mãos em prece, a voz falhava.

Ela repetiu a oração mais duas vezes, do começo ao fim. De pernas trêmulas, ela se levantou, deu a descarga, fechou o chuveiro e lavou as mãos. Jogou água fria no rosto e respirou fundo, uma, duas, três vezes, para se acalmar.

— Você está bem — sussurrou para si mesma. — Você está ótima.

Alguns minutos depois, voltou à mesa de jantar, onde encontrou os pais ainda rindo dos irmãos. Quando ela puxou a cadeira, a mãe a olhou com um sorriso leve.

— Tudo bem, querida? Você está meio pálida.

Val fez que sim com a cabeça, forçando seu melhor sorriso.

— Tudo sim, mamá *— falou, e se sentou, endireitando a cadeira. — Obrigada pelo jantar. Uma delícia, como sempre.*

Ela pegou a colher e mergulhou de novo na sopa.

Val e Jasmine só voltaram para o quarto depois de quase três horas na companhia do pessoal da No Flash Photography.

— Como você conseguiu não arrancar a cabeça deles? — resmunguei para Jasmine, que tinha acabado de sair do chuveiro e estava na cama, passando cremes no rosto.

Val ainda estava no banheiro, cantando alto uma das músicas da No Flash Photography. Ela tinha acabado de fechar a porta para o chuveiro, que era o único som abafando a voz dela.

Jasmine deu de ombros, passando hidratante.

— Não foi fácil, acredite.

— A Wikipédia diz que o Eli tem 24 anos — disse Celeste, apontando a tela do notebook. — Então ele tinha 18 anos quando a Val tinha *12.*

— Eca — murmurei. — Será que ela sabe disso?

— Não adianta criar caso quando a Val já invocou — argumentou Jasmine, passando um creme diferente embaixo dos olhos. — Acredite em mim, eu já tentei e levei uma cotovelada no peito.

Como se tivesse sido chamada, Val abriu a porta do banheiro e saiu, de pijamas de cetim e cabelo trançado.

— Oi, oi — cumprimentou e, ainda assobiando a melodia da música, foi imediatamente até a cama que eu dividia com Celeste e levantou a coberta. — Dá licença.

— A cama é *minha* — reclamei. — Você tem outra!

Val mesmo assim entrou debaixo da coberta. Eu precisei empurrar Celeste, que estava rindo sem parar, para abrir espaço. Val se aninhou perto de mim, deu um beijo na minha bochecha e encostou o nariz no meu pescoço. Enquanto eu resmungava um palavrão, ela disse:

— Nem adianta fingir que odeia esse chamego. Jasmine, vem cá.

— Fala *sério*…

Jasmine fechou a tampa do hidratante antes de sair de debaixo da própria coberta e ir para baixo da nossa. Quase acabei no colo da Celeste para abrir espaço para nós quatro. Jasmine abraçou Val por trás, de conchinha. Val riu baixinho, e eu soltei um grunhido gutural.

Enquanto isso, Celeste sorriu, fechou o notebook e o deixou na mesa de cabeceira. Ela se virou de bruços e apoiou o queixo na mão, de cotovelos na cama. Assim tão perto, eu sentia a respiração dela no meu rosto corado.

— Ei, Val — disse Celeste, piscando, toda inocente. — Você sabia que o Eli tem 24 anos?

Jasmine engasgou, rindo, e Val bufou.

— E eu tenho 18. Não é tão estranho. Além do mais, ele é gato.

— Ele parece que passa o dia inteiro fumando na frente do posto de gasolina, só esperando para comprar bebida para menores de idade — argumentei.

— Parece o Pete Davidson, só que sem o mínimo *sex appeal* — concordou Jasmine.

Celeste deu uma risada engasgada.

— Ou a versão humana de uma mistura de vodca com energético.

— Pode parar — reprimiu Val, irritada, enquanto Jasmine escondia a gargalhada com a cara enfiada no travesseiro, e eu e Celeste ríamos junto. — Ele é muito legal! *E* convidou a gente para dois eventos VIP em Desert Bloom. Claramente quer conquistar vocês.

— Com aquele lindo discurso sobre carniçais serem monstros, como poderíamos recusar? — falei, sarcástica.

— Não estou pedindo para fazerem amizade com ele — argumentou Val. — Só para darem outra chance. Acho que seria divertido sair com esses caras. Tipo… pensa bem! Bastidores, festas exclusivas, provavelmente uns brindes…

— Mas a que custo? — retrucou Jasmine.

Val revirou os olhos.

— Tá bom, tá bom. Já entendi. A gente conversa amanhã depois de dormir.

— Dormir na sua própria cama, né? — perguntei, mas Jasmine e Val nem se mexeram, só fecharam os olhos. — *Né?*

A única resposta foi a risada de Celeste ao apagar a luz, enquanto Val e Jasmine me ignoravam por completo.

Não demorou para todas pegarem no sono ao meu redor, e o som da respiração lenta era minha única companhia no quarto.

Fiquei encarando o teto, tão tensa que mal me mexia. De um lado, Val estava abraçada em mim, e do outro, o rosto de Celeste estava a meros centímetros do meu. O cabelo dela estava preso em uma linda trança cor-de-rosa que caía por cima do ombro, e os fios soltos reluziam ao luar que se derramava sobre seu rosto. Durante o sono, suas pálpebras tremiam de leve. Ela parecia tão tranquila.

Devagar, me permiti estender a mão, indo em direção à mecha de cabelo caída nos cílios. Deixei os dedos pairarem no ar, próximos à bochecha, com o coração acelerado ao pensar em ajeitar a mecha atrás da orelha e depois passar os dedos por seu cabelo. Os milímetros de ar entre nós pareciam esquentar tal qual um fio de cobre, soltando faíscas.

Afastei a mão, me envolvendo com os braços. Olhei com toda a atenção possível para uma mancha de infiltração no teto, implorando ao meu cérebro para se calar. Por um instante, me perguntei quanto tempo eu levaria para morrer de hemorragia se pegasse a caneta do hotel na mesa de cabeceira e enfiasse com tudo na minha artéria femoral.

Fodeeeeeeeu.

Aquela crise sáfica era novidade. Pelo menos envolvendo Celeste. Fazia anos que eu tinha me assumido bi, então essa parte não era nova, mas eu conhecia Celeste desde pequena. Uma vez, eu a vi cheirar o pozinho do Diploko no refeitório porque era teimosa demais para deixar um garoto lhe dizer que não podia fazer alguma coisa. Isso deveria ser suficiente para me dissuadir de querer beijá-la, mas claro que não.

Tudo começara três semanas antes, em um jogo da garrafa na festa de formatura da Cleo Jacobsen. A gente estava tomando uísque de canela quando Cleo pegou a garrafa vazia da mão do Josh Bellingham e largou no chão antes de gritar que todo mundo devia se sentar em círculo. Depois de três doses de uísque e duas latinhas de Ice, quem é que recusaria aquela ideia?

Imediatamente, a garrafa apontou para mim. Dei um selinho na Cleo, para imenso prazer dos caras nojentos do futebol que estavam juntos em um canto, e para o choque de algumas meninas. Não era que eu e minhas amigas fôssemos as únicas pessoas queer da escola, mas éramos uma porcentagem grande do total. Felizmente, além do hálito desagradável de vodca de Cleo, foi um beijo completamente neutro.

Então, quando girei a garrafa e ela acabou parando em Celeste — que tinha feito cachos no cabelo e escolhido um vestidinho branco com decote recortado em forma de coração —, eu ri e sorri como se fosse uma pessoa qualquer. Pelo menos, nesse caso, daria uma história engraçada depois.

Só que, quando ela se aproximou, levando a mão ao meu rosto e passando pelo meu cabelo antes de encostar a boca na minha, mudei de ideia. Havia ternura no modo como ela me tocava, e o cabelo fazia cócegas na minha pele. O perfume de baunilha me envolveu quando ela abriu a boca e chupou de leve meu lábio, para a surpresa de algumas das pessoas no círculo, que ofegaram ao nos ver. Ela apertou ainda mais meu cabelo quando fiquei tensa e abri os olhos de repente.

Ela se afastou, sorriu, e fez um gesto para o restante do círculo.

— É *assim* que se beija nesse jogo.

Desde então, eu não tinha conseguido parar de pensar naquele beijo. Celeste passou semanas fazendo piada com aquilo, nitidamente indiferente ao evento que me fizera surtar. Era enlouquecedor.

E ali estava ela, a meros centímetros de mim, totalmente sem maquiagem, a sombra dos cílios dançando sob o luar. Meu Deus, até dormindo ela era linda. No fundamental, ela era o tipo de criança que só usava moletom cinza e calça larga, e escondia o rosto com franja comprida. Era como se um dia ela fosse completamente invisível e, no outro, virasse a encarnação da luz neon e do algodão-doce. Se eu soubesse que estradiol, espironolactona e a capacidade de usar delineador líquido tinham tamanho poder, eu mesma teria pesquisado as opções.

Sentei na cama, com o cabelo desgrenhado e espetado para o lado. Val resmungou, ainda dormindo, quando me desvencilhei do seu abraço. Ao sair, me arrastando e escapando por pouco de dar uma joelhada na cara da Val, calcei os sapatos e peguei o celular, a chave e a jaqueta da cadeira onde tinha largado tudo.

Precisava de ar fresco.

Fechei a porta do quarto o mais silenciosamente possível. O corredor do hotel estava vazio, e o carpete era de um tom horrendo de marrom que provavelmente um dia fora mais alegre. Os cheiros mais reconhecíveis do carpete eram de cachorro molhado e Pinho Sol. Uma das luzes do teto piscou enquanto eu descia em direção à piscina, rezando para, tarde assim, estar vazia.

Felizmente, estava. Tirei os sapatos e me sentei na beirada, mergulhando os pés na água. Estrelas brilhavam no céu sem nuvens, longe da poluição luminosa que as ofuscaria. A luz refratada dançava no fundo turquesa da piscina, ondulando até minha visão ficar embaçada e meus pensamentos finalmente começarem a desacelerar. Eu me apoiei nas mãos e olhei para o céu, soltando um suspiro profundo.

Por mais que eu amasse Celeste, a verdade era que eu estava um pouco aliviada por haver um final determinado para nosso tempo juntas. Em agosto, eu me mudaria para estudar jornalismo na Universidade de Nova York, e ela ainda não sabia o que faria, já que não planejava fazer faculdade — pelo menos por enquanto. Ser influencer era legal, porque ela podia morar onde quisesse, mas, até aquele momento, ela não fazia ideia de onde seria. Nas minhas maiores fantasias, eu a imaginava se mudando comigo para Nova York, onde alugaríamos um apartamento minúsculo e construiríamos uma vida tranquila, mas eu era inteligente o suficiente para saber que essa ideia na prática era um pesadelo.

Porque, aí, eu teria que admitir que gostava dela, e eu preferia definhar no sol do deserto até urubus comerem meu cadáver.

Suspirei profundamente, cogitando voltar para o quarto, mas uma voz atrás de mim me causou um sobressalto. Estiquei o pescoço e vi o garoto ruivo, Cole, que tinha tentado se apresentar para mim mais cedo, empurrar a porta que levava à piscina, com o celular encaixado entre o ombro e a orelha. Considerando que ele estava olhando firme para o chão, não parecia ter me notado.

— Estou bem, sim — disse ele, massageando a testa franzida e andando em círculos. — Cheguei no hotel sem problemas. A gente passou o dia com umas garotas hoje… não, eca, não foi assim.

Eu ri, sem consegui me conter, e Cole deu um pulo.

Opa.

Sem saber o que fazer para parecer menos bizarra, eu me levantei e acenei.

— Oi… desculpa. Não quis te assustar.

Cole levantou as sobrancelhas, depois as abaixou e falou ao telefone:

— Te ligo amanhã.

Ele desligou e engoliu em seco, mexendo o gogó, ao guardar o celular no bolso.

— *Hum.* Foi mal. Não achei que teria ninguém aqui.

— Acho que pensamos a mesma coisa — falei, pegando meu celular do chão. — A piscina é toda sua. É melhor eu ir deitar mesmo…

— Espera! — pediu Cole, levantando a mão para me interromper e, com um sorriso sem jeito, estalou a língua. — Olha, eu… Eu queria me desculpar pelo Eli e pelos outros caras. Eles deviam ter calado a boca quando viram que vocês estavam desconfortáveis.

— Ah. É. — Dei de ombros. — Não foi nada.

Cole fez uma careta.

— Você deve ter ouvido muito dessas coisas, né? Desde o Esvaziamento?

Ergui as sobrancelhas.

— Por que…?

— Ai, nossa, isso também foi falta de educação. Mil desculpas — disse Cole, massageando o pescoço, tímido. — Quando você saiu do ofurô, eu notei suas… garras. Deve ter sido uma merda ouvir Eli e o pessoal falando assim de carniçais, sendo que você estava *bem ali*.

Pisquei, sem saber o que dizer. Eu achava que tinha escapado de um jeito discreto. No entanto, nitidamente não o suficiente para Cole.

— Tá tranquilo, sério. Como você disse, já ouvi muito disso desde o Esvaziamento.

Encarei os olhos dele, que eram de um tom agradável de verde. Ele até que era bonitinho, no estilo cachorrinho inofensivo.

— Eli notou? — perguntei.

Cole balançou a cabeça em negativa.

— Ele estava muito ocupado olhando para a Valeria.

Eu ri, o que fez Cole sorrir muito de leve com o canto da boca. Ele acrescentou:

— Desculpa por isso também. A gente não é lá muito famoso, então saber que uma garota não só escuta nossa música, como de fato gosta do que a gente faz, deixou o Eli ainda mais... exagerado do que de costume.

— Acredite, a Val não teve do que reclamar — falei, passando a mão no cabelo. — Quer saber? Você parece um cara legal, Cole. Se Eli convidar a Val e a gente para alguma coisa com vocês em Desert Bloom, a gente devia conversar.

Cole ficou vermelho.

— Eu ia gostar. Você também parece legal, Zoey.

— Você lembrou do meu nome?

— É fácil lembrar de você — falou Cole, com um sorrisinho. — A maioria das garotas não tenta devorar meu vocalista na minha frente.

Eu segurei o riso.

— Justo.

Ele tirou o celular do bolso.

— Se quiser, posso pegar seu número, que tal? Para mantermos contato no festival?

— Claro.

Peguei o celular dele, mandei uma mensagem rápida para mim, e salvei meu contato com o nome Zoey Huxley. Devolvi o aparelho.

— A gente se vê no festival? — perguntei.

— Isso. — Ele botou as mãos nos bolsos. — Até lá.

quatro

— Celeste?

Celeste mal se mexeu, apenas soltou um leve grunhido. Estava emaranhada no fundo de um amontoado de cobertas, na cama de baixo da beliche, na cabana do Acampamento Everwood, a pele encharcada de suor e calafrios a percorrendo. Ela e Zoey estavam em quarentena havia quatro dias — desde que aquela virose começara a se espalhar. Pelas notícias que tinham, através de bilhetes passados embaixo da porta, quase todos os campistas e monitores doentes estavam começando a melhorar.

Exceto por Zoey e Celeste.

— Que foi? — Celeste finalmente conseguiu perguntar. Ela tinha enfiado o rosto no travesseiro, abafando a voz.

— Queria guardar para o último dia de férias — começou Zoey. Ela se esticou para fora da cama de cima. Estava com uma aparência ligeiramente melhor do que a de Celeste, com olheiras menos fundas sob os olhos cor de mel. — Mas talvez seja melhor experimentar agora.

— Se espera que eu revire sua mala, pode esquecer — sibilou Celeste. — A não ser que queira que eu vomite gosma preta pelo chão de novo.

— Tá bom, sua covarde.

Um baque desajeitado soou quando Zoey saiu da cama de cima, rolando, e aterrissou agachada. Por um momento, Celeste ergueu a cabeça do travesseiro e quase exclamou diante da recuperação repentina da amiga. Porém logo Zoey cambaleou, se apoiou no chão e soltou um ruído de náusea.

— Cara — resmungou Celeste, escondendo o rosto.

— Estou bem — disse Zoey, engasgada, e engoliu em seco, balançando a cabeça. —Aham. Ótima.

Depois de respirar fundo mais algumas vezes, ela criou coragem para engatinhar até a mala de lona. Abriu o zíper e tateou até encontrar algo embrulhado em plástico. Ela tirou a embalagem ruidosa e levantou com as duas mãos, na melhor imitação de O rei leão.

— Você contrabandeou Oreo para o acampamento? — acusou Celeste, levando a mão ao peito como se testemunhasse um enorme pecado.

O Acampamento Everwood era o tipo de estabelecimento hippie que só servia alimentos vindos da terra e proibia qualquer tipo de ultraprocessado. Celeste não comia nada com potencial cancerígeno havia semanas.

Zoey abriu um sorriso enorme.

— Parece uma boa, né?

Celeste hesitou. As duas tinham experimentado várias comidas ao longo daqueles dias, tentando comer algo que não as fizesse vomitar. Porém era tudo saudável — frutas, grãos, sopas de legumes —, e nada era muito apetitoso, mesmo quando não estavam doentes. A ideia de açúcar puro não causou náusea em Celeste, o que já parecia um bom começo.

Celeste fez que sim com a cabeça.

— *Vamos rachar um.*

Zoey se arrastou até a cama de Celeste e cruzou as pernas. Tirou do pacote um biscoito e o dividiu ao meio, pesando nas mãos por um instante. Ela entregou para Celeste a metade um pouquinho maior e encostou a própria metade na dela.

— *Um brinde ao xarope de glicose* — *disse Zoey.*

Celeste foi morder um pedacinho, mas, naquele instante, algo afiado cortou sua língua. O gosto de sangue encheu sua boca. Ou... pelo menos parecia sangue. Quente, metálico, talvez um pouco doce.

Celeste não lembrava de sangue ser gostoso assim.

Zoey franziu a testa.

— *Tudo bem?*

— *Eu...* — *falou Celeste, com uma careta, e abriu a boca, esticando a língua para Zoey.* — *Eu... eu me cortei.*

Zoey ficou paralisada.

— *Zo? O que foi?*

A voz de Celeste soou tensa, e ela franziu a testa. Como Zoey demorou a responder, Celeste cuidadosamente encostou a língua na coisa afiada que saía da gengiva.

Um... dente?

Não. Era mais afiado que isso. Tinha mais de um centímetro e saía de onde deveria estar seu canino.

Uma presa.

Zoey engoliu em seco.

— *Acho melhor chamar um monitor.*

— *Zoey, espera...!*

No entanto, a amiga já estava de pé, correndo à porta da cabana, pálida igual papel. Celeste tentou ir atrás dela, mas tudo que conseguiu foi cair do bolo de mantas no chão. Ela gemeu e se encolheu quando o estômago se revirou devido ao movimento repentino.

— Devin! — gritou Zoey pela porta aberta. — A gente precisa de ajuda!

A visão de Celeste começou a ficar turva. A cabeça dela latejava e a garganta estava seca como lixa. O gosto do sangue na boca era sua única conexão com o corpo, pois o resto estava inteiramente entorpecido e vazio.

Ela chupou delicadamente o corte na língua, e o sangue umedeceu os dentes. A barriga roncou com voracidade. Uma pontada de dor atingiu a mandíbula quando algo afiado se retraiu lá dentro, preenchendo a boca de Celeste com pontas afiadas como cacos de vidro.

— Zoey — choramingou ela —, tem alguma coisa... errada.

Ela desmaiou.

<hr />

Depois da conversa com Cole na piscina, finalmente consegui dormir, em grande parte me obrigando a me concentrar no sorriso bonito *dele*, em vez do riso da minha melhor amiga. Não era muita coisa, mas serviu para me distrair de Celeste, que sorria enquanto dormia. Acordei uma vez, ainda de madrugada, e senti minha mão encostada na dela, mas talvez fosse só um sonho.

O sol se ergueu no deserto na manhã seguinte, aquecendo a areia e as pedras que tinham esfriado durante a noite. As poucas árvores eram os únicos sinais de verde entre as rochas e os arbustos secos que pontilhavam a terra. Sempre amei o deserto da Califórnia, por mais árido que fosse. Algo naquele vazio era reconfortante. Às vezes eu pensava em como seria agradável só me deitar nas pedras e me esticar ao sol que nem os lagartinhos que eu pegava na mão quando criança.

O som de um copo sendo deixado ao meu lado me arrancou do devaneio. Celeste estava ali, apontando para a mesa.

— Bom dia, flor do dia. Peguei café para você lá embaixo. Infelizmente não tem nenhuma opção para a gente no bufê.

— Vou incluir *poucas opções de carne* na minha resenha — falei, pegando o café, e em seguida reparando a hora no relógio da mesinha. — Você acordou cedo.

— Pois é — resmungou Val ao meu lado, onde ela e Jasmine estavam abraçadinhas debaixo do edredom, que tinham monopolizado a noite toda. — Volta a dormir, sua doida. Ainda é madrugada.

— São *oito da manhã* — disse Celeste, cruzando os braços com um suspiro. — Olha, se a gente quiser chegar no Desert Bloom a tempo das bandas de abertura, precisamos sair daqui meia hora. Então me considerem seu despertador.

— Trouxe café para a gente também? — perguntou Jasmine, ainda com a cara enfiada no travesseiro.

Celeste balançou a cabeça.

— Não, só para a Zoey. A motorista é ela, então é ela quem precisa mais. Vocês podem só dormir no banco de trás.

Só para a Zoey. Meu coração traidor deu um pulo.

Val resmungou. Ela se levantou e esfregou os olhos sonolentos.

— Parece até que você não ama a gente.

— Vocês podem me agradecer depois — disse Celeste, jogando as chaves para mim, quase acertando minha cara. — Vamos nessa, estamos perdendo tempo.

Tecnicamente, Celeste estava certa, mas nem por isso estávamos entusiasmadas, ou tampouco mais acordadas ao entrar no Mini Cooper. Apoiei a testa no volante enquanto Celeste oferecia SynCarn para Jasmine e Val. Val recusou, como sempre, disse que tinha comido enquanto a gente se arrumava, e Jasmine mordeu a comida dela sem hesitar.

Celeste me ofereceu um pacote.

— Fígado pode ser?

— *Hummm*. Nada se compara a fígado frio de manhã — falei, aceitando. — Valeu.

Pouco depois, estávamos de volta na estrada, o deserto se esparramando por quilômetros à nossa frente, sem sinal de civilização além do asfalto. Celeste roubou o cabo auxiliar para cuidar do som, tocando músicas animadas para todo mundo cantar junto. Abri a janela para ventilar, e o sopro quente bateu no meu rosto. Batuquei no volante no ritmo da música, sorrindo. Dois anos antes, quando toda a merda do Esvaziamento rolou, eu definitivamente não imaginava que poderia fazer alguma coisa assim de novo, muito menos com gente que eu amava tanto.

Desert Bloom era um festival de música mais recente, mas já tinha crescido tanto que esperavam que em uns dois anos ficasse do tamanho do Coachella, ou ainda maior. Não tinha rolado nenhuma edição desde o Esvaziamento, então, quando anunciaram que voltariam, a internet foi à loucura. O festival ficou nos *trending topics* durante uma semana inteira, e parecia que todas as celebridades do planeta tinham postado o logo no Instagram.

Por isso, era quase impossível arranjar ingressos sem Wi-Fi rápida, uma quantidade ridícula de dinheiro, e/ou contatos importantes — era sorte nossa Celeste ter arranjado não só um, como três outros ingressos, oferecidos por sua empresária.

— Tá, a gente precisa de um plano — disse Jasmine, no meio do caminho, e se esticou para meter a cara entre meu assento e o de Celeste. — Aonde vamos primeiro, quem vamos ver hoje, e onde vai ser o rolê à noite?

— É melhor deixar nossas coisas na cabana antes de fazer qualquer coisa — disse Celeste. — Aí Blue October vai tocar na Rabbitbrush Plaza... depois pensei em ver Breakfast in Accra ou Violet Harlow.

— Então, basicamente, garotas indies tristes, ou... garotas tristes e indies? — provoquei.

Celeste fez um barulho de desdém.

— Licença que a Violet Harlow quebrou até uma guitarra no show no programa do Jimmy Fallon.

— Enquanto chorava — pontuei.

— Ela é canceriana, é sempre assim — comentou Val, com a voz distante, olhando para o deserto. — Ah, olhem, vacas!

Paramos de conversar para acenar para um grupo de vacas que pastavam na beira da estrada, e então Jasmine continuou:

— Eu quero ver Breakfast in Accra. Pelo menos a música delas dá para dançar.

— Concordo — falei. — E à noite...

— Eli já mandou mensagem hoje dizendo que vai a uma festa de trabalho e quer que a gente vá encontrar ele e a banda — disse Val, balançando os ombros. — É *open bar*, e é certeza que eles não vão pedir identidade.

Ficamos caladas por um segundo.

Val soltou um suspiro melodramático.

— Vocês vão me fazer ir *sozinha*? Fala sério, pelo menos assim a gente faz alguma coisa além de andar por aí no terreno do festival.

— Definitivamente vão ter outros shows rolando à noite — argumentou Jasmine. — E provavelmente vão ser muito mais divertidos do que jogar conversa fora com a banda do Eli enquanto vocês dois ficam se encarando e piscando um pro outro.

Val ergueu as mãos.

— É uma festa de artistas, Jaz! Vai ter um monte de gente legal para conversar.

— Eu vou com você — falei, olhando para ela pelo retrovisor, antes que Jasmine pudesse retrucar. — Só com bebida grátis mesmo pra conseguirmos tolerar o Eli.

Apesar de Val parecer perfeitamente satisfeita com essa resposta, Celeste e Jasmine se viraram para mim, com os olhos arregalados. Jasmine franziu a testa, e Celeste levantou as sobrancelhas.

— O que *foi*? — perguntei.

— Esqueceu que ontem você literalmente fugiu correndo deles? — argumentou Celeste.

Fiquei feliz por ela não mencionar que tinha me encontrado carniçando no banheiro depois de pensar demais em separar a cabeça de Eli do corpo dele.

— Pois é — concordou Jasmine, e cruzou os braços. — Qual é a sua?

Soltei uma das mãos do volante para massagear o pescoço.

— Olha, não é nada. Eu meio que conversei com um dos caras ontem, e ele foi... decente. Então acho que mal não faria conversar com ele de novo...

Val soltou um gritinho tão agudo que provavelmente poderia servir de apito para cães.

— Essa informação é extremamente importante, Zoey! Com quem você conversou? Quando? E por que não falou nada até agora?

Tamborilei os dedos no volante.

— Foi o ruivo, Cole. Mas, sério, não foi nada. Esbarrei nele quando estava andando pelo hotel, e a gente conversou um pouco e trocou contato. Foi só isso.

— Você gostou dele — disse Val, factual, com um sorriso convencido.

— *Hum*, tá e daí? Gostei dele dentro do possível numa conversa de cinco minutos.

— Também vou — interrompeu Celeste, antes que Val pudesse continuar a encher meu saco. — Vai ser bom fazer networking.

— Networking — repeti, com um calafrio. — Credo.

— Tá, tá bom, eu vou com vocês — aceitou Jasmine, por fim. — Mas é melhor não me largarem por causa de uns caras toscos... vocês sabem como eu faço amizade com todo mundo no banheiro depois de beber um pouquinho. À meia-noite vou ter arranjado todo um grupo novo de amigas, e *sei* que não cabe tanta gente na nossa cabana.

— Justo — concordei, rindo.

Levamos mais umas duas horas para chegar ao vale De Luz, onde o Desert Bloom aconteceria. Ficava perto da fronteira entre a Califórnia e Nevada, no interior do deserto Mojave, e tão distante da civilização que era impressionante ainda pegar sinal de celular. O sol ardia sobre os cinco palcos, cujos telhados brancos reluziam em contraste com as paredes de rocha vermelha e bronze que cercavam o vale. Estavam montando uma roda-gigante no limite do festival, perto das barracas que vendiam comida e arte. A equipe de tráfego apontou a esquerda, nos indicando a área de hospedagem do outro lado do vale. Celeste tinha conseguido uma cabaninha para a gente, uma das opções mais exclusivas que não envolviam armar barraca de acampamento. Certamente era melhor do que a alternativa: tendas enormes ao estilo albergue, com até dez pessoas por barraca.

A fileira de cabanas acompanhava a borda de rochas lisas do vale, e cactos e arbustos se espalhavam nas raízes grossas da terra. Nossa hospedagem ficava na ponta mais próxima do festival, e o som da música era carregado pela brisa. Era uma casinha simples, pintada de branco, com telhado inclinado e pintado de um tom agradável de amarelo. Estacionei o Mini na frente dela.

— Aqui estamos — declarou Celeste.

— Caramba — sussurrou Jasmine, esticando o pescoço para ver melhor a cabana antes de dar um tapinha no ombro de Celeste. — Você se superou mesmo nessa, Fairbanks.

Celeste conteve um sorriso e corou um pouco quando saímos todas do carro. Enquanto elas pegavam as bolsas, eu abri o porta-malas e, com um grunhido, puxei o cooler, que agora me convencera de que tinha sido enviado do inferno para me matar. Mais adiante, Celeste andou até a porta e digitou o código.

— Uma ajudinha aqui? — pedi para Val, rangendo os dentes.

— Ah! Claro! — disse Val, com um sorriso simpático, e olhou para trás de mim. — Ei, Jasmine, acho que a Zoey precisa de ajuda.

— Nossa, você é horrível — resmunguei.

Ela riu antes de pegar o outro lado do cooler.

— Foi brincadeira.

Nós duas carregamos o cooler escada acima, e Celeste abriu a porta. Quando entramos, Val largou o lado dela do cooler na porta, quase deslocando meu braço. Soltei palavrões criativos, mas minha voz foi abafada pelo som das palmas que ela bateu antes de exclamar:

— Que *gracinha*!

Tudo bem que era verdade: a casa era uma gracinha. A decoração era daquele estilinho *boho* do deserto, com várias suculentas penduradas em vasos de macramê e detalhes rosa--claro, lembrando a cor do pôr-do-sol no Mojave quente. A sala de estar tinha dois sofás de veludo amarelo e dava na cozinha elegante de granito branco, cujas janelas enormes deixavam o sol entrar. Três outras portas levavam a um banheiro e dois quartos, um com duas camas de solteiro, e outro com uma king-size.

— Mesmo esquema da noite passada? — perguntou Jasmine.

— Pode ser — concordou Celeste, antes de eu conseguir interromper. Ela apontou para mim com o polegar. — Eu e Zoey ficamos com a de casal.

Deixei escapar um suspiro, mas ninguém pareceu notar.

— Parece que a gente não vai poder dormir abraçadinha — reclamou Val, puxando Jasmine pela cintura. — Que tristeza.

Jasmine, muito mais alta do que Val, que mal passava de um metro e meio, se abaixou e beijou a cabeça dela.

— Podemos, sim, no sofá.

Enquanto Val e Jasmine seguiam para o quarto delas, Celeste e eu fizemos o mesmo. Ela soltou a mala com cuidado em cima de uma poltrona no canto e abriu as janelas. A roupa que usava era um pouco mais discreta do que de costume — ela provavelmente queria evitar ser notada na multidão. Não que ficasse imperceptível, visto que tinha quase um e oitenta de altura e cabelo cor-de-rosa, mas, sem as peças mais marcantes que usava, talvez ficasse menos óbvio que ela era *a* Celeste Seasons, como era conhecida pelos seguidores. Assim, talvez a gente não fosse interrompida tantas vezes por pedidos de fotos, ou pelo menos o suficiente para não precisarmos dedicar um momento do dia só para essa tarefa.

— Você está meio quieta — disse Celeste, virando-se para mim. Ela estava usando sombra cintilante que destacava o brilho dourado nos olhos azuis. — Está preocupada com alguma coisa?

Balancei a cabeça em negativa.

— Não é nada.

Celeste apertou a boca.

— É por causa do pesadelo de ontem? — perguntou, e eu abri a boca para negar, mas ela continuou rápido: — Porque eu entendo. Sério, entendo mesmo. Esse festival todo, tanta gente no mesmo lugar, eu também fico meio paranoica. Óbvio que a gente tem muita SynCarn, mas...

— Ah. Você está com medo de se descontrolar — constatei em voz alta.

Celeste franziu as sobrancelhas.

— Não é nisso que você estava pensando?

Definitivamente não era isso em que eu estava pensando, mas não achei que era uma boa hora para falar da minha paixonite ridícula, visto que minha melhor amiga estava com medo de voltar ao estado animal e devorar pessoas inocentes.

— Acho que isso está sempre na minha cabeça.

Celeste olhou para o chão. Eu deveria saber que isso a estaria deixando preocupada. Sempre estava.

Minhas lembranças de quando viramos Vazias eram, de modo geral, um borrão. Eu me lembrava com clareza do dia depois de devorarmos Devin Han, mas, quando a fome voltou, ficava mais difícil discernir. Eu sabia que nós duas, tremendo e encharcadas de sangue, tínhamos nos embrenhado cada vez mais na mata, tentando nos afastar ao máximo do Acampamento Everwood. Tínhamos dormido juntas, abraçadas, debaixo de um pinheiro imenso, nos encolhendo sempre que ouvíamos a barriga roncar. A única vantagem de nós duas termos virado carniçais era que uma não tinha interesse algum em devorar a outra.

Passamos duas semanas juntas naquela floresta. Enquanto a sociedade entrava em colapso — as pessoas trancadas em casa esperando para ver se a fome se transformava em desejos monstruosos —, nós lentamente perdemos a noção da realidade. Para mim, tudo depois daquela primeira noite se apagou.

Apesar de ela nunca confirmar, eu desconfiava que Celeste lembrava de tudo com muito mais clareza.

— Vai ficar tudo bem — falei, rápido, e me aproximei.

Estendi a mão para tocar seu ombro, mas, de repente, pensar naquilo me fez sentir eletricidade nos dedos, então recuei. Acabei apenas encarando a mesma janela para a qual ela olhava.

— Estamos juntas, né? — continuei. — Vamos cuidar uma da outra, como sempre.

Celeste mordeu o lábio. Rapidamente, acrescentei:

— Não somos monstros, Cel.

Algo na sombra da sua expressão me dizia que ela não tinha tanta certeza disso.

cinco

*L*os Angeles foi uma das primeiras cidades grandes a sentir a extensão do impacto do Esvaziamento, e Jasmine tinha um assento na primeira fila para ver o espetáculo.

Pouco antes de começar, ela estava viajando com o irmão de 12 anos, Isaiah, para visitar a avó. Ruth Owusu morava no centro de Los Angeles, em um arranha-céus chique com vista para o vale e o mar. Ruth era o tipo de avó que servia um Cosmopolitan toda noite para Jasmine enquanto viam televisão, e gostava de mostrar para ela e Isaiah todos os pontos turísticos da antiga Hollywood que ela amava quando era jovem. Nos primeiros dias da viagem, eles se divertiram muito, com coquetéis e turismo.

Foi por volta do quinto dia de viagem que o ar de Los Angeles mudou. Era um verão quente de rachar, mas aquele dia estava mais ameno, agradável e nublado. O problema era que as nuvens tinham uma aura estranha, esverdeada — parecidas com as que anunciavam a chegada de um tornado. Só que era diferente. A mudança começou com o nervosismo das pessoas, que não sabiam o que poderia ter deixado o céu daquele jeito. No caso, o que estava afetando o planeta inteiro para deixar o céu assim.

Aí as pessoas começaram a ficar doentes.

— Jaz — sussurrou Isaiah do outro lado do sofá da avó.

Ruth estava dormindo na poltrona, roncando baixinho, enquanto um de seus filmes antigos preferidos passava na televisão. Com o cuidado para não despertá-la, Isaiah acrescentou:

— Olha isso aqui.

Ele entregou o celular para ela. Jasmine aceitou, levantando a sobrancelha, e deu play no vídeo.

"Relatos de ataques violentos aumentaram no extremo-norte, onde a anomalia meteorológica agora chamada de Véu Verde surgiu pela primeira vez", dizia um repórter. "Cientistas do norte do Canadá divulgaram o vídeo a seguir, gravado em um laboratório de pesquisa. Recomendamos cuidado aos espectadores."

O vídeo mostrado tinha baixa qualidade, gravado em um corredor escuro. Uma silhueta vinha aos tropeços, com a voz um pouco mais forte do que um choro esganiçado. A cabeça estava torta, em um ângulo bizarro, e se aproximava lentamente da pessoa com a câmera.

"Tara?", perguntava uma voz. "Tá tudo bem?"

A silhueta parava. Oscilando, sem firmeza nos pés, levantava a cabeça devagar em direção à luz. As veias ao redor dos olhos estavam pretas como tinta, e a boca, escancarada, revelando dentes afiados dos quais pingava bile preta. A pele parecia pálida e amarelada, e Jasmine quase enxergava o desenho do crânio por baixo.

A pessoa que gravava o vídeo gritou: "Puta merda!".

A câmera caiu com estrépito no chão, apontando para a parede, e gritos ecoaram, cada vez mais agudos. Ouviu-se um rosnado, e um jato de sangue manchou a parede. Com a mesma velocidade com que tinham começado, os gritos acabaram.

A gravação foi interrompida.

Jasmine devolveu o celular para Isaiah, ainda em silêncio. Por fim, falou:

— *Não fica vendo essas merdas. Vai acabar tendo pesadelo.*

— *Esse vídeo é real* — *argumentou Isaiah.* — *Como é que você não está surtando? Tem um apocalipse zumbi rolando...*

— *Na-na-ni-na-não. Nem fala isso* — *repreendeu Jasmine, estreitando os olhos para ele.* — *Essas paradas não acontecem de verdade, tá? É só...*

No mesmo momento, a avó abriu os olhos de uma vez. Ela cobriu a boca com a mão, de repente tomada por um acesso de tosse que sacudia os ombros e arranhava os pulmões. Jasmine se levantou com um sobressalto, indo até ela e massageando suas costas com cuidado.

— *Vó?* — *chamou.* — *Tudo bem? Quer um pouco d'água?*

— *Eu...* — *começou Ruth, e tossiu de novo, mas conseguiu inspirar um pouco, trêmula.* — *Estou bem, querida. Não se preocupe.*

Só que quando ela tirou a mão da boca, a luz foi refletida em uma mancha escura, viscosa e oleosa na mão dela.

<hr />

Depois de darmos uma arrumada básica nas nossas coisas na cabana, a primeira parada foi o show de abertura no Rabbitbrush Plaza, um dos maiores palcos do festival. O pátio era coberto por uma lona que protegia todo mundo do sol, mas não impedia o calor de entrar e fazer circular o fedor de suor e perfume misturados. Eu não tinha chegado a pensar em como o ambiente estaria lotado, porque não ia a shows desde o Esvaziamento, mas tinha gente aglomerada em todos os espaços, e purpurina cintilava na pele suada de todos que dançavam, balançando ao som da música.

A banda, Blue October, tocava o tipo de música que eu escutava enquanto fazia lição de casa, mas a presença ao vivo era mais elétrica do que jamais fora no alto-falante do meu computador. Val ergueu a garrafa d'água, girando de um lado para o outro no ritmo da música, enquanto Jasmine balançava a cabeça e sorria. Durante as primeiras músicas, Celeste mordeu o lábio inferior, de braços cruzados, tentando desviar da multidão em movimento.

Eu estendi a mão e toquei o braço dela.

— Ei. Chega de noia.

Ela piscou.

— Eu...

— Se você fosse surtar — comecei, a voz baixa o bastante para ninguém mais me ouvir —, já teria acontecido. Né? Tá tudo bem.

Celeste hesitou. Ela olhou ao redor, relaxando lentamente os ombros, que tinha tensionado até o pescoço.

— Eu...

Como se quisesse enfatizar o pensamento, Val pegou minha mão e a de Celeste e nos puxou para mais perto de onde ela e Jasmine, ombro a ombro, pulavam ao som da música. Suspirei pelo nariz e me juntei a elas, sentindo a tensão se esvair dos músculos e das articulações. Celeste também pareceu relaxar um pouco, se permitindo esbarrar na gente enquanto balançava. A guitarrista tocava uma melodia suave, dedilhando as cordas, e a vocalista, segurando um microfone retrô envolto em flores falsas, cantarolava a música ao mesmo tempo alegre e calma, como a brisa na tarde de verão.

Fazia muito tempo. A gente merecia um momento daquele.

Blue October acabou o show com uma música carregada de violino, que fez a plateia pular como se fosse um show de rock, em vez do tipo de música indie folk boa de escutar na hora de dormir. O sol começou a descer atrás dos paredões de rocha que cercavam o vale, pintando o céu em tons de rosa e laranja, bem quando a apresentação acabou. Val abraçou Celeste e eu ao mesmo tempo enquanto saíamos dali com o restante da galera, todas sorrindo.

— No site do festival diziam que uma das barracas de comida serve SynCarn temperada, cozida e frita que nem carne normal — comentou Jasmine. — Podia ser bom mandar uma foto diferente para a Patricia dessa vez. Que tal jantar antes do próximo show?

Celeste ficou tensa.

— Eu adoraria, mas… comer SynCarn assim em público…

— Ah, é — disse Val, massageando a nuca. — Esqueci que seus seguidores não sabem…

— Ser trans já me torna alvo de muita merda na internet — argumentou Celeste baixinho, observando a multidão como se esperasse encontrar alguém a observando. — Se eu revelar que eu sou *carniçal*, provavelmente perderia público aos montes. Mães não gostam que as filhas aprendam a se maquiar com uma canibal.

— Ei, nada da palavra proibida — disse Jasmine, lançando um olhar irritado. — Então vamos voltar para a cabana. Aposto que deve dar para esquentar aqueles fígados até ficarem quase comíveis.

— E depois a gente pode ir pro show da No Flash Photography — sugeriu Val, sorrindo, e deu o braço para Celeste. — Você pode fazer minha *make*, né? Talvez desenhar aqueles girassóis na minha bochecha, que nem a gente fez na sua live outro dia?

As duas continuaram a discutir possíveis maquiagens a caminho da cabana. A multidão era volumosa, mesmo saindo dos palcos do festival, e só começou a diminuir no meio da trilha que levava ao alojamento. O cheiro de corpos desconhecidos se dissipou, substituído pela areia no ar, pelo churrasco que alguém estava fazendo, e...

Hesitei. Por um breve segundo, senti um cheiro... um cheiro que não sentia havia quase dois anos. Porém era tão acre que torci o nariz exatamente como naquela época.

— Vocês estão sentindo isso? — interrompi a conversa de Celeste e Val, que discutiam se cores de primavera ou verão eram melhores para o tom de pele de Val.

Elas se entreolharam.

— Sentindo o quê? — perguntou Jasmine.

Inspirei fundo, e de novo veio o aroma, bem de leve. Estava próximo, e parecia vir do paredão de rocha imenso atrás da fileira de cabanas.

Eu me virei e saí correndo, deixando para trás minhas amigas, que gritavam confusas. Eu esmagava a terra a cada passo, me metendo entre duas cabanas, de testa franzida. O cheiro... era impossível. Aquela parte do Esvaziamento tinha acabado. Como...?

Parei de repente, derrapando, a uns dez metros da parede de pedra. Era uma mistura de arenito vermelho e caramelo, líquen grudava nas marcas escuras que a chuva deixara, como rastros de rímel no penhasco. Tinha um grupo de cactos escapando da terra seca, com espinhos finos e ameaçadores. Eu me ajoelhei com cuidado diante das plantas.

Ali, entre os cactos, estava um osso branco perolado.

As outras me alcançaram bem quando eu tinha encontrado um galho para mexer no osso.

Consegui puxar o objeto para longe do emaranhado de cactos e Jasmine perguntou:

— Que porcaria é essa?

— Sei lá. Parece um osso, um rádio talvez — falei, e estendi meu braço para comparar com o osso que tinha parado de rolar, mostrando que era mais ou menos do mesmo tamanho. — Olha só a ponta.

Celeste se ajoelhou ao meu lado e inclinou a cabeça.

— Parece até... — sussurrou.

— Bile de carniçal — concluí. — E ainda está molhada. Senti o cheiro lá da trilha. E parece ter sido bem mastigado.

— Então deve ser um osso de bicho — falou Val, com as mãos na cintura. — Carniçais não vomitariam bile se fosse humano.

— E por que um carniçal estaria tentando comer um bicho bem aqui? — questionou Jasmine.

— Desespero? — sugeriu Celeste.

Enquanto elas discutiam, percorri o local com o olhar. Não sabia o que procurava — talvez mais ossos. Algo que indicasse o que eu tinha encontrado exatamente. Porém, o deserto estava quieto, e nada além do som do festival chegava com o vento. Então notei uma fenda estreita na parede rochosa, do tamanho necessário para uma pessoa passar.

Por um breve segundo, achei ter visto um rosto pálido e esquelético me olhando lá de dentro.

Quando pisquei, tinha desaparecido.

— Vocês viram aquilo? — perguntei.

As outras ergueram o rosto.

— O quê? — falou Celeste.

Mordi a bochecha. Talvez fosse minha imaginação. Não fazia sentido ter um carniçal feroz por ali. SynCarn estava disponível por toda parte… não tinha motivo para alguém como nós se esconder no deserto. Não tinha motivo para mastigarem ossos que os deixavam doentes.

Balancei a cabeça.

— Nada, desculpa. Só fiquei preocupada. Estamos no deserto, tem osso de bicho por todo lado. Talvez seja só outra coisa com o cheiro parecido com o de bile de carniçal.

— Exatamente — concordou Val, e indicou a trilha. — Vamos lá. Se a gente não jantar logo, vai se atrasar para o show do Eli.

Val se virou e avançou alguns passos, mas parou para nos esperar. Jasmine logo a seguiu, e Celeste se levantou para ir atrás delas.

Eu me demorei mais um momento, encarando o osso.

— Zoey? — chamou Celeste.

— Foi mal — falei, ficando em pé. — Já vou.

seis

Apesar da crença predominante no início do Esvaziamento de que pessoas Vazias eram incapazes de pensamentos racionais ou emoções humanas, com o tempo provou-se que essa conclusão era equivocada. Seu filho Vazio, se feliz e bem alimentado, pode viver de modo muito semelhante à vida que tinha antes do Esvaziamento. Você pode esperar todos os marcos anteriores, do primeiro dia de aulas até a formatura. Com seu apoio, tudo é possível!

No entanto, é importante lembrar que acidentes acontecem, especialmente quando as crianças ainda são jovens demais para compreender as consequências de seus atos. Apesar de inicialmente parecer uma postura extrema, recomendamos que pais, cuidadores e professores de crianças Vazias mantenham sempre à sua disposição alguma arma não letal. Visite nosso site para encontrar descontos exclusivos para a compra de armas de eletrochoque, sprays de pimenta e ferrões de choque adequados para os pequenos — o modo humanizado de conter sua criança quando ela está faminta.

— *Trecho de Você & seu filho Vazio:*
Um guia para apetites estranhos

*D*epois de um rápido jantar de fígado de SynCarn, fomos para o show do No Flash Photography. A apresentação aconteceu em um palco muito menor, do outro lado do festival, e provavelmente apenas umas cem pessoas estavam na plateia. A música era meio chorona para meu gosto, e era nítido que eles ainda não estavam acostumados a tocar juntos em cima do palco: Eli dominava o espaço, quase sem interagir com a banda, e nem sequer apresentou os outros membros. Pelo menos a presença de palco dele era boa, o que tornava o show divertido, que era o único elogio que podia ser feito. Foi fácil chegar até à grade, e Eli passou a maior parte do tempo dando piscadelas para Val. De certo modo, era até fofo como ele parecia gostar dela.

Mesmo que ele fosse um babaca.

Depois do show, tínhamos mais uma hora para matar antes da festa, então voltamos à cabana para nos arrumar. Celeste abriu a maleta cintilante de maquiagem e começou a arrumar Jasmine, enquanto Val escolhia uma música no celular. Ela acabou decidindo colocar a playlist de verão, bem alegre e pop, exatamente o que eu queria depois de ouvir Eli gemer no microfone por uma hora.

— Está a fim de cílios postiços, ou nem? — perguntou Celeste, passando sombra cintilante abaixo das sobrancelhas de Jasmine.

— Se eu tenho a menor chance de esbarrar em uma pessoa famosa, pode apostar que vai ser de cílio falso — respondeu Jasmine, de costas perfeitamente eretas, enquanto Celeste levantava seu queixo.

— Exagerei? — perguntou Val.

Ela saiu do quarto, vestida com uma calça jeans rasgada, larga e de barra dobrada, e um cropped de crochê amarelo. Apontava especificamente para a blusa.

— Quem te deu o direito de ser gostosa assim? — elogiou Jasmine, abrindo um olho enquanto Celeste se preparava para colar os cílios no outro.

Celeste olhou por cima do ombro e acrescentou:

— Preciso que você largue de ser linda assim, porque está fazendo meus olhos doerem de verdade.

— Os anjos choram sabendo que nunca vão ficar tão gatos sem sutiã — concordei, apoiando o queixo na mão.

Val piscou de forma exagerada.

— Vocês são tão gentis. Agora, que cabelo é para eu arrumar primeiro?

— O meu! — pedi.

Val acabou trançando as mechas da frente do meu cabelo, prendendo-a em um coroa que se juntava na parte de trás da cabeça. Quando ela e Celeste acabaram de arrumar todo mundo, cada uma tomou uma dose de vodca, e saímos juntas.

A festa era em um pavilhão bem no limite da área do festival. Os organizadores tinham montado uma cerca ao redor do espaço, que era decorado por luzinhas pisca-pisca penduradas e cruzadas. Nós quatro esperamos alguns minutos na fila antes de Val dar o nome dela para o segurança, que deu um passo para o lado e nos deixou passar.

Estava lotado. Pessoas de roupas caras mas casuais estavam aglomeradas, conversando sob as luzes. Carrinhos de comida, uma área de cervejaria, e outro bar, onde mais gente impossivelmente linda se encontrava, completavam o espaço. A pista de dança iluminada nas cores do arco-íris ficava perto da cerca do fundo, e, ali por perto, sofás e mesas de vime estavam dispostos ao ar livre. Garçons passavam levando bandejas de comida e bebida. Val chamou um deles e pegou quatro taças de champanhe, uma para cada uma de nós.

— Um brinde! — gritou mais alto do que a música acelerada e carregada no sintetizador. — Ao Desert Bloom!

— E a finalmente dar no pé de Aspen Flats! — concordou Jasmine.

Gritamos em comemoração, brindando as taças antes de tomar um gole. O gosto de champanhe quase me deu náusea, mas as bolhas deixavam uma sensação efervescente agradável na língua. Era quase suportável.

— Tá, vamos planejar — disse Jasmine, batendo palma. — Aonde vamos?

— Quero procurar o Eli — declarou Val.

— Vou fazer networking — acrescentou Celeste.

Jasmine assentiu e abriu a boca, mas eu interrompi:

— Eu… eu acho que vou com a Celeste.

Jasmine engasgou de rir.

— Desde quando você dá bola pra ficar de papo furado com influencers?

Senti meu rosto corar.

— Assim, uns contatos famosos nunca caem mal. Quero ser jornalista, e seria bom ter amigos influentes, né?

Celeste segurou a risada.

— É difícil imaginar você… puxando saco.

— Bom, tenho uma boa notícia. Vou puxar o saco dessa gente até doer.

Jasmine e Val bufaram desdenhosas e se entreolharam, sem dizer mais nada.

— Em meia hora a gente se encontra aqui para dar notícias, pode ser? — sugeriu Celeste.

Val concordou com a cabeça, e Jasmine confirmou:

— Por mim, tudo bem.

De repente, senti um toque na mão. Para minha enorme surpresa, Celeste tinha entrelaçado os dedos nos meus, fazendo meu coração bater mais forte.

— Vem — falou. — Vamos ver quem a gente encontra.

A festa só parecia ficar mais intensa ao nosso redor, enquanto Celeste se apresentava para outros influencers, que sorriam ao reconhecê-la. Eu ficava meio de lado, mexendo no celular enquanto ela reclamava de algoritmos e monetização com outras garotas que compartilhavam a mesma aura reluzente. A diferença, claro, era que, enquanto muitas daquelas garotas ficavam lindas com o que escolhessem vestir, nunca teriam a intencionalidade de Celeste. A expressão de Celeste era como um bloco de mármore no qual ela dedicava tempo a entalhar minúsculos detalhes propositais. Cada roupa e cada toque delicado de maquiagem servia a um propósito maior na história que ela queria contar.

Era uma das coisas que tinha ajudado a fama dela a crescer tão rápido na internet, e meu coração acelerava se eu pensasse demais no assunto.

— Zoey... oi!

Acordei do transe a tempo de ver Cole se aproximar. Ele usava calça jeans preta e uma camiseta com o logo do No Flash Photography: uma câmera quebrada, da qual nascia uma flor. Ele ajeitou o cabelo ruivo e bagunçado e sorriu.

— Você veio — continuou ele, parando à minha frente.

Celeste e eu tínhamos arranjado um lugar em um dos sofás de vime, e ela estava sentada no meio, conversando com outra influencer que conhecia de Los Angeles. Se notara que eu me arrastei para o lado para abrir espaço para Cole, não falou nada.

— Claro — respondi, levantando a taça de champanhe. — Não sou boba de recusar a oportunidade de bebida grátis, né?

— Você já tem idade para beber? — perguntou Cole, reprimindo um sorriso.

Senti o rosto corar e menti às pressas:

— Claro que tenho. Eu… eu estou me formando na faculdade. Estudo na NYU.

Cole riu e abaixou a voz.

— Escuta, tudo bem… eu também sou menor de idade. Nessas festas, ninguém liga. Se você for convidado, pode fazer o que quiser.

— A-ah…

Mordi o lábio. Na verdade, era a primeira vez que eu ia a um evento daquele. Celeste já frequentara alguns, e eu soubera por ela, mas, de repente, me ocorreu que existiam várias regras sociais naquele tipo de lugar que eu não conhecia. Senti um nó na barriga ao pensar que talvez já tivesse cometido uma gafe sem nem notar. *Caramba, estou boiando.*

— É, ah… é bom saber.

— Mas seria legal se você estudasse na NYU — falou Cole, olhando para a pista, vendo as luzes verdes, rosa e azuis rodopiarem pelos corpos em movimento. — Minha irmã queria estudar lá.

Eu me ajeitei no lugar, olhando para as mãos.

— Bom... não foi tecnicamente uma supermentira. Vou mesmo estudar na NYU... só não comecei o semestre ainda. Vou fazer jornalismo.

— Legal. Por que jornalismo? Gosta de escrever?

Eu pisquei. Ninguém nunca tinha me feito aquela pergunta antes. Quando eu contara para minhas amigas que queria estudar jornalismo, elas só tinham me parabenizado por encontrar um caminho para vazar de Aspen Flats. Em defesa delas, havia sido melhor do que a reação dos meus pais: eles tinham apenas aceitado me ajudar a pagar a mensalidade, desde que eu saísse de casa.

Pigarreei, afastando aquele pensamento.

— *Hum*... é. Tenho interesse em jornalismo investigativo. Sabe, aquelas matérias bem aprofundadas que chegam até os mandantes dos crimes. Gosto de ouvir perspectivas diferentes para entender o que se passa pela cabeça das pessoas e compreender o máximo possível da história.

— Sem ter que compartilhar o que se passa pela sua cabeça? — arriscou Cole.

Eu ri.

— Se quiser ir pelo lado da psicanálise, pode até ser.

Antes que Cole respondesse, uma voz atrás de nós nos chamou:

— Ei! Zoey, Celeste!

Nós duas nos viramos e vimos Jasmine correr até nós, ofegante.

Celeste levantou a sobrancelha.

— Tudo bem?

— Val... — falou Jasmine, arfando. — Ela precisa de ajuda.

Imediatamente me sobressaltei, prestando atenção.

— O que rolou?

— Ela fugiu — disse Jasmine, e apontou o deserto. — Foi pra lá. Ela tava... — Jasmine olhou de relance para Cole, e se aproximou de mim e de Celeste para murmurar: — ... com fome.

Inspirei fundo e soltei um palavrão.

— Cole, *hum* — falei, com um sorriso rápido de desculpas. — Foi mal, temos que ir. Mas... a gente se fala depois!

Mal ouvi a resposta dele, porque já estava correndo em direção à saída. Algumas pessoas se viraram para me ver passar, franzindo a testa. Os tênis plataforma que eu estava usando não eram ideais para uma corrida, mas ainda assim cheguei ao portão em segundos.

Assim que passei pelo segurança, a brisa mudou, e um cheiro conhecido chegou a mim.

Sangue fresco.

Jasmine ficou paralisada ao meu lado.

— Sentiu esse cheiro?

— Cacete, Val — resmunguei.

O cheiro estava vindo do leste, afastando-se do festival e avançando até o deserto. Dei um passo naquela direção, mas Celeste me segurou pelo braço. Eu girei.

— O que foi? Val precisa da nossa ajuda...

— O sangue não é dela — disse Celeste.

Ela olhou de relance para trás. A única pessoa ali perto era o segurança, que estava a mais de três metros de nós, distraído com o celular.

— Daria para saber se fosse cheiro de carniçal, mas é sangue humano — continuou ela, balançando a cabeça. — Quer dizer que, se a gente for agora, pode... causar um frenesi.

— Então vamos impedir ela — argumentei. — Tomara que a gente chegue antes de ela comer alguma coisa importante.

Celeste fechou a boca com força.

— Você está confiando demais no seu autocontrole.

— E você não está confiando nada no seu — retruquei, antes de acenar para Jasmine com a cabeça. — Vamos. A gente precisa ajudar.

Jasmine olhou entre nós duas e xingou:

— Merda, tá bom.

Nós duas saímos correndo e, depois de um instante, Celeste veio atrás.

Para uma pessoa normal, o cheiro de sangue não seria perceptível àquela distância. Porém carniçais eram como tubarões: sentíamos cheiro de sangue humano de muito longe. Assim, foi fácil acompanhar o odor; o difícil era forçar minhas garras e presas a ficarem guardadas quando aquele perfume pairava no ar.

— Ali — disse Jasmine, apontando um rastro nítido no chão de terra, onde as plantas tinham sido quebradas. — Alguma coisa foi arrastada por ali.

Celeste tocou o tronco da árvore ao lado. Quando puxou a mão para si, estavam vermelhos.

Ela arregalou as narinas ao sentir o cheiro. Um músculo no pescoço tremeu, ela abriu os lábios, levando os dedos à boca lentamente.

— Celeste, não — falei, brusca.

Os olhos dela reluziram ao luar. Ela esfregou o sangue de novo na árvore, apressada, sacudindo a cabeça.

— Desculpa. Desculpa, eu…

— Ali! — gritou Jasmine, apontando um arbusto alto. — Olha.

Corremos até onde ela apontara e, ao virar a curva, encontramos uma cena macabra.

Na terra, de costas para nós, estava Val. O cabelo ainda estava arrumado nas ondas praianas perfeitas que ela penteara antes de sair. Estava empertigada, sentada de pernas cruzadas, igual uma criança fazendo roda na sala de aula, as mãos esticadas para pegar algo que estava na sua frente. Meu coração imediatamente começou a bater mais rápido, o sangue subindo aos meus ouvidos.

Era um cadáver.

A barriga dele estava aberta, e as entranhas rosadas se espalhavam na terra vermelha. Uma poça de sangue escorria debaixo dele, e parecia preto como tinta sob a luz da lua. A pele pálida lembrava cera, e a boca estava azulada. O pescoço fora dilacerado, expondo a carne macia do esôfago.

Eu o reconheci. Era um dos caras do No Flash Photography, o que tinha concordado com Eli que carniçais eram monstros que deveriam ficar enjaulados e longe da sociedade. Não era Cole, não era Raj… *Meu Deus, qual era o nome dele mesmo?*

Foi então que eu notei que um de seus olhos fitava as estrelas sem ver. O outro não estava no seu crânio, deixando apenas a cavidade dilacerada e aberta.

— V... Val? — gaguejei.

Ela estremeceu um pouco. O pescoço soltou um leve estalo quando ela se virou para mim, virando o corpo em um ângulo sobrenatural, como se a coluna tivesse ganhado a capacidade de se dobrar um pouco além do que deveria. Seus olhos estavam avermelhados, cercados de veias pretas. Ela lambeu os lábios manchados de vermelho, parecendo que tinha comido um picolé e fizera sujeira demais sem notar.

A boca ensanguentada formou um sorriso, revelando duas fileiras de presas afiadas. Ela escancarou os lábios e esticou a língua comprida, enroscando na esfera que estava em sua mão.

Ela mordeu o olho que arrancara do garoto e então o engoliu.

Meu estômago roncou.

Apertei a barriga com a mão.

— Não, não, não...

Porém, no instante seguinte, um rosnado grave soou ao meu lado. De repente, Jasmine estava em cima do corpo, dilacerando a bochecha sangrenta com as presas e enfiando a carne macia na boca. Ela tensionou os ombros ao morder o rosto dele outra vez e lambeu o sangue nas mãos com um ruído nojento.

— Zoey — disse Celeste, rangendo os dentes. — Cacete, a gente precisa ir...

A voz dela ficou mais distante. O cheiro do sangue parecia permear cada milímetro da minha consciência. Senti o gosto no ar, se desenrolando pela língua até a saliva praticamente pingar da minha boca. Minhas presas desceram todas de uma vez, minha mandíbula ficou mais flexível para acomodá-las. Meus dedos tremeram quando as garras saíram por cima das unhas, crescendo em pontas afiadas.

Um rosnado escapou da minha garganta, e eu me atirei em cima do cadáver.

sete

Fazia seis dias que eu não comia. Não ingerira nada desde que devorara Devin Han.

Depois de uma semana na mata do norte da Califórnia, Celeste e eu tínhamos encontrado uma cabana de caça, coberta de hera e musgo. Era o primeiro sinal de civilização que víamos em dias, e corremos em direção à porta assim que a vimos. Ela se abriu com facilidade, revelando uma sala empoeirada repleta de móveis velhos e embolorados. O piso de madeira rangia sob nossos passos. Imediatamente desabei no chão, gemendo baixinho.

Celeste se ajoelhou ao meu lado, acariciando meu rosto devagar com suas garras. Seu rosto tinha ficado esquelético ao longo dos dias, a pele amarelada e coberta de terra e arranhões. Quase uma semana sem medicação também fizera a pelagem leve no buço dela crescer. Não que fosse fácil de notar embaixo daquela camada de sangue seco.

Minha barriga tinha parado de roncar havia dias. Era apenas um buraco negro, que consumia devagar o resto do meu ser. Eu sentia cada costela quando me abraçava. Nunca tinha passado fome antes, mas naquele momento eu só conseguia pensar nisso.

O tempo começara a fluir de modo estranho. Às vezes eu fechava os olhos à tarde e abria de madrugada, mas outros momentos pareciam presos em âmbar, e eu tinha dificuldade de me mexer, um milímetro por vez. Quando despertei, depois de cair no chão da cabana, Celeste estava dormindo ao meu lado.

E alguém tentava abrir a porta.

Eu me levantei com um salto, arreganhando as presas e rosnando. Meu coração bateu com força e, mesmo do outro lado da porta, ouvi o som de outros batimentos e senti um cheiro doce. Um cheiro... humano.

Minha barriga vazia roncou. Doía como se alguém arrancasse meus órgãos à faca.

Assim que a porta se abriu, eu me lancei sobre o homem do outro lado. Ele gritou e tentou bater a porta na minha cara, mas eu o impedi, enfiando o pé na fresta. Bati os dentes no ar enquanto ele xingava, desesperado para fechar a porta. Agarrei a madeira com meus dedos afiados, arranhando até arrancar lascas que caíam no chão.

Celeste ganiu, um som agudo e animalesco, antes de saltar e se juntar a mim. Juntas, tínhamos a força necessária para enfrentá-lo. Podia sentir os músculos dele nos meus dentes, rasgando feito papel...

Houve um estalido horrível de explosão, e Celeste caiu ao meu lado.

Eu gritei.

O homem apontou a pistola que finalmente conseguira empunhar.

— Se resta alguma coisa humana em você, menina, é melhor recuar antes de levar um tiro também.

Olhei de relance para Celeste. Ela estava choramingando, segurando o ombro. Sangue começou a surgir do buraco da bala, encharcando o tecido rosa-claro da camisa.

— *Boa menina* — disse o homem, mirando diretamente em mim. — *Agora pode entrar enquanto eu peço socorro. Nem tente nada, senão sua amiga vai morrer de hemorragia aqui mesmo.*

Eu rosnei, um som no fundo da garganta, mas não me mexi. Um pedacinho de consciência compreendia o que ele dizia e a ameaça contida naquela frase, mas lutava contra a necessidade gritante de pular nele e arrancar sua cabeça.

— *Isso mesmo* — murmurou ele. — *Pra trás. Aposto que você quer sair dessa mata, não quer? Com a sua amiga, as duas vivas?* — perguntou, ainda apontando a arma, e depois indicou a mochila nas costas. — *Tenho um telefone via satélite aqui. Você só precisa manter a sanidade para eu usar.*

Manter a sanidade. Manter a sanidade.

Parte de mim berrava para eu escutar. Finalmente, nossa chance de sobreviver àquela situação. De sair daquela mata e voltar para casa, para nossa família. Para não passar cada segundo morrendo de fome.

Mas, meu Deus, eu estava faminta. Estava tão faminta.

— *Isso, bom.* — *Ele abaixou a arma e, muito devagar, começou a tirar a mochila enorme das costas.* — *Agora, vamos pedir aju...*

Ele não conseguiu completar a palavra, porque, assim que desviou o olhar de mim, eu cravei os dentes no seu pescoço.

Acordei com um sobressalto.

A primeira coisa que notei foi o frio. O chão era rochoso, e senti a aspereza da terra ao levantar a mão para tocar meu rosto. Enquanto tentava recuperar o fôlego, percebi que algo quente me envolvia por trás. Virei o pescoço e vi Celeste, com o rosto manchado de vermelho, aninhada junto a mim, dormindo abraçada à minha cintura.

Seria uma boa surpresa se não estivéssemos ensanguentadas, em uma caverna no meio do deserto, a poucos metros de um cadáver mastigado.

— *Caralho* — murmurei.

Celeste fez um barulhinho de sono e afundou a cabeça no meu cabelo.

— *Shiu*.

— Ah, foi mal, não quis interromper seu sono de beleza — sibilei —, mas é melhor abrir os olhos um minutinho, porque a gente está ferrada pra *caramba*, Fairbanks!

Ela gemeu e piscou e, imediatamente, senti todo o seu corpo tensionar — primeiro ao perceber que estávamos de conchinha, e depois ao perceber que estávamos de conchinha em uma caverna, a poucos metros do cadáver do cara que comemos noite passado.

— Ah, não — sussurrou ela.

— Que bom, vocês acordaram — falou uma voz na entrada da caverna.

Jasmine estava de pé, com as mãos no quadril largo, e Val se encontrava ao lado dela, hesitante, fungando e secando lágrimas do rosto.

— Estávamos discutindo o que vamos fazer com *isso* aqui — disse Jasmine, apontando o cadáver no chão.

As roupas dele estavam rasgadas, e a maior parte da carne fora arrancada. Marcas de dentes riscavam os ossos branco-pérola. Restava pouquíssimo dele, exceto por parte de uma perna e um pouco de pele nas áreas mais ossudas, que não tinham carne suficiente para nos interessar.

Respirei fundo, puxando o ar entre os dentes.

— Eu sinto muito — falou Val, com a voz embargada por lágrimas que ela tentava conter. — Nossa, eu peço *mil* desculpas por ter metido vocês nessa. Kaiden não merecia...

— *Kaiden* — repeti, baixinho. — Era esse o nome dele.

Celeste me olhou irritada. Rangendo os dentes, ela murmurou:

— Zoey, a gente acabou de *comer* ele. Um pouco de respeito, por favor.

Enquanto isso, Val soluçou e se jogou no chão, cobrindo o rosto com as mãos. Jasmine se abaixou ao lado dela, massageando seus ombros para acalmá-la. Lágrimas pingavam do rosto de Val, misturando-se ao sangue e à terra ainda grudados na pele.

— Meu Deus, eu... eu sou um monstro. Eu... eu estava só bebendo com Eli, Kaiden e Raj, e aí, um segundo depois... me descontrolei. Não faço ideia do que aconteceu.

— Mas você comeu na cabana logo antes da festa — disse Celeste. — Como é possível?

Val abriu bem as mãos, espalmando os dedos.

— Não *sei*. Só... bateu. Em um instante eu estava bem, e no outro achei que ia morrer se não comesse alguma coisa. Tentei fugir, mas o Kaiden veio atrás e...

Ela respirou fundo, trêmula, antes de soluçar outra vez. Jasmine a abraçou e acariciou seu cabelo devagar. Val se encostou nela, afundando o rosto no ombro da amiga para chorar.

— Não faz o menor sentido — murmurou Celeste, e se virou para mim. — Isso já aconteceu com você?

Balancei a cabeça em negativa.

— Nunca.

— Olha, a gente sabe que foi estranho, mas nem por isso vamos nos safar de, sabe, sermos *presas por assassinato* — disse Jasmine, apontando o cadáver. — Se alguém encontrar isso aí, estamos completamente ferradas.

— Não foi de propósito — argumentei, baixinho.

Mesmo enquanto falava, porém, as palavras soavam vazias. Encarando o cadáver na nossa frente, não consegui deixar de ver os corpos de Devin Han e do caçador que eu matara no bosque. Aqueles homens acabaram igualmente devorados, e eu me lembrava do gosto deles com tanta vividez quanto o do garoto à minha frente. O sangue de Devin nas samambaias, a mandíbula do caçador escancarada em um grito eterno — e as cavidades oculares vazias de Kaiden, um vazio escuro como a noite que pareciam queimar minha pele com seu olhar moribundo. Lembro de uma obra de arte que vi uma vez que dizia que as pessoas que amamos se tornam fantasmas dentro de nós.

O que percebi naquele momento foi que o mesmo valia para as pessoas que matamos.

A voz de Jasmine saiu fraca, pouco mais alta do que o choro de Val.

— Se descobrirem isso, acabou para a gente. Nossas vidas vão terminar antes mesmo de começar.

— O que você está sugerindo? — perguntou Celeste.

Jasmine suspirou, ajeitando as tranças atrás das orelhas. Como o resto de nós, ela estava ensanguentada, mas o macacão preto disfarçava melhor. Depois de um momento, ela firmou a expressão.

— Que a gente acoberte o caso.

Val choramingou e eu fechei os olhos com tanta força que vi pontos de luz vermelhos.

As últimas duas vezes que eu tinha comido uma pessoa haviam acontecido durante o Esvaziamento. Quando as coisas começaram a se acalmar depois do primeiro surto da doença, a maioria dos carniçais acabou em instituições ou em prisão domiciliar, para a segurança de todos. Porém, depois que começaram a distribuir SynCarn, quando os carniçais puderam ter acesso à comida sem precisar receber partes de cadáveres, as pessoas começaram a cogitar se seria possível que os carniçais retornassem à sociedade — até aqueles que tinham se banhado em sangue. Logo, uma lei foi decretada, determinando que carniçais não seriam responsabilizados por assassinatos ocorridos durante o Esvaziamento, usando argumentos semelhantes às leis ligadas a atos de insanidade. Tudo bem que não era exatamente a mesma coisa, visto que alegar insanidade não dava liberdade a ninguém, mas o raciocínio era parecido: carniçais ferozes não tinham a capacidade de compreender que suas ações eram ilegais.

O problema era que aquilo não estava mais valendo, considerando que SynCarn agora era distribuído amplamente. Assassinatos cometidos por carniçais eram vistos da mesma forma que assassinatos cometidos por qualquer outra pessoa.

Portanto, Val poderia ser responsabilizada pelo assassinato de Kaiden, e nós três seríamos, no melhor dos casos, acusadas de vilipêndio de cadáver, ou, no pior, de cúmplices de assassinato *e* vilipêndio de cadáver.

Celeste suspirou e assentiu, abraçando os joelhos.

Meus dedos tremiam de vontade de tocá-la, de pousar a mão em seu joelho e fazer um carinho em um gesto lento e circular, mas o nó gosmento de culpa na minha barriga me paralisou.

— Jasmine está certa. Minha carreira não sobreviveria a isso de jeito nenhum. E vocês... — continuou Celeste, nos olhando. — Vocês nunca poderiam frequentar a faculdade com uma coisa dessas na ficha. Não temos opção.

Val fungou.

— Mas é minha culpa. Eu devia confessar tudo.

Torci a boca, tentando pensar no meu último assassinato, lá na mata. De certa forma, tinha algo em comum com aquele ali. Então, talvez...

— Não necessariamente.

Todas se viraram para mim, com as sobrancelhas levantadas.

Estendi a mão para Val.

— Você disse que foi acometida de repente pela necessidade de matar, não foi? Então parece que você entrou em estado animal, o que não deveria ser possível, se você tinha comido menos de uma hora antes.

Ela fungou, secando uma lágrima.

— Eu... é. Foi igual no Esvaziamento, depois de tipo... uma semana, quase, sem comer.

Eu concordei com a cabeça.

— Isso. Depois do Esvaziamento, quando eu finalmente saí da floresta, passei meses pesquisando carniçais. É uma mania minha: se eu aprender o suficiente sobre algo que me apavora, o medo diminui. Então sei que não tem como você ter entrado em estado animal sem que algo tenha provocado isso. Alguma coisa tem que ter servido de gatilho. A gente só tem que descobrir o que foi.

Val secou o rosto.

— Você... você acha mesmo que não foi minha culpa?

Balancei a cabeça.

— Não acho que foi culpa de nenhuma de nós. Mesmo que a gente tenha, tecnicamente, comido o Tatum...

— Kaiden — corrigiu Celeste, com a voz exausta, levando a mão ao rosto.

— *Kaiden* — repeti. — Sei que não somos o tipo de pessoas que escolheria fazer isso com alguém de propósito.

— Esse argumento não vai servir no tribunal — murmurou Jasmine.

— Certo. Por isso a gente precisa... ganhar um tempo — falei, me levantando. — Pelo menos até provar que alguma coisa aconteceu pra Val entrar nesse estado.

— O que a gente faz com ele enquanto isso? — perguntou Jasmine, apontando o cadáver. — Não podemos dar uma de *Um morto muito louco* com um cara que mal tem carne nos ossos, Zo.

— Não dá mesmo.

Apontei as rochas vermelhas, ainda cobertas pela escuridão da madrugada, e dei de ombros.

— Mas a gente pode esconder ele onde ninguém vai procurar — acrescentei.

<hr/>

Na contagem regressiva até o nascer do sol, eu e Celeste dividimos a tarefa de carregar o cadáver com Jasmine, cujas roupas pretas eram mais fáceis de limpar do que as nossas, pegamos as chaves do meu carro e voltamos ao festival para buscar o Mini. Pouco depois, encontramos com as outras duas meninas na estrada, jogamos o corpo de Kaiden no porta--malas e aceleramos em direção à primeira mina abandonada que encontrei na internet. Graças a Deus, a corrida pelo ouro deixara a Califórnia repleta de lugares como aquele.

O trajeto foi passado principalmente em silêncio, exceto pelo choro fraco de Val no banco de trás. Jasmine massageava as costas dela devagar, sussurrando para acalmá-la.

— Estamos perdendo sinal de celular — anunciou Celeste.

— Talvez seja melhor assim? — argumentei. — Patricia não precisa rastrear nossa ida a uma mina abandonada.

— O problema é esse — disse Celeste. — Ela vai receber a notificação de que saímos da área com sinal. Vai querer uma explicação.

— Ah, merda… inferno de Patricia — resmungou Jasmine.

— A gente pode dizer que acordou cedo e quis ver o sol nascer em um ponto mais bonito? — sugeri, apontando o relógio, que se aproximava das cinco. — Tem gente que faz isso, né?

— *Hum*, tem… idosos e herdeiros malucos que escolhem morar em um trailer — reclamou Jasmine.

— Ei, eu sempre acordo às cinco — argumentou Celeste, soando levemente ofendida.

— Então manda mensagem para ela — pedi. — Ela pode até acreditar que você que organizou isso. Se alguma de nós entrar em contato, ela vai mandar a polícia antes mesmo da gente conseguir se livrar do corpo.

No banco de trás, Val gemeu mais uma vez e começou a chorar para valer.

Eu fiz uma careta.

— Desculpa, Val.

Fez-se uma pausa comprida e constrangedora enquanto Celeste pegava o celular para mandar uma mensagem pelo VidaVazia para Patricia, e Val fechou os olhos com força, abaixando tanto a cabeça que o cabelo caiu no rosto. Xinguei a mim mesma em pensamento por voltar a mencionar o assunto em voz alta.

Finalmente, tão baixo que quase não deu para escutar, Val sussurrou:

— Eu nunca matei uma pessoa.

Um momento de silêncio se passou, e eu, Jasmine e Celeste nos entreolhamos. Era raro falarmos do Esvaziamento, de modo geral, mas Val nunca mencionara aquela época. Ela fazia o possível para evitar o assunto e mudava o rumo da conversa sempre que alguma de nós seguia para esse lado.

— Nem no Esvaziamento? — perguntou Celeste.

— Teve... — disse Val, mordendo o lábio, sem desviar os olhos do chão. — Não. Nem no Esvaziamento.

Jasmine apertou o braço dela, mas não ficou quieta. Parte de mim estava tentada a dar uma opinião, dizer algo em apoio, mas o quê? Que, desde que eu tinha matado aquele caçador no bosque, sentia que ele estava sempre me observando de dentro da minha cabeça? Que comê-lo tinha feito com que ele virasse parte de mim, uma parte da qual eu nunca poderia me livrar, por mais melatonina que eu tomasse à noite e por mais terapeutas que me dissessem que não era culpa minha eu ser assim? Que sempre parecia que parte de mim, parte da minha humanidade, tinha morrido com ele?

Mordi a bochecha, olhando com força para a estrada à minha frente.

Não tinha nada que eu pudesse dizer.

Chegamos à mina logo antes do nascer do sol. A entrada era fechada por uma grade, mas isso não era problema para nós. Em quatro, conseguimos desalojá-la com facilidade. Ao comer SynCarn, perdíamos as habilidades excepcionais que todos os carniçais possuíam — força e sentidos especialmente aguçados. No entanto, depois de comer um quarto do corpo de Kaiden, mal suei com aquele esforço.

Nós quatro olhamos para baixo. O poço rochoso descia diretamente pela terra, um vazio sombrio que engolia a luz da lanterna do celular. Um som de gotas distantes subiu em eco, mas não vi nenhuma fonte de água. Havia alguns reforços de metal na lateral do túnel, mas eram tão enferrujados que ficava óbvio que ninguém tocava aquele lugar havia muito tempo.

Celeste e eu começamos a empurrar o corpo até a borda, mas Val interrompeu:

— E… espera, um segundo.

Apontei o céu, que estava começando a clarear.

— Não temos muito tempo, Val.

— Eu… eu sei, é que… — disse ela, mexendo os pés e se virando para não olhar o cadáver. — Estamos jogando o filho de alguém aí. Não é melhor, sei lá, dizer algumas palavras?

Afastei do rosto uma mecha de cabelo suado.

— Está falando sério?

Celeste pigarreou.

— Não, não... Val está certa. Acho que seria bom a gente fazer uma coisinha rápida. Sabe, pela nossa sanidade.

— Não adianta muito fazer uma oração de agradecimento depois que você já comeu a refeição inteira — murmurou Jasmine.

Val escolheu ignorá-la.

— Quer saber? Eu começo. — Ela respirou fundo e fechou os olhos. — Kaiden, eu sinto muito que as coisas tenham terminado assim. Você foi uma vítima da insensatez, e eu peço perdão.

— *Hum...* amém? — ofereci.

— Perdão por não termos ajudado você enquanto ainda estava vivo — disse Celeste, olhando o cadáver. — Mas prometo que vamos tentar descobrir o que aconteceu, para sua morte não ter sido em vão.

Val assentiu, agradecida.

— Foi muito bonito, Celeste.

Eu pigarreei.

— Desculpa por não lembrar seu nome antes... foi, *hum*, zoado eu ter comido você antes de saber — falei, com uma careta. — Mandei mal. *Hum...* foi mal, cara. Vou ficar devendo uma pra você?

— Nota dez pela participação — sussurrou Celeste.

— Essa situação toda é horrível, e estou doida para tomar um banho, então, é, desculpa, Kaiden — disse Jasmine, suspirando. — Tomara que você esteja em um lugar melhor do que este agora.

— Tá bom — concluiu Val, endireitando os ombros e unindo as mãos em prece. — Ótimo. Obrigada.

Fez-se uma pausa e eu e Celeste nos entreolhamos, sem saber se aquilo era sinal para jogá-lo ou não. Ao meu lado, Jasmine sussurrou:

— Vai logo.

Celeste e eu demos de ombros, e cada uma pegou uma ponta do corpo para arremessá-lo para dentro da mina.

Ouvimos um som distante de algo atingindo água um pouco depois.

Fiz uma careta.

Jasmine ajeitou as tranças e suspirou.

— Tá bom. Vamos vazar daqui.

As outras concordaram, e nos endireitamos devagar para voltar ao carro. Olhei uma última vez em despedida para a mina, e senti um aperto na barriga. Mesmo que minha única interação com Kaiden tivesse sido quando ele dissera que carniçais eram monstros que deviam ser enjaulados, o cara não merecera o destino que havia tido. Val estava certa: ele tinha sido vítima da insensatez. Como Devin Han e o caçador no bosque.

O sangue de mais uma pessoa em minhas mãos.

Sussurrei mais um pedido de perdão no ar antes de voltar ao Mini Cooper.

oito

Quando acordou na frente da cabana de caça, Celeste estava coberta de sangue.

Ela ainda sentia o gosto do caçador na língua, enquanto a carne se assentava no estômago. A pior parte era como aquela sensação era boa, como, pela primeira vez em dias, ela finalmente se sentia mais humana do que monstro, e o cérebro voltava a se reconectar a ideias de fuga em vez daquele desespero de buscar alimento que a assombrava sem parar.

Ela se sentou de súbito. As sequoias ao seu redor se erguiam como sentinelas em julgamento, tão imensas que bloqueavam a maior parte da luz do sol. Soltou o ar em um assobio entre os dentes enquanto a memória do que acontecera se cristalizava. Certo. Ela estava na mata, a quilômetros do acampamento. Fazia quase uma semana.

Celeste passou a mão na boca e se sujou de sangue. O cheiro estava por todo lado. Porém, em vez de ser metálico e ácido, era doce, lembrando suco de frutas. Ela levou os dedos ao nariz e inspirou.

Imediatamente, sentiu água na boca.

Ela afastou a mão bruscamente. *Se concentra, Celeste.*

Com as pernas trêmulas, como um filhotinho recém-nascido, ela se levantou. A floresta ao seu redor estava silenciosa. Sem pássaros cantando nem criaturas se mexendo na grama... nada. Parecia que sabiam que deveriam ter medo dela.

— Zoey? — chamou Celeste, com a voz quase falhando. Ela se encolheu ao ouvir a própria voz, áspera depois de tantos dias sem falar. Pigarreou e disse: — Cadê você?

Um gemido fraco soou de trás dela. Celeste se virou e encontrou Zoey, com o rosto escondido nos braços sujos de sangue e terra, enroscada no cadáver do caçador. Ele tinha sido quase inteiramente dilacerado — só restavam as entranhas, um pedaço do rosto e os pés nas botas.

Celeste sentiu a garganta apertar. Ela piscou e duas lágrimas grossas escorreram pelo rosto, abrindo rastros finos naquele sangue grudado na pele.

— Não. — Ela gemeu, caindo de joelhos, e foi tomada por soluços que fizeram seus ombros tremerem. — Não, não... de novo não, por favor...

Ela se esticou para tentar acordar Zoey, mas uma pontada de dor ardente no ombro a fez recuar. Rangendo os dentes, ela esticou cautelosamente o outro braço e tocou o lugar que estava dolorido. Os dedos ficaram molhados de sangue. Esse sangue, porém, não tinha o cheiro do caçador.

Ele atirou nela.

Celeste massageou o ombro. Considerando a situação, porém, ela não estava sangrando tanto, o que era estranho. Ao flexionar o músculo, a dor não chegava nem perto do que ela esperava. Como era possível?

Quando rolou o ombro, algo caiu de repente. Por um momento, achou que talvez fosse um botão solto da jaqueta.

Só então ela viu a bala no chão. E, quando voltou a tocar a ferida, ela tinha se fechado.

O que está acontecendo?

— Celeste — *chamou Zoey, mal se mexendo.*

— *Estou aqui* — *respondeu Celeste, e se aproximou, passando os dedos de leve pelo braço de Zoey.* — *Está tudo bem.*

— *Não sei quanto tempo vou aguentar* — *sussurrou Zoey.* — *Eu só… quero ir para casa.*

Lágrimas brotaram nos olhos de Celeste outra vez. Antes que o espectro da fome a alcançasse, ela passara muito tempo pensando na mãe enquanto vagava pela mata com Zoey. Mesmo antes da transição de Celeste, sua mãe sempre dissera que ela era a Lorelai para a Rory de Celeste, mais amiga do que mãe, como em Gilmore Girls. *Além de Zoey, era ela quem Celeste sempre procurava quando precisava desabafar. Naquele momento, porém, Celeste se perguntou se algum dia a mãe seria capaz de vê-la como antes, agora que ela tinha nas mãos o sangue de não apenas um homem, como dois.*

Isso se a mãe ainda acreditasse que ela estava viva.

Celeste se lembrou vagamente de algo que o caçador dissera antes de Zoey atacá-lo. Tenho um telefone via satélite aqui. Você só precisa manter a sanidade para eu usar.

Celeste encontrou a mochila do caçador a poucos metros do cadáver. Enquanto Zoey chorava baixinho, se encolhendo cada vez mais, Celeste revirou as coisas dele. Encontrou roupas, água, comida… por um segundo, cogitou que ele tivesse mentido sobre o telefone, mas enfim encontrou o aparelho. Era pesado e preto — lembrava mais um walkie-talkie do que qualquer celular que Celeste já vira. Com dedos trêmulos, discou devagar o número da mãe e levou o aparelho ao ouvido.

Depois de alguns toques, Wendy falou:

— *Alô?*

— M… mãe?

Imediatamente, um soluço de choro escapou de Celeste.

— Celeste? — falou Wendy, como se seu nome fosse precioso, como se falá-lo em voz alta pudesse estilhaçá-lo. — Amor, é você?

— Mãe, me desculpa — disse Celeste, engasgada com o choro. — Eu não queria machucar ninguém, eu juro.

Antes que pudesse se impedir, Celeste confessou tudo que tinha acontecido. Matar e comer Devin, vagar pela floresta por dias a fio, levar um tiro e comer o caçador. Ela chorava sem parar, com a garganta arranhada enquanto as palavras jorravam dela. Celeste cobriu o rosto com a mão, se esforçando para respirar entre soluços.

— Onde vocês estão agora? — perguntou Wendy.

— Em uma cabana de caça — respondeu Celeste e fungou. — Estamos bem, eu juro. Podemos ficar aqui até melhorar…

— Não, Celeste. Vou mandar alguém ir buscar você.

Celeste ouviu uma cadeira ranger do outro lado, enquanto Wendy se levantava.

— Você vai voltar para casa, tá? — garantiu a mãe.

— Não! — exclamou Celeste, sacudindo a cabeça, apertando o telefone com força, sentindo o peito tremer enquanto inspirava com dificuldade. — Eu… eu não posso… Mãe, eu matei alguém. Não posso voltar para casa.

— Até parece. Você é minha filha, e de jeito nenhum vou deixar você morrer de fome no meio do mato.

— Mãe, por favor…

Wendy a interrompeu.

— Faça o que for preciso para sobreviver, meu bem. Eu vou aí te buscar.

A ligação foi encerrada.

Pouco depois, foi provado que Wendy não estava para brincadeira. Quarenta e oito horas após o telefonema de Celeste, uma equipe de salvamento as encontrou ainda encolhidas dentro da cabana. Estavam com as roupas rasgadas e manchadas. O sangue secara, deixando rastros marrom-ferrugem no rosto e nas mãos. Já era noite quando a equipe arrombou a porta ao encontro das garotas.

— Focinheiras — disse um homem a outro. — Já.

Três homens pularam em cima delas. Celeste não lutou quando prenderam uma focinheira na boca dela — estava exausta, fraca, desesperada para sair dali. Zoey, no entanto, tentou mordê-los e soltou palavrões quando seguraram os braços dela contra a parede para contê-la. Ela só parou de lutar quando explicaram que estavam lá para levá-las para casa.

A saída daquela floresta foi um borrão. Era uma curta caminhada até o lugar em que tinham conseguido pousar o helicóptero. Celeste se perguntou vagamente quanto aquilo custaria à mãe. Se o resto do mundo estivesse tão ruim quanto no Acampamento Everwood, era de imaginar que não seria fácil encontrar equipes de salvamento.

Ela pegou no sono no helicóptero pouco depois que decolaram. Dias e mais dias de pura sobrevivência a deixaram tão profundamente exausta que não conseguiu evitar assim que se sentiu segura. Dormiu a viagem inteira e mal acordou quando aterrissaram, colocaram-na em uma maca e levaram ao hospital.

Quando despertou de verdade, estava internada, e luz do sol entrava pela janela.

Ela se encolheu, levantando a mão para bloquear a luz. O corpo inteiro doía, como se todos os ossos e cada milímetro de pele estivessem machucados. Estava com soro ligado à veia e sentia um incômodo no acesso enfiado no braço. A garganta arranhava de tão seca. Algo pesava em cima do seu rosto.

Ela levou a mão à bochecha, distraída, e descobriu que ainda estava de focinheira.

— Celeste? — perguntou baixinho uma voz conhecida. — Acordou, amor?

Celeste virou o rosto para ela.

— Mamãe?

Wendy Fairbanks se levantou da cadeira de um salto e correu para abraçar a filha. Ela imediatamente começou a chorar, tanto que soluçava, e apertou Celeste com uma força que o corpo já dolorido da filha se tensionou em protesto. Os olhos de Celeste se encheram de lágrimas com o abraço da mãe, e ela soluçou, engasgada.

— Fiquei tão preocupada com você — disse a mãe, emocionada, fazendo cafuné no cabelo loiro de Celeste, que ajeitou atrás da orelha. — Quando o monitor da colônia de férias me ligou para dizer que você estava doente, entrei em pânico, aí as linhas telefônicas caíram e passei dias sem notícias. E aí, quando conseguiram me ligar, você tinha desaparecido...

Uma batida na porta interrompeu a história. Uma enfermeira entrou, trazendo um embrulho plástico pequeno com... alguma coisa.

Ao ver Celeste, ela disse:

— Ah! Você acordou!

Celeste e a mãe se entreolharam. A enfermeira puxou uma mesinha encaixada no braço da cama de Celeste, e colocou o embrulho — seria algum tipo de carne? — em cima. A enfermeira deu um passo apressado para trás, forçando o sorriso para disfarçar uma emoção que Celeste demorou a entender. Ela forçou a vista.

Ah. Era aquilo.

Medo.

— *Nós conseguimos um carregamento de...* — *começou a enfermeira, e engoliu em seco.* — *De alimento adequado.*

Celeste hesitou. Ela pegou a carne da mesa. Não parecia tão diferente de um bife comum, carne e gordura. Cautelosamente, ela levou o embrulho ao nariz e sentiu o cheiro.

O odor adocicado lhe deu água na boca imediatamente.

— *É... humano? Como...?*

— *Muita coisa mudou desde que você viajou* — *disse Wendy, a voz carinhosa.* — *Você e Zoey não são as únicas que ficaram doentes.*

A enfermeira concordou com a cabeça e seguiu para a porta, dizendo:

— *Vou só chamar o médico. Ele vai explicar tudo. Ah, e... é só apertar aquele botão para chamar alguém para tirar sua focinheira, se quiser comer.*

A enfermeira saiu com pressa, tremendo de pavor.

Celeste engoliu em seco e decidiu não pensar muito naquilo. Em vez disso, perguntou:

— *Cadê a Zoey? Ela... ela está bem? Ela...?*

— *Shiu, está tudo bem* — *dispensou Wendy, pegando a mão de Celeste e acariciando o cabelo da filha.* — *Zoey está bem. Depois de cuidarem dela aqui, ela foi transferida para uma... instituição para outros jovens que estão sofrendo com a mesma doença. Perto de Aspen Flats.*

— *Eu também vou para lá?*

Wendy balançou a cabeça em negativa.

— *Não, eu não... Você vai voltar para casa comigo. Teremos que fazer alguns ajustes, mas... vai dar tudo certo. Eu dou conta.*

Celeste tocou a focinheira de novo, cautelosa. Lágrimas brotaram em seus olhos e ela sentiu a garganta apertar.

— Mãe, eu não quero te machucar.

— Você não vai — garantiu Wendy, e apertou sua mão. — Vai ficar tudo bem desde que a gente sempre tenha comida para você em casa, e eu já me inscrevi na distribuição semanal de alimento para pessoas Vazias que o hospital organizou...

Celeste interrompeu:

— Vazias? Como assim?

Wendy se calou. Os olhos dela se encheram de lágrimas outra vez e ela desviou o rosto, voltando-o para o chão. Depois de um longo intervalo, falou:

— O médico vai saber explicar melhor do que eu.

Celeste sentiu um aperto na barriga. Nunca, em sua vida inteira, a mãe dela se esquivara de algo que achava desconfortável. Era o tipo de pessoa que sempre tentava entender, conversar até compreender o que estava diante dela. Sempre assumia a própria ignorância, que via como o primeiro passo para o entendimento.

No momento, porém, estava quieta.

E o silêncio era a coisa mais barulhenta que Celeste já ouvira.

Depois de esconder o corpo de Kaden e voltarmos para o festival, decidimos que o melhor era voltar à cena do crime.

Enquanto o sol subia pelo céu devagar, iluminando as paredes rochosas vermelhas e marrons que cercavam o vale, nós seguimos para o pavilhão onde ocorrera a festa da véspera. Nosso objetivo era simples: tentar encontrar prova de *algo* que poderia ter feito Val entrar em estado selvagem, o que quer que fosse.

A área do festival estava quieta — parecia que a maioria das pessoas ainda estava dormindo, o que fazia sentido, já que os shows só começavam depois do meio-dia. Passamos por algumas pessoas correndo ou filmando suas roupas de grife, mas, de modo geral, o lugar estava bem abandonado, se comparado com a noite anterior. Era uma atmosfera sinistra.

Também era esquisito porque — graças à carne humana consumida — de repente eu escutava todas as conversas cochichadas por onde passávamos. Em cinco minutos, ouvi alguém reclamar que fora largado pelo agente, outra pessoa cujo vídeo mais recente fora desmonetizado pelo YouTube e uma garota que achava que estava sendo traída.

Uma conversa, porém, chamou minha atenção.

Era um cara jovem que falava, de 20 e poucos anos, que passou por nós enquanto discutia no telefone. Ele usava uma camisa pintada em *tie-dye* que indicava que era um dos funcionários do festival.

Em voz baixa, contou à pessoa do outro lado da linha:

— Pois é, a Sophia não apareceu para o turno da manhã, e o Bennie está surtando porque achou que tinha visto alguma merda bizarra na frente da barraca dele ontem. Juro por Deus, aqueles cogumelos que você levou deviam estar misturados com alguma outra parada.

Parei um instante e olhei para ele de relance.

— Não, tipo, um bicho, ou… sei lá — acrescentou o rapaz. — Não sei, pergunta pra ele! Não sou eu que alucinei monstros na frente da minha barraca.

Alguns momentos depois, ele se afastou e eu não consegui mais escutar.

— Zoey? — perguntou Celeste, parando ao meu lado.

Eu continuei virada na direção do cara, como se quisesse segui-lo.

— Vocês ouviram isso?

— É, parece que o cara teve uma *bad trip*. Não é uma experiência tão estranha em um festival desses — disse Jasmine, que estava uns bons cinco passos à frente, ao lado de Val. Ela esticou as mãos fazendo gestos para nos chamar. — Vamos lá! Estamos perdendo tempo, meninas.

Celeste e eu nos entreolhamos, mas não dissemos nada. Eu me empertiguei e apertei o passo.

Não demorou para o pavilhão surgir à nossa frente. Era infinitamente menos encantador durante o dia. As luzes que davam ao ambiente um clima suave à noite estavam apagadas, tirando muito do efeito da mobília e do bar, que tinham uma cara meio acabada. Copos perdidos ainda estavam espalhados pelas superfícies, e as lixeiras transbordavam.

— Ah, que bom — falei. — Ainda não limparam. A gente pode achar alguma coisa aí.

A entrada que antes era protegida pelo segurança estava fechada por um portão trancado. Nós quatro nos entreolhamos e então encaramos o cadeado frágil.

— Ou a gente arromba, ou pula a cerca — murmurei.

— Já é de dia — argumentou Jasmine. — A gente não pode pular a cerca.

— Arrombar o cadeado também vai chamar atenção — falou Celeste. — A gente precisa de um alicate poderoso, ou...

Jasmine levantou a mão para interrompê-la.

— Espera aí, tive uma ideia. Fica de olho um segundo, tá?

— O que é pra gente fazer se alguém aparecer? — perguntou Val.

— Causar uma distração, óbvio — disse Jasmine, e indicou o vestidinho azul-claro de Val, que acabava bem acima do joelho. — Val, você tem todo um carisma natural. É só puxar papo, sei lá.

— E a gente? — indaguei, apontando para mim e para Celeste.

Jasmine fez que sim com a cabeça.

— Boa. Celeste, você pode ajudar também.

— Sua cuz...

Jasmine se virou e seguiu para o portão, e não me escutou xingá-la.

Val sugeriu:

— Vem cá... vamos fingir que estamos tirando uma selfie. A gente pode ficar de olho na Jaz atrás, e ainda ver quem passar na frente.

— Esperta — falei.

Eu e Celeste nos aproximamos dela, sorrindo enquanto Val afastava o celular. Celeste se encostou em mim, praticamente grudando o rosto no meu ao sorrir. Meu reflexo na tela do celular ficou corado e de olhos arregalados, quando ela abraçou a mim e a Val, uma de cada lado. Um calafrio arrepiou todos os cabelos na minha nuca, e os nervos nos pontos de contato da nossa pele pareciam fios desencapados.

Uma pessoa passou correndo e nos olhou de relance, mas não com atenção o suficiente para ver que Jasmine estava mexendo no cadeado. De soslaio, eu a vi ranger os dentes e apertar a fechadura.

O metal quebrou na mão dela.

Ela arrancou o cadeado e o guardou no bolso. Com um aceno brusco de cabeça, nos chamou, de sobrancelhas erguidas e testa franzida.

Comecei a me mexer, mas Val interrompeu:

— Espera, na verdade esse ângulo tá fofo pra tirar uma foto.

— Vamos tentar não criar mais provas contra nós para um julgamento futuro — falei, me desvencilhando do braço dela e seguindo na direção de Jasmine.

O mais sutilmente possível, massageei o ponto em que Celeste encostara em mim, tentando, sem sucesso, esconder meu rubor.

Jasmine abriu o portão e o segurou aberto, nos mandando entrar rápido enquanto ficava de olho nos arredores. Ela fechou com pressa e suspirou.

— Vamos acelerar o passo — falei. — A gente não sabe quando o pessoal da faxina vai chegar.

Celeste concordou com a cabeça.

— Certo. Val, o que você fez assim que chegou?

— Entrei por ali — disse ela, apontando o portão, e levou a mão ao rosto. — Depois fui para aquele sofá ali.

Nós acompanhamos seus movimentos. As almofadas dos sofás externos estavam no chão, e os braços de vime estavam cobertos de copos vazios. Alguns guardanapos usados encontravam-se esparramados na mesa, além de farelos e um baseado.

Eu peguei a ponta.

— Você fumou isso?

Val balançou a cabeça em negativa.

— Não. Eli, Kaiden e Raj dividiram isso. Eu não gosto de beber e fumar.

— Então não foi a maconha — esclareceu Celeste, e olhou para os guardanapos e farelos na mesa. — Val, você comeu alguma coisa?

Ela balançou a cabeça de novo.

— Não. Não tinha nenhuma opção de SynCarn e, mesmo que tivesse, eu não queria arriscar comer na frente dos garotos.

— Então o que fez você surtar deve ter estado no ar... — falei, olhando para o braço do sofá, e para o monte de copos mal equilibrados na beirada. — Ou em alguma bebida.

Val mordeu o lábio. Devagar, ela pegou um copo sujo de batom — do mesmo tom de rosa-claro que ela usara à noite.

— Logo antes do que aconteceu, eu estava bebendo um drinque chamado Tiete. Eli achou engraçado e pediu para mim.

Escolhi ignorar o calafrio incômodo que aquela frase me provocou.

— O que tinha na bebida?

— *Hum...* tequila? Alguma coisa cor-de-rosa? — Val torceu o nariz, tentando lembrar. — Estava no cardápio grudado no bar.

— Vamos lá ver — falei. — Talvez tenha algum ingrediente bizarro que não caiu bem.

— Tipo o quê? — questionou Val.

Celeste deu de ombros.

— Eu não posso tomar suco de toranja porque corta o efeito do meu ansiolítico. Pode ser alguma coisa desse tipo, um ingrediente totalmente aleatório que tem impacto em enzimas específicas.

— Tipo um estimulante de apetite para carniçais? — sugeri.

Jasmine concordou com a cabeça.

— É possível. Carniçais só existem há dois anos... talvez tenha alguma substância que a gente ainda não saiba que provoca uma reação dessas.

— Vamos ver no bar — falei.

Eu me afastei da mesa e segui para o bar. O balcão era escuro, em formato de L, e o ambiente tinha um vago tema de caubói, indicado pela estampa de vaca nos banquinhos e pelo laço de corda pendurado na parede. Cardápios impressos em papel de aparência falsamente antiga tinham sido plastificados e grudados no balcão, decorados com imagens de ferraduras, e escritos em fonte chamativa.

Apontei a descrição do coquetel Tiete.

— Tá. Então tem tequila, xarope de opúncia, triple sec, suco de limão e sal de lava na borda. Então, basicamente, é uma margarita chique.

— Que porcaria é sal de lava? — murmurou Jasmine.

Antes que eu pudesse responder, um burburinho distante de vozes me fez congelar.

— Droga, tem alguém vindo — sussurrou Celeste, concentrando os olhos azuis em algo atrás de mim. — Escondam-se!

Jasmine imediatamente se arremessou e deslizou por cima do balcão, para depois se agachar ali atrás. Celeste, Val e eu fizemos o mesmo, e quase caímos umas em cima das outras. Bati o joelho em alguma coisa e precisei cobrir a boca com a mão para me impedir de gritar. A dor subiu pela minha perna, e eu mordi o lábio.

— Vocês souberam o que rolou com os caras que ficaram de limpar isso ontem, né? — reclamou o homem que virava a esquina, vestindo um macacão de zelador, com as mãos na cintura. — Vazaram antes de a noite acabar. Não tiveram a decência de avisar que iam embora nem de dizer para onde foram.

Dois outros homens vinham atrás dele, murmurando em concordância que os funcionários eram escrotos, antes de se espalharem para começar a recolher pratos sujos. Eu olhei para o portão pelo qual tinham entrado, que tinha ficado entreaberto nos fundos do pavilhão. Do outro lado, um caminhão com logo de um serviço de limpeza estava estacionado em uma das faixas de concreto.

Cutuquei o ombro de Celeste e apontei a saída.

— Vem. Vamos sair por ali.

Ela começou a concordar, bem quando Val pegou algo de uma das prateleiras de trás do bar. Era um frasco de vidro cheio de pó prateado. Uma etiqueta improvisada, feita com fita crepe, dizia: PARA TIETES.

Ela passou o dedo pela borda, sujando de prata. Com cuidado, levou o dedo ao nariz e cheirou, franzindo a testa.

Imediatamente, a expressão de Val mudou. O frasco caiu da mão dela, batendo no chão com um baque agudo e rolando para baixo do bar. As veias ao redor dos olhos dela saltaram, manchando de preto a pele bronzeada. Ela cobriu a boca com a mão, e suas unhas se esticaram em garras afiadas.

Ah, essa não.

Puxei Val pelo cotovelo. Ela estava com os ombros tensos, forçando os dentes afiados enquanto lutava contra o efeito do pó. Celeste e Jasmine se levantaram atrás de nós e começaram a correr na direção da saída.

Fui arrastando Val, sem nem olhar para trás. Não tinha problema se aqueles homens nos vissem, desde que saíssemos a tempo de evitar mais vítimas. Poderíamos correr mais rápido do que eles, escapar...

— Puta merda! — exclamou um dos faxineiros, a uns três metros de nós.

Ao ouvir o som da voz dele, Val virou a cabeça bruscamente, fazendo o cabelo esvoaçar. Ela puxou o braço com força para se desvencilhar, arreganhando os dentes cortantes. Os olhos dela estavam esbugalhados, e um rosnado baixo emanava do fundo da garganta enquanto ela se debatia. O braço dela começou a escorregar das minhas mãos.

Meu coração parou.

Foi bem nesse instante que Celeste nos alcançou. No segundo em que Val se soltou, Celeste a segurou pelo punho e a agarrou com força máxima. Eu peguei o outro braço e, com nós duas a arrastando para trás, ela recuou aos tropeços.

Aquele susto bastou para ela se distrair dos homens. Jasmine gritou para nos apressarmos, e corremos pelos últimos metros até o portão, com o coração a mil.

Continuamos até nos afastarmos completamente do pavilhão, e as vozes dos homens se dissiparam, distantes. Ofegantes, nos escondemos atrás de um arbusto volumoso.

Eu, Celeste e Val caímos ajoelhadas, e Jasmine esticou o pescoço por cima do arbusto para conferir que não estávamos sendo seguidas. Enquanto isso, Val fechou os olhos com força, soltando a respiração sibilante entre os dentes afiados. Ela encostou o queixo no peito, com os ombros tremendo.

— Tá… Tá acontecendo de novo… — choramingou.

Celeste se dirigiu a Jasmine:

— Abre minha mochila… Trouxe SynCarn por via das dúvidas.

Jasmine assentiu e abriu o zíper da mochila em forma de coração pendurada nas costas de Celeste. Ela tirou dali um bife embrulhado de SynCarn e rasgou a embalagem de plástico com os dentes.

Val pegou a comida das mãos dela antes mesmo de estar inteiramente desembrulhada. Nós três desviamos o olhar, por educação, enquanto ela desencaixava a mandíbula e engolia tudo de uma vez.

Ficamos caladas por um breve segundo antes de Jasmine perguntar:

— E *o que* foi isso?

— Você está bem? — perguntou Celeste, soltando o braço de Val.

Lágrimas brilhavam nos olhos de Val, mas ela confirmou com a cabeça. As veias escuras começaram a esmaecer lentamente, e as presas se retraíram até os dentes voltarem à forma e ao tamanho normais. Fungando, ela disse:

— Foi exatamente isso que aconteceu ontem.

— Então acho que encontramos o que fez você surtar — murmurei.

Val concordou com a cabeça.

— Eles misturaram isso na borda de sal de lava do meu drinque ontem. Deve ser… glitter comestível? Tinha gosto de… menta, quase.

— Menta? — repeti.

Jasmine ergueu as sobrancelhas.

— Eu diria para a gente voltar e pegar, mas obviamente é uma péssima ideia.

— Nunca ouvi falar que menta podia fazer isso com carniçais — disse Celeste, tamborilando uma unha de acrílico brilhante no queixo. — Mas, considerando os ingredientes, parece esquisito botar alguma coisa com sabor de menta nesse drinque.

— Então a pergunta é se o drinque era só uma bebida normal com efeito colateral bizarro para carniçais — falei —, ou se alguém tentou de propósito criar algum frenesi ao distribuir isso em um evento que poderia ser frequentado por carniçais.

Ficamos em silêncio, processando a informação. Se alguém tivesse colocado um alvo em carniçais, então nós éramos as vítimas. Mas, se fosse um engano, era a prova do que as pessoas anti-Vazios precisavam: a de que éramos monstros que poderiam surtar a qualquer momento.

— Eita — murmurou Jasmine.

Naquele instante, o celular de Val vibrou. Ela tirou do bolso, apertou a capinha estampada de suculentas e fez uma careta assim que viu a tela.

— Ai, não. É o Eli. Está perguntando se eu vi o Kaiden.

Jasmine bateu as mãos.

— Bom. Foi um prazer conhecer vocês, amigas, mas, infelizmente, estamos lascadas.

— A gente ainda não sabe disso — retruquei, irritada. — Val, diz para o Eli que você passou mal e voltou mais cedo para a cabana. Ele não vai te encher por isso. Aí a gente pode voltar, pesquisar e descobrir se alguém está sabendo dessa substância esquisita com cheiro de menta.

— E se os faxineiros chamarem a segurança para ir atrás da gente? — perguntou Jasmine, de braços cruzados.

— Não vamos botar a carroça na frente dos bois — falei. — Vamos lidar com uma coisa de cada vez.

— Acho que não temos tanto tempo para obter respostas — sussurrou Val.

Eu cerrei a mandíbula e me empertiguei.

— Então acho que é bom começar logo.

nove

A o longo de cinco dias, Jasmine viu a condição da avó se deteriorar.

No começo, foi fácil disfarçar. Como Ruth passava a maior parte no quarto, dormindo, Isaiah não precisava ver as olheiras cada vez mais fundas conforme as horas de inanição se transformavam em dias sem comer. Depois de quatro dias, no entanto, Isaiah observou horrorizado enquanto Ruth se debruçava sobre a pia da cozinha e vomitava os biscoitos de água e sal que Jasmine a forçara a engolir. A bile tinha uma qualidade distinta, preta e gosmenta, ao se espalhar na pia. Jasmine ficou do lado da avó, fazendo carinho em suas costas. Isaiah tinha apenas 12 anos, e Jasmine não contaria que podiam estar correndo perigo.

— A vovó só bebeu demais ontem — prometeu a ele, com tapinhas no ombro. — Não é nada.

Porém, naquela noite, Jasmine esperou Isaiah adormecer e usou toda a sua força para arrastar um sofá da sala até a porta do quarto da avó. Ela acordou no dia seguinte com os sons de gritos desumanos e batidas fortes. Isaiah saiu do quarto arrastando os pés, piscando e massageando a testa. Quis saber o que estava acontecendo com a avó.

Jasmine saiu às pressas do apartamento levando o irmão, mal deu tempo para ele calçar os sapatos. Eles pegaram os itens mais essenciais e fugiram.

O que encontraram foi o centro de Los Angeles sinistramente sem vida. O prefeito tinha dado ordens de quarentena algumas noites antes, e estava nítido que os habitantes haviam levado a ordem a sério.

Jasmine não sabia exatamente para onde levar Isaiah. Sabia apenas que eles precisavam de um lugar para dormir. Tentaram alguns hotéis, mas todos estavam protegidos por homens armados de farda — Jasmine não sabia se eram do exército, ou seguranças aleatórios contratados pelo hotel —, que mandaram os dois procurarem outro lugar. Quando Jasmine argumentou que não deveriam estar na rua, e que precisavam de um abrigo, os homens retrucaram que o problema era dela, não deles. Sempre que Jasmine via um policial, puxava Isaiah e apertava o passo antes de serem notados.

Precisava encontrar um lugar seguro antes de anoitecer. Se não conseguisse, eles se veriam no meio dos tiroteios que ouvia todas as noites do prédio de Ruth.

Bem quando os postes na rua começaram a acender, os irmãos chegaram a um edifício em construção. O perímetro era delimitado por uma cerca alta e parecia que todas as portas e janelas já estavam instaladas.

Teria que servir.

— Vem — chamou Jasmine, segurando a cerca de metal. — A gente pode dormir aqui.

Isaiah arregalou os olhões castanhos. Ele ainda tinha cara de bebê, apesar de, durante as férias, ter crescido tanto que quase alcançava a altura de Jasmine.

— Mas... é seguro?

— Tem uma cerca enorme, e deve dar para trancar as portas, então é melhor do que ficar aqui fora com a polícia e os carniçais — disse Jasmine, fazendo sinal para ele a seguir. — Vamos. Eu te ajudo a pular.

Os dois pularam a cerca, Isaiah escalando com os braços trêmulos. Jasmine chegou do outro lado e o ajudou a descer. Ele hesitou do outro lado da grade, e Jasmine apertou o ombro dele de leve.

— Vai ficar tudo bem. Prometo.

Ele concordou com a cabeça devagar e andou atrás da irmã.

Foi relativamente fácil entrar: Jasmine só precisou quebrar uma janela para conseguir destrancar e abrir espaço para entrarem. Lá dentro, o ambiente continha principalmente lona e material de pintura, além de algumas garrafas abandonadas de água e energético.

Jasmine ajeitou as lonas como camas improvisadas para os dois em um dos cômodos laterais. Não era aconchegante, visto que o chão do lugar estava direto no cimento e não tinha eletricidade, mas daria para o gasto.

Isaiah se enroscou debaixo de uma lona, e Jasmine se levantou.

— Vou procurar uma lanterna. Já volto.

Ele não respondeu, o que não era grande surpresa. Isaiah não falara muito desde a fuga do apartamento da avó. Jasmine o vira secar lágrimas rapidamente, escondido.

Coitadinho, pensou, saindo do cômodo e fechando a porta. Ela acendeu a lanterna do celular, agradecida por pelo menos ainda ter bateria. Tenho que levar ele para casa antes de...

Ela fez uma careta. A sensação de vazio em seu estômago causou dor, e ela cobriu a barriga com a mão ao ouvir aquele ronco.

Jasmine fechou a boca com força, e os olhos também. Não sabia quanto tempo aguentaria ficar com o irmão, cujo coração, rápido como o de um coelho, fazia a garganta dela arder e a barriga se contorcer de fome. Fazia dias que ela não comia, e só conseguia pensar em como seria fácil enfiar os dentes no pescoço dele.

Jasmine sacudiu a cabeça. Se controla. Ele precisa de você.

Ela levantou o celular. As sombras de latas de tinta e banquinhos formavam desenhos compridos nas paredes e piscavam conforme ela seguia de um cômodo ao outro. Lá fora, o vento soprava mais forte, e os ossos do edifício rangiam enquanto o ar uivava. Ao caminhar, os passos ecoavam. Seu coração acelerou, e suor brotou na nuca.

Mais para o fundo do prédio, ela encontrou uma bolsa de lona encostada na parede. Imediatamente se ajoelhou e abriu o zíper com pressa. Tirou dali algumas roupas, absorventes internos que guardou no bolso para depois, umas barrinhas de lanche para Isaiah, um pequeno kit de primeiros-socorros, e...

Uma lanterna imensa. Perfeito.

Jasmine meteu o celular no bolso e acendeu a lanterna maior. O feixe iluminou o cômodo na frente dela, largo e amplo como os outros.

No entanto, aquele tinha uma grande diferença.

As lonas estavam todas emboladas, dispostas do mesmo modo que Jasmine improvisara a cama de Isaiah. Mais algumas malas estavam encostadas na parede, e uma lanterna de acampamento se encontrava no meio do chão. Uma das bolsas tinha a bandeira dos Estados Unidos bordada, outra, uma cruz grossa com uma cabeça de águia, e mais uma que ela reconheceu como sendo um slogan da extrema-direita. Jasmine sentiu um arrepio, seguido de um nó na garganta.

Não eram apenas Jasmine e Isaiah que tinham decidido se abrigar ali.

Foi então que um berro familiar ecoou pela construção.

— Isaiah! — gritou Jasmine.

Ela largou a bolsa e correu na direção do cômodo em que deixara o irmão. Por acidente, tropeçou em uma lata de tinta, que ecoou pela construção. O feixe da lanterna sacolejou até ela virar a esquina e iluminar o ambiente.

Um casal branco, um homem e uma mulher, de roupa preta e de estampa camuflada estava apontando uma arma para a cabeça de seu irmãozinho. O homem, que segurava a arma, era careca e tinha várias tatuagens pretas e grossas em um dos braços. Uma das tatuagens era inconfundível: uma suástica. Os dois fediam a cigarro e bebida, e a mulher parecia cambalear um pouco.

— Que merda cês tão fazendo aqui? — questionou ela, se virando para Jasmine. A mulher bambeou. Definitivamente estava bêbada. — Esse lugar é nosso, porra — esbravejou. — Vocês tão invadindo.

Jasmine levantou as mãos devagar.

— Por favor. A gente… a gente é só criança. A gente não sabia que vocês já…

— Devem ser carniçais — disse o homem, com o dedo tremendo no gatilho, e Jasmine ouviu seu coração bater, sentiu o aroma doce do sangue correndo por suas veias. — Acharam que iam pegar a gente, né?

— Não somos! — gritou Isaiah, com o rosto coberto de lágrimas. — Po-por favor, a gente vai embora…

— Atira neles, gato — disse a mulher, com o sorriso torto e cheio de dentes.

Jasmine provavelmente teria ficado horrorizada se não fosse pelo fato de que sua visão ficou mais estreita, e algo desceu das gengivas.

— Se forem carniçais, já foram tarde — continuou a mulher.
— E se forem mesmo só moleques... podemos usar de isca para caçar carniçal.

O homem mirou em Isaiah e riu.

— Boa ideia.

Só que ele não teve a oportunidade de apertar o gatilho. Em um instante, Jasmine agarrou o braço dele com suas garras e, em um gesto fluido e rápido, quebrou o osso como se fosse um galho.

O homem e a mulher gritaram ao mesmo tempo. A arma caiu da mão do homem.

Jasmine chutou a arma na direção do irmão e gritou:

— Pega, Isaiah!

Isaiah correu para pegar a arma, e Jasmine empurrou o homem na parede com tanta força que o crânio dele rachou. Ela abriu os lábios, revelando duas fileiras de presas afiadas e as fincou no pescoço do homem em poucos segundos. Ele gritou, e o som se interrompeu bruscamente quando Jasmine arrancou a traqueia dele, esguichando sangue carmim e tendões fibrosos. O gosto explodiu na boca, doce e quente, como uísque de canela, mas sem a ardência.

Ela engoliu o pedaço todo de uma vez.

— Jaz! — gritou Isaiah. — Socorro!

Jasmine virou a cabeça, o sangue escorrendo pelo queixo. A mulher estava no chão tentando pegar a arma enquanto Isaiah se esforçava para manter o controle. Por pouco ela não enfiou as unhas de acrílico quebradas na pele dele.

Jasmine se jogou em cima da mulher. Elas rolaram, a mulher gritando, e Jasmine a esganou. Afundou as garras no pescoço dela, até rasgar a carótida. Sangue esguichou em Jasmine e na parede atrás. Espuma sangrenta borbulhou na boca da mulher, e ela engasgou no som da última respiração.

E caiu, morta.

O cheiro de sangue rapidamente invadiu os sentidos de Jasmine. A barriga roncou, e saliva encheu sua boca. O odor ainda quente da pele da mulher bastou para arrancar de Jasmine praticamente toda a sua humanidade. Quase toda.

— Vai se esconder, Isaiah — sussurrou Jasmine, através dos dentes afiados. — Leve a arma, e só saia quando eu mandar.

Os olhos de Isaiah brilharam.

— Jaz...

— Corre! — gritou Jasmine. — Agora!

Isaiah se levantou, tropeçando, e correu com toda a força. Jasmine fez todo o possível para esperar até ele sair de vista antes de se entregar à fome.

Ela dilacerou a mulher.

De volta à cabana, todas nos encolhemos no sofá e pegamos o celular. Aparentemente, a desculpa de ver o nascer do sol que Celeste usara com Patrícia funcionara — ou Patricia simplesmente não se importava o suficiente para questionar —, porque não recebemos mais mensagem alguma sobre o que tínhamos feito naquela manhã.

O calor lá fora começou a entrar pelas janelas e em pouco tempo estávamos todas de cabelo preso, com uma camada de roupa a menos. Ao meu lado, Celeste usava um vestido branco casual, cujas alcinhas expunham a cicatriz em forma de estrela perto da clavícula, causada pelo tiro.

Por um breve segundo, a cara do caçador surgiu na minha mente, manchada de sangue depois de eu arrancar sua jugular.

Desviei o olhar e me encolhi. Celeste ergueu o rosto.

— Tudo bem, Zoey?

Meu coração palpitou. Eu não tinha notado que estava olhando para ela com tanto afinco. Enfiei a cara no celular.

— Foi mal. Só estou distraída.

Do outro lado da sala, Jasmine ergueu a sobrancelha para mim.

— Espera — disse Val, endireitando-se na poltrona de veludo em que tinha se aninhado. — Olha isso aqui.

Nossos celulares todos vibraram um segundo depois, com um link que Val mandou por mensagem. Cliquei e imediatamente vi a foto de um homem de jaleco apertando a mão de outro homem de terno. Era uma notícia de dois anos antes. A manchete dizia: FARMACÊUTICA BLACKWELL AVANÇA EM PESQUISA DE SUPRESSOR DE APETITE PARA VAZIOS.

— "O diretor Sterling Blackwell anunciou na segunda-feira que os cientistas estavam se aproximando do fim de um estudo para encontrar um supressor de apetite eficiente para aqueles impactados pelo Esvaziamento." — leu Val em voz alta. — "Utilizando as propriedades de uma variedade de hortelã alterada por engenharia genética, pesquisadores da Blackwell esperam que o produto, Menthexus, chegue ao mercado assim que os testes entre humanos forem concluídos."

— Nunca ouvi falar de nenhum supressor de apetite para carniçais — sussurrei. — Muito menos do nome Menthexus.

Val concordou com a cabeça. Meu celular vibrou com outro link, e ela acrescentou:

— Provavelmente foi por causa disso.

Abri o segundo artigo, ilustrado pela imagem de uma nuvem de fumaça flamejante saindo de um edifício no deserto. A manchete dizia: CENTRO DE PESQUISA DA FARMACÊUTICA BLACKWELL PEGA FOGO DIAS DEPOIS DE DELATOR VAZAR INFORMAÇÕES SOBRE EXPERIMENTOS FRACASSADOS EM SERES HUMANOS.

— Isso explica — murmurei.

— O centro ficava só a quinze quilômetros daqui — disse Celeste, franzindo a testa e olhando a tela do celular mais de perto. — Parece que está abandonado desde o incêndio.

— Parece que precisavam acobertar alguma coisa — comentou Jasmine, de sobrancelhas erguidas e braços cruzados. — Como, por exemplo, uma droga que estimula o apetite de carniçais em vez de inibir.

— Concordo. É coincidência demais.

Joguei o nome do centro de pesquisas no aplicativo de mapa do celular e pedi para traçar o trajeto. Celeste estava certa: ficava a poucos minutos de carro dali. Era uma estrada de terra, o que poderia tornar a viagem mais lenta, mas eu confiava no Mini.

Levantei o rosto.

— Acho que a gente devia ir lá dar uma olhada.

Celeste praticamente engasgou.

— No centro de pesquisas queimado? Zoey, que ideia horrível. A gente nem sabe se a estrutura é segura para explorar, e, mesmo se for, o que a gente encontraria lá? As informações úteis provavelmente foram todas destruídas.

Dei de ombros.

— A gente por acaso tem alguma outra pista?

— Podemos tentar descobrir quem trabalhou ontem no bar — sugeriu Val. — Talvez saibam de onde veio o pó estranho.

— Por que não fazemos as duas coisas? — sugeriu Jasmine. — Podemos nos dividir: duas vão ao centro, e as outras duas vão atrás de informações de quem trabalhou ontem na festa.

Val respondeu:

— Eu quero ir atrás do bartender. Explorar um centro de pesquisas incendiado me parece horrível.

— Concordo — disse Jasmine. — Esse lugar aí com certeza é assombrado.

— Posso ir sozinha — declarei, de braços cruzados.

Celeste suspirou.

— Não pode, não. Posso até achar má ideia, mas não vou deixar você ir sozinha num edifício velho e bizarro.

Levantei uma sobrancelha.

— Jura?

Celeste concordou com a cabeça.

— Amigas de verdade não deixam suas amigas serem possuídas por fantasmas de vítimas de experimentos científicos antiéticos.

Tentei conter o sorriso, sem sucesso. Esbarrei meu pé contra o dela.

— Tá, você que sabe.

— Ah, só uma coisa antes — disse Val, e bocejou enquanto se espreguiçava. — Estou mortinha. A gente pode, sei lá, dormir um pouco antes de investigar mais?

— Um cochilo me parece uma excelente ideia — concordou Jasmine. — Minhas olheiras estão tão fundas que parecem até um poço. Retomamos daqui a algumas horas.

Cobri a boca, escondendo um bocejo.

— Combinado.

———⚬———

Levei apenas alguns minutos para pegar no sono e senti que, assim que fechei os olhos deitada na cama, abri-os de novo em sonho.

Eu estava em um cômodo branco. Piso de ladrilho branco, paredes brancas, cama branca, cadeira branca e um banheiro branco no canto, com vaso, chuveiro e pia atrás de uma cortina. Eu me endireitei na cama, onde estava deitada, e massageei a cabeça dolorida. Tinha alguma coisa áspera entre meus dentes, e minha boca estava seca. Todos os meus músculos doíam, como se eu tivesse passado por um moedor de carne. Quando olhei para baixo, notei que estava de avental de hospital, estampado de florezinhas cor-de-rosa.

— Zo? Acordou? — perguntou uma voz.

Levantei o olhar. O cômodo tinha uma porta de vidro com uma janela gradeada. Vi um rosto conhecido me encarando do outro lado, através da grade.

Eu me levantei de um pulo.

— Pai?

Avancei alguns passos na direção da porta, e o rosto dele empalideceu. Frank Huxley estava com a mesma aparência de sempre, com seu bigode grosso e cabelo grisalho. O pescoço dele palpitava. Parecia que eu era um animal, ameaçando dar o bote.

Ele pigarreou e forçou um sorriso trêmulo.

— Oi, filha. É, *hum*, bom te ver.

— O que aconteceu? — perguntei, avançando mais um passo, e quase me encolhi quando meu pai recuou um milímetro. — O que estou fazendo aqui? Cadê a mamãe?

Ele coçou a nuca, e olhei para o lado.

— Ela, ah… ela precisa de mais um tempinho, querida. Ainda está tentando entender o que aconteceu.

Imediatamente, senti um nó na garganta.

— Pai, eu juro que não quis machucar ninguém…

— Eu sei, filha. — Ele soltou um suspiro. — Os médicos explicaram que você não conseguia se conter. Estava morrendo de fome.

A visão da pele de Devin Han rasgada sob minhas garras voltou de uma vez. O sangue borbulhando lá dentro, o gosto que tinha quando enfiei os dedos na boca.

Pisquei e duas lágrimas escorreram pelo meu rosto.

— Pai, você precisa me tirar daqui. Só quero voltar para casa. Por favor.

— Você sabe que não é seguro, Zo. Afinal, olha só para você.

Comecei a dizer alguma coisa, mas algo pareceu cortar minha boca. Meus dentes ficavam mais compridos e mais afiados e, quando tentei cobrir os lábios, reparei que minhas mãos tinham virado garras, cobertas de sangue e pedaços grudentos de vísceras. Soltei um grito e recuei de um pulo, notando a poça vermelha aos meus pés.

— Não posso te levar para casa — disse meu pai, com a expressão entorpecida —, porque você não é mais minha filha.

A poça aos meus pés começou a aumentar, como se o próprio chão sangrasse, carmim espesso se erguendo como a maré cheia. Tentei me afastar, mas a onda subiu, consumindo meus pés e tornozelos. Nacos de carne rasgada boiavam na superfície da nascente de sangue, como ingredientes em um ensopado — corações, olhos e pulmões dilacerados. O cheiro inundava tudo, um odor de cobre, ácido, e um pouco doce.

— Pai, por favor! — supliquei, e o sangue chegou ao meu peito, quente e grudado na pele. — Socorro!

Bem quando o sangue começou a chegar na minha boca, eu engasguei em um soluço, e uma voz distante me chamou:

— Zoey?

Acordei, piscando os olhos devagar para voltar a mim.

Pesadelo, lembrei. *Você está bem. Está tudo bem.*

Celeste me olhou com uma expressão tenra do outro lado da cama. Ela estava sentada, encostada na cabeceira de madeira clara, com uma almofada para apoiar a lombar. O cabelo estava preso em duas tranças despenteadas que caíam nas clavículas, e a franja um pouco bagunçada me indicava que ela também tinha acabado de acordar.

— Tudo bem? Você… você está chorando.

Levei a mão ao rosto e notei que estava molhado de lágrimas. Sequei rápido com o punho e balancei a cabeça. Estava com dor de cabeça, e nem sabia se era do choro, da falta de sono, de desidratação, ou de todas essas coisas ao mesmo tempo.

— Eu tô bem — menti, passando o dedo devagar na colcha cor-de-rosa. — Foi só um pesadelo.

Celeste afastou uma mecha de cabelo dos meus olhos. O toque foi tão leve, tão carinhoso, que eu quase comecei a chorar outra vez.

— Quer me contar? — perguntou.

Mordi o lábio e funguei.

— Quem sabe mais tarde. Vou tomar um ar.

Saí de debaixo das cobertas. O olhar de Celeste praticamente queimou minha nuca enquanto eu calçava as sandálias e me dirigia para a sala. Fechei a porta do quarto antes que ela pudesse insistir.

Forcei a vista contra a claridade da sala ensolarada e, com um suspiro, prendi o cabelo em um coque pequeno, tentando afastar da memória a imagem do rosto de meu pai. Aquele tinha sido o início do comportamento padrão dele, em que se recusava a me encarar, agora já estabelecido.

Peguei o celular que tinha deixado carregando na mesinha geométrica da sala, e me dirigi à porta de correr de vidro nos fundos da casa. Dava em uma varandinha, com uma mesa e algumas cadeiras em cima de um tapete verde.

Quando abri a porta, Jasmine se virou de onde estava sentada. Estava de óculos de gatinho e chapéu de praia grande, bebendo alguma coisa gelada e cor-de-rosa, gotas escorrendo do lado de fora. Uma jarra da bebida se encontrava no meio da mesa.

— Boa tarde, dorminhoca — disse ela.

Fechei a porta ao passar.

— Que horas são?

— Quase quatro — disse ela, e fez sinal para a cadeira vazia a seu lado. — Senta aí. Fiz *pink lemonade*.

Puxei a cadeira ao lado de Jasmine e me sentei de pernas cruzadas. Jasmine pegou um outro copo e encheu de limonada para mim. Tomei um gole, distraída, olhando as paredes de arenito marmorizado que se erguiam ao redor do vale. Alguns falcões voavam em círculos acima de nós, se enfrentando no que eu imaginava ser uma disputa territorial. Eles estendiam as garras, tão compridas que eram visíveis do chão, e rasgavam o ar. Olhei para minhas unhas, sabendo que poderia curvá-las em garras sempre que precisasse.

De um jeito estranho, aquilo era reconfortante. Antes do Esvaziamento, eu era uma menina quieta e nervosa. O mundo era grande e perigoso e, por mais que eu tentasse lutar contra ele, era raro ter sucesso. Implicavam comigo por eu ser pequena, e os meninos faziam questão de me provocar, porque sabiam que, se eu brigasse, não tinha como machucá-los. Eu era pequena, fraca e furiosa demais.

Depois do Esvaziamento, as coisas mudaram. Por mais que doesse ver a expressão dos meus pais — pálidos e de olhos arregalados — sempre que viam minhas presas, isso também era reconfortante. Porque eu não era uma menininha fraca que qualquer um poderia ferir se assim quisesse. Eu era o monstro à espreita à noite, e monstros não precisavam ter medo de suas fraquezas.

— Val ainda está dormindo — disse Jasmine, interrompendo meus pensamentos. — Ela ficou uma hora trocando mensagem com o Eli. Parece que ainda não estão preocupados com o Kaiden… aparentemente, ele nunca foi muito comunicativo. Acham que ele só ficou com alguma garota e está com ela até agora.

— Quanto tempo acha que vão levar para denunciar o desaparecimento dele?

Jasmine deu de ombros.

— Não faço ideia. Mas, se tentarem rastrear o celular, azar o deles. Apaguei o SIM e esmaguei assim que acordei na caverna. Está lá com ele na mina.

— Pensou rápido.

Passou um momento de silêncio entre nós enquanto bebíamos a limonada, encarando o deserto.

Finalmente, Jasmine perguntou, direta:

— Você estava chorando?

Funguei, tentando limpar o muco do nariz.

— Jesus, é assim tão óbvio?

— Relaxa. Eu também chorei — disse Jasmine, vendo uma gota de água descer pelo copo e pelo dedo. — Não foi nosso melhor dia.

O rosto de Kaiden me voltou à memória, as cavidades oculares encarando o céu. Senti um nó no estômago e me abracei.

Jasmine ajeitou os óculos com um suspiro. Ela passara batom vermelho-escuro que combinava com a fita do chapéu, e parecia uma *pin-up* retrô. Normalmente não era de se dedicar tanto ao que vestia, e acabei me perguntando se era uma tentativa de manter algum grau de normalidade. De controle.

— Eu estava pensando no que a Val falou — disse Jasmine, quebrando o silêncio. — Que ela nunca matou uma pessoa antes. Eu achava... que todas tínhamos matado.

Abri a boca e fechei. Ela estava certa: nenhuma de nós gostava de falar do que tinha acontecido durante o Esvaziamento, quando estávamos todas desesperadas, confusas e morrendo de fome. Quando eu ainda estava na instituição juvenil para carniçais, fazíamos sessões de terapia obrigatórias nas quais nos mandavam pensar na nossa parte carniçal como algo separado de nós, como se uma pessoa diferente tivesse feito aquelas coisas que nunca faríamos. Algumas pessoas davam àquele lado um nome, uma situação meio Jekyll e Hyde, para depois dizerem: *Ah, não fui eu que matei aquela pessoa inocente. Foi outra pessoa, outra coisa.*

Eu não sabia bem o quanto acreditava naquilo, mas, em momentos como aquele, essa lembrança sempre voltava.

— Acho que nunca fomos de comparar estrago — sussurrei, e tomei um gole —, pelo menos não desse tipo.

Jasmine suspirou e se instalou melhor na cadeira, deixando o sol banhar a pele.

— Só para você saber, no meu caso foram dois.

Levantei as sobrancelhas. Na escola, eu e Jasmine éramos boas amigas, mas não a nível de fazer confissões. Nós duas éramos mais reservadas e mantínhamos as emoções contidas, apesar de termos personalidades diferentes. Jasmine sempre fazia piadas evasivas, e eu só engolia o que me incomodava até não aguentar mais. A única pessoa que normalmente escutava minhas opiniões sem filtro era Celeste. Pelo menos até recentemente.

Suspirei. *Melhor ser honesta com alguém.*

— Um — falei, sem olhar para Jasmine.

Preferi olhar a sombra da mesa e do guarda-sol que tremulava suavemente à brisa.

— Um caçador que atirou na Celeste na mata — continuei. — Nem sei como ele se chamava. Nunca descobri.

Jasmine assentiu.

— Os meus foram um casal de supremacistas brancos que atacaram eu e meu irmão quando a gente estava em Los Angeles.

— Parece que eles fizeram por merecer — murmurei.

Jasmine deu de ombros.

— Eu... é, sei lá. Nem por isso me sinto melhor. Meu irmão me viu fazer isso, e não sei se ele voltou a me enxergar do mesmo jeito.

Suavizei minha expressão.

— Como você lidou? Depois?

Jasmine fechou a boca com força e massageou o pescoço.

— Eu... acho que só me joguei em outras coisas assim que voltei pra casa. Quando soltaram os carniçais da prisão domiciliar, depois da SynCarn, e as aulas voltaram, eu entrei em um monte de atividades, me ofereci para ser capitã do time de softbol e peguei todas as matérias mais difíceis. Achei que, se estivesse sempre ocupada, não teria tempo de ficar sozinha com meus pensamentos e me lamentar demais.

— E agora você vai estudar medicina em Yale — comentei. — E foi nossa oradora. Pouca gente conseguiria isso tudo, mesmo sem ser carniçal.

— Foi só sorte alguém do departamento de matrícula de Yale gostar da minha redação sobre minha vontade de abrir uma clínica especialmente voltada para tratamento de carniçais — disse Jasmine, com desdém. — Enfim, quando é que você ficou toda emocionada?

— Só achei bom dizer — falei, me recostando e olhando para a luz filtrada pelo guarda-sol. — Se for para escolher um mecanismo para lidar com essas coisas, ser absurdamente ambiciosa e competente parece uma boa.

— *Pfff*. Valeu — respondeu Jasmine, tomando mais um gole da limonada. — E você? Nunca soube muito de como foi para você depois do Esvaziamento. Sei que você voltou às aulas um pouco atrasada, mas...

Fiz que sim com a cabeça.

— Eu fui internada numa daquelas instituições para carniçais menores de idade, porque meus pais não se sentiam seguros de me deixar em casa. Só saí em outubro... três meses e meio depois de tudo aquilo.

Jasmine levantou o olhar.

— Cacete. Assim, eu sabia que seus pais eram...

— Escrotos? — sugeri.

Jasmine riu pelo nariz.

— É, isso. Eles basicamente deixam você se virar a maior parte do tempo, né?

— Por aí.

Ajeitei o cabelo atrás das orelhas, virei a cabeça para cima e olhei a imensidão azul sem nuvens. Ali no deserto, o céu se estendia eternamente.

— É assim desde que voltei para casa depois do Esvaziamento — continuei. — Eles nunca mais me trataram igual antes.

Jasmine franziu a testa, mas não disse nada. Por um segundo, eu me perguntei se ela insistiria, mas aparentemente decidiu que era melhor não.

De algum modo, foi isso que me fez decidir acrescentar:

— Eu já me sentia um monstro, mas foram eles que me fizeram acreditar que eu sou mesmo um.

Jasmine levantou as sobrancelhas.

— Zoey, você não...

— Três dias depois de voltar para casa, eu percebi que a minha mãe andava pra lá e pra cá carregando uma pistola.

Assim que as palavras saíram da minha boca, foi como se uma barreira dentro de mim se rompesse. Senti um aperto no fundo da garganta, meus olhos começando a marejar.

— Porra, era uma *arma* — falei. — Uma daquelas pequenas, de guardar na bolsa. Ela tentou esconder de mim, mas, da primeira vez que me viu comer, notei que estava segurando a arma atrás das costas, para o caso de eu surtar. Acho que agora ela dorme com a arma debaixo do travesseiro.

Uma única lágrima escorreu.

— E eles... me evitam. Acho que minha mãe não me disse mais de dez palavras desde que eu voltei. Arranjam desculpas para sair quando estou em casa e me dão uma mesada para eu fazer minhas próprias compras no mercado. Eles só me dão isso: dinheiro. Meu pai até fala comigo, mas nunca olha nos meus olhos. Muito menos, sei lá, me *abraça*, o... ou...

Soltei um soluço trêmulo. Jasmine se levantou da cadeira, veio até mim e me abraçou. Ela me segurou firme enquanto eu tentava recuperar o fôlego, me desculpando em meio ao choro.

Jasmine me apertou mais uma vez antes de me soltar.

— Nunca vou entender como as pessoas conseguem pregar o olho sabendo que estão ferrando com a própria família.

— Desculpa — murmurei, finalmente conseguindo respirar. — É uma besteira chorar por isso agora, com tudo o que está rolando. Essa situação do Kaiden meio que... trouxe as questões de volta.

— Ei, fala sério. Se dá um tempo — disse Jasmine, voltando a se sentar, e pegou minha mão por cima da mesa.

— Isso é uma *merda*. Família de verdade nunca deveria te tratar assim. Mas quer saber?

Ergui meus olhos marejados para fitá-la.

— Você tem a gente — disse Jasmine, e fez um gesto, indicando a si mesma e a casa. — Eu, Celeste, e Val. A gente sempre se apoiou, né? E nada vai mudar isso. Muito menos o que aconteceu ontem.

Funguei, assentindo com a cabeça devagar.

— É. É verdade. Obrigada, Jaz.

— Disponha — devolveu ela, com um tapinha na minha mão. — Eu amo você, Zo.

Segurei um sorriso.

— Também te amo.

The Slice, E-mail de Leitora ***4190
Status: Pendente

Cara Abby,
Eu acompanho sua coluna de conselhos há anos. Na verdade, minha mãe ficava entediada de ler livros infantis quando eu era pequena e, em vez disso, lia sua coluna para mim. Ainda lemos quase todo dia no café da manhã. Adoramos as colunas com conselhos românticos, o que é meio engraçado, porque nós duas sempre estamos solteiras.

    A questão é que eu sou Vazia. Tenho medo de ninguém ser capaz de me ver como uma pessoa em vez de um monstro, por mais legal que eu seja. Eu me esforço muito, muito mesmo, para provar para as pessoas que sou boa pessoa, de tanto medo que tenho de não conseguirem enxergar além disso. Acabo guardando segredo de pessoas que acabei de conhecer por medo de ser julgada. Não sinto vergonha nem nada, mas odeio sentir que preciso justificar minha existência para todo mundo, o tempo todo.

Acho que o que quero perguntar é o seguinte: você acha que existe alguém no mundo que realmente poderia amar incondicionalmente alguém como eu?

— CF, Aspen Flats, Califórnia

NOTA DO EDITOR: Essa pode ser uma boa carta para a edição de aniversário do Esvaziamento, Abby. Diga o que quiser para essa pessoa se sentir melhor. Os chefes querem que a gente passe uma imagem pró-carniçal, pelo menos durante esse mês. Se não for para isso, fique à vontade para descartar a pergunta.

*D*epois da minha conversa com Jasmine, eu ainda sentia que precisava arejar as ideias. Celeste voltara a dormir e Val continuava apagada, então peguei a mochila e decidi dar uma volta entre as cabanas. A esperança era de que ficar um pouco sozinha aliviaria a ansiedade que se instalara entre minhas costelas como um ninho de pássaros.

O dia estava quente, e tinha gente por todos os lados, conversando a caminho dos próximos eventos do outro lado do vale, completamente despreocupados. Fui andando na direção oposta do festival, caminhando pela borda da estrada de terra em direção ao fundo do vale, apenas um descampado de rochas e arbustos secos. Alguns grupos de cactos se espalhavam pela terra, junto das poucas flores silvestres restantes que brotavam perto das pedras — florezinhas amarelas e roxas do deserto, quase todas murchas por causa da mudança de estação.

Fui andando até o descampado rochoso, desviando das poucas árvores e dos cactos. Pela primeira vez em muito tempo, estava tudo... quieto.

Até o som suave de violão e uma voz cantando soprarem na brisa.

Esmagando a terra, fui vagando na direção do som. Dei a volta em uma pedra e encontrei uma figura conhecida sentada em cima de uma rocha grande, dedilhando um violão enquanto cantarolava baixinho. O cabelo ruivo lembrava cobre fogoso ao sol, e as sardas se destacavam como constelações escuras no nariz.

Era Cole. Antes que eu pudesse me esquivar, ele se virou e me paralisou com o olhar. Fiquei congelada, como uma corça sob a atenção de um puma, com o coração batucando. Como deveria enfrentar o amigo de alguém que eu tinha comido menos de vinte e quatro horas antes? Ele ia pressentir que tinha algo de errado... ia saber que eu estava escondendo alguma coisa, ia...

Um sorriso imenso surgiu no rosto dele.

— Oi! — chamou, apoiando o violão no colo para acenar. — Zoey! O que veio fazer aqui?

Agora não adianta fugir.

— Oi, Cole — cumprimentei, afastando o cabelo do rosto com um sorriso tímido. — Desculpa, eu não queria interromper nem nada... Estava só caminhando. Arejando a cabeça.

— Acho que pensamos na mesma coisa — disse ele, e deu um tapinha na pedra. — Eu já estava ficando meio solitário. Vem, senta aqui.

Eu precisei me esforçar para não recuar.

— Não quero incomodar... Você parece estar ocupado.

— Quê, com isso aqui? — perguntou ele, e dedilhou umas notas dissonantes no violão, rindo baixinho. — A essa altura só estou atormentando os bichos aqui perto.

— Bom, é preciso afastar as cascavéis de algum jeito.

Cole riu, mas não parou de me olhar com expectativa. Sem encontrar uma desculpa para uma escapatória, suspirei e andei até a rocha. Subi em cima dela para me sentar ao seu lado, e ele abriu um sorriso simpático, com a brisa bagunçando seu cabelo.

Meu coração deu um pulo. *Merda, como ele é fofo. Por que a Val foi matar logo o amigo dele?*

— Foi legal conversar com você ontem na festa — começou Cole.

Ele esbarrou o joelho dobrado no meu. Os pelos grossos e ruivos da canela dele fizeram cócegas em mim, e meu coração acelerou na mesma hora.

— Tudo bem com suas amigas? — perguntou. — Vocês foram embora meio correndo.

Suor brotou na minha testa. Pelo menos eu poderia culpar o calor do deserto.

— Ah, é. A Val só… ficou menstruada. Foi feio. Tipo, muito sangue, sujou tudo. Nem sei explicar o quanto foi…

Jesus amado, Zoey, cala a boca, cala a boca, cala a boca…

Pelo menos Cole só deu uma gargalhada.

— Ah, que saco. Ela já está bem, né?

Engoli a vergonha.

— Tá. Tudo resolvido. Ela, *hum*, não queria que o Eli visse.

— É justo. Acho que ele é o tipo de cara que reagiria mal.

— E você não é? — adivinhei.

Cole deu de ombros.

— Eu tinha uma irmã mais velha. Ela tentava me deixar com nojo e jogava absorventes limpos na minha cara. Tive que superar o desconforto com menstruação bem rápido.

O barulho que eu soltei ficou entre uma gargalhada e um ronco deselegante.

— Ela parece legal.

— Ah, ela era, sim. Vocês provavelmente teriam se dado bem.

Era. Teriam.

Minha expressão se suavizou. Esse era o problema de conhecer pessoas no mundo pós-Esvaziamento: por mais que estivéssemos todos tentando seguir em frente, as cicatrizes continuavam ali. Não havia uma única pessoa na Terra que não tivesse sofrido algum impacto com isso. Mesmo as pessoas mais sortudas, que não tinham perdido parentes nem amigos, conheciam alguém que não tivera a mesma sorte.

E não havia manual para lidar com luto coletivo.

Então, com calma, eu perguntei:

— Você... perdeu ela?

O sorriso de Cole murchou um pouco e ele concordou com a cabeça.

— Ah, *hum*. É. Ela morreu durante o Esvaziamento — explicou, balançando a cabeça. — Foi mal, é um assunto deprimente.

— Não! Desculpa, eu não deveria ter perguntado.

Ele deu de ombros.

— Tranquilo. Sei que não sou exatamente especial nesse sentido.

Ficamos em silêncio por um tempo. Quase perguntei o que tinha acontecido com ela, mas a última coisa que desejava era fazer Cole reviver uma experiência traumática. Eu tinha ouvido histórias de pessoas que tinham precisado matar parentes em estado animal para conseguir se proteger. Existia um bom motivo para todo mundo querer esquecer o Esvaziamento tão rápido: ficar preso em um pesadelo daqueles era simplesmente dolorido demais.

— Vocês eram próximos? — perguntei, por fim.

Isso pareceu ajudar a trazer de volta um pouco da luz ao rosto de Cole.

— Éramos. Ela era uma das minhas melhores amigas. Nosso pai morreu quando a gente era criança e minha mãe casou de novo, então a gente se apoiava.

Assenti devagar.

— Parece que ela era uma pessoa muito especial.

Cole fechou os olhos, os abriu, e se virou para o céu. Lentamente, tamborilou os dedos no violão.

— É por causa dela que estou aqui.

— Ah, é?

Ele concordou com a cabeça.

— Foi ela que me apresentou para o Eli. Na época, eles namoravam, e ela sabia que eu queria formar uma banda, então pareceu uma oportunidade óbvia. Tudo bem que, quando imaginava minha banda, eu pretendia cantar *e* tocar guitarra, mas o Eli insistiu em ficar no vocal.

Eu bufei.

— Pelo que acabei de ouvir, você canta muito melhor do que o Eli.

— Obrigado! — exclamou Cole, levantando as mãos. — É o que eu digo! Assim, fala sério, escrevo quase todas as músicas e ainda assim ele fica com todo o crédito. Talvez mais gente levasse a banda a sério se o Eli não cantasse igual todos os babacas do pop punk que namoram garotas muito mais novas e acham que são feministas só porque usam esmalte.

Eu soltei uma risada engasgada.

— Ou se não parecesse um personagem do Tim Burton viciado em nicotina — acrescentei.

Cole jogou a cabeça para trás e caiu na gargalhada, segurando o violão e se apoiando na pedra com a outra mão. Ele esbarrou o ombro no meu de leve, e eu ri baixinho. Quando me virei para olhá-lo, notei que ele estava muito mais perto do que antes. Ainda estava com a boca curvada em um sorriso caloroso, a pele ao redor dos olhos enrugada. Por um breve segundo, ele olhou para minha boca, e se demorou ali.

Então, no mesmo momento, nós dois desviamos o olhar, e eu senti meu rosto arder. Cole tossiu de leve, e eu abracei meus joelhos.

É só imaginação, ou pareceu que ele ia me beijar?

— Foi mal — disse Cole, rápido, passando a mão no cabelo. — Como passo o tempo todo com a banda, sinto que não posso desabafar sobre essas coisas com mais ninguém. É… legal poder falar disso.

— Escuta, quando sua carreira solo acabar tendo infinitamente mais sucesso do que qualquer coisa que envolva o Eli, vou ser a primeira a dizer que avisei.

Cole deu outra risada.

— Valeu, eu acho?

— De nada — falei, e me endireitei, começando a me levantar da pedra. — Enfim, é melhor eu ir. Tenho que… encontrar um pessoal. Para fazer umas coisas.

— Parece superempolgante — brincou Cole.

Concordei com a cabeça.

— Demais. *Er...* a gente se vê?

— Aham. A gente se vê, Zo.

Enquanto ia embora, não pude deixar de pensar que as cambalhotas que meu coração deu no peito podiam significar algo.

À noite, enquanto o sol começava a mergulhar atrás das paredes de rocha que cercavam o vale De Luz, eu, Celeste, Jasmine e Val pegamos nossas coisas e nos preparamos para executar nossos planos separadamente.

Eu e Celeste enfiamos lanternas nas mochilas e subimos no Mini. Concordamos em esperar escurecer para explorar o laboratório abandonado, só para diminuir as chances de esbarrar em alguém que pudesse estar visitando o lugar por acaso. Jasmine se despediu da janela da cabana enquanto Val a maquiava — elas planejavam tentar entrar de penetra em outra festa no mesmo pavilhão, para perguntar ao barman o que sabiam sobre aquele pó que encontramos. Eu esperava que elas conseguissem, para o bem de todas nós.

Eu e Celeste levamos meia hora para chegar ao antigo laboratório. Deixamos o celular na cabana para não levantar suspeitas em Patricia e seguimos o mapa que eu desenhara mais cedo. O laboratório ficava no fim de uma estrada de terra esquisita, e precisamos abrir um portão para acessar — Celeste quase quebrou o tornozelo por causa das botas de salto enquanto se equilibrava no mata-burro. Ela soltou um palavrão ao escancarar o portão.

Quando voltou para o carro, eu perguntei:

— Jura? Veio de salto arrombar um prédio incendiado?

— É o único sapato fechado que eu trouxe — resmungou Celeste. Ela prendeu o cabelo em um rabo de cavalo alto, mas algumas mechas escaparam, caindo no queixo quadrado. — Eu não me preparei para arrombar um prédio abandonado quando estava fazendo a mala para um *festival de música*.

— Tá bom, tá bom. Já entendi.

Esmagamos o cascalho com os pneus ao parar diante da estrutura enorme e quadrada. Ficava no alto de uma colina, com vista para o deserto. Tinha árvores dos dois lados do prédio, algumas frágeis e chamuscadas. Apesar da maioria das paredes estar intacta, o muro da frente tinha desmoronado, escurecido pela erosão. O que antes devia ser um caminho de cimento que levava à entrada estava rachado, e brotinhos verdes nasciam ali no meio.

Celeste e eu saímos do carro, pendurando as mochilas nas costas. Ela forçou a vista.

— Viu aquilo ali?

Acompanhei o dedo dela e encontrei um trecho de matinho ainda enraizado, crescendo em um aglomerado de espinhos. Ao lado, porém, estavam dois rastros grossos na terra.

— Marca de pneu — falei. — E parece bem recente.

— Talvez o lugar esteja menos abandonado do que imaginávamos — sussurrou Celeste, acendendo a lanterna. — Vamos lá.

Nós duas seguimos o caminho cheio de rachaduras que levava ao que antigamente era uma porta de vidro. O vidro fora estilhaçado pelo fogo, e uma das portas estavam pendurada em um ângulo estranho, pois as dobradiças tinham derretido. Marcas de queimadura manchavam o acabamento em estuco da fachada.

Tentei abrir a porta mais intacta. Ela tremeu, mas não cedeu. Ao olhar melhor, vi que os dois lados estavam acorrentados. Apertei a boca, estiquei meu pé, calçado em coturnos Doc Martens, e chutei alguns dos cacos de vidro ainda presos à esquadria.

— Cuidado — sussurrou Celeste.

— Não precisa se preocupar — falei, chutando outro caco que caiu no chão lá dentro e se estilhaçou. — Sabe, eu trouxe sapatos decentes.

Celeste revirou os olhos e eu me abaixei para passar pela parte quebrada da porta, com cuidado de não encostar na lateral, onde alguns cacos de vidro ainda despontavam. Celeste fez uma careta e, com dificuldade, se encolheu para passar pelo espaço estreito. Ofereci a mão e ela aceitou antes de se levantar inteiramente.

Enquanto Celeste espanava a calça jeans, iluminei o espaço escuro. As paredes internas estavam desmoronadas, e restavam apenas os esqueletos das vigas. Cinzas manchavam os ladrilhos que levavam ao que antigamente deveria ter sido a recepção.

Passei por cima do vidro quebrado no chão e fui com cuidado até o balcão. Estava quase tudo carbonizado, mas algumas das gavetas de metal ainda se abriram quando puxei. Apontei a lanterna, mas encontrei apenas mais cinzas, materiais de escritório, e *post-its* com lembretes para quem trabalhava ali.

— Nada aqui — relatei.

Celeste apontou uma parte queimada da parede.

— Vi umas escrivaninhas por ali. Vamos dar uma olhada? Fechei as gavetas.

— Boa ideia.

A área atrás da entrada era o que, em algum momento, provavelmente servira de escritório para um grupo de pessoas. Era um corredor comprido ladeado por vigas destruídas, com seis salas, três portas de cada lado. Algumas das placas ainda estavam nas portas, e outras tinham sido inteiramente queimadas. Pulei uma pilha de escombros para entrar na primeira sala à direita, e Celeste seguiu para o lado oposto.

— Ei, Zoey? — chamou Celeste, abrindo um arquivo caído de lado, que parecia ter derretido e grudado no chão. — Sei que provavelmente é, ah, má hora para falar disso, mas meu cérebro é um horror e eu... merda, desculpa. Você está chateada comigo?

Hesitei, franzindo a testa. Celeste sempre pensava demais, em parte porque tinha Transtorno de Ansiedade Generalizada, e em parte porque se preocupava muito mais do que eu com deixar as pessoas felizes. Dito isso, fazia muito tempo que ela me perguntava algo desse gênero.

— Quê? Não... por que estaria chateada?

Celeste pegou uma pasta do arquivo e folheou antes de jogar para trás, murmurando a palavra *inútil*.

— Quer dizer... sei lá. A gente antes conversava sobre tudo. Agora parece que você mal consegue olhar pra mim.

Merda, ela notou?

Claro que ela notou. Se alguém parasse de repente de conseguir me encarar enquanto falava comigo, acho que eu também acharia que tinha feito alguma besteira.

Só que eu ia falar o que, exatamente? *Desculpa, é que percebi que estou apaixonada por você e agora, sempre que te olho, meu coração parece nem caber no peito e meu corpo esquenta como se eu tivesse passado uma semana toda na sauna.*

— Desculpa — falei, antes de conseguir pensar em outra coisa. — Não foi de propósito, juro. Você não fez nada de errado.

Você só teve a audácia de ser extremamente linda e legal e talentosa, e ainda me beijar na porcaria da festa de formatura da Cleo Jacobsen.

— Então o que foi?

Por um breve segundo, parte de mim pensou em contar. Talvez, só talvez, ela sentisse a mesma coisa que eu. O futuro com o qual eu tinha sonhado, nós duas em nosso apartamentinho, talvez não fosse tão impossível. Talvez desse certo.

Ou talvez eu destruísse completamente nossa amizade.

— Acho que só… — falei, engolindo em seco. — Estou lidando com muita coisa. É… difícil de conversar.

Celeste fechou o arquivo e torceu a boca. Por um momento, me perguntei se ela insistiria.

Em vez disso, passou-se mais um instante, nós duas em silêncio.

— Entendo. Não precisa me contar — falou finalmente, sem me olhar.

Senti o coração afundar. *Mandou bem, Zoey. Agora ela acha mesmo que você está chateada com ela.*

Celeste pigarreou e levantou um pequeno objeto.

— E… enfim, sei lá se isso é útil, mas achei um pen drive naquele arquivo, junto de um monte de relatórios financeiros chatos.

— Deve ter mais relatórios — falei, agradecida pela mudança de assunto. — Ou pornô.

Celeste guardou o pen drive no bolso.

— Tomara que seja pornô, análise estatística me dá azia.

Eu ri.

Levamos mais vinte minutos para revistar as outras salas e não encontramos nada de importante. A única luz vinha das nossas lanternas e dos buracos no teto, que revelavam a lua cheia.

— Não estou vendo mais nada — anunciou Celeste, se juntando a mim na sala do fundo, e cruzou os braços, estremecendo de frio. — Talvez seja melhor a gente ir.

Fiz que sim com a cabeça, me levantando. Eu estava debruçada em uma escrivaninha, revirando as gavetas.

— É... isso aqui deu em nada. Tomara que Val e Jasmine tenham dado mais sorte.

Celeste abriu a boca para responder, mas o som de vidro quebrando nos paralisou.

Vinha do corredor. Celeste pegou meu braço e me puxou para baixo, se escondendo atrás da mesa. Eu tropecei e caí em cima dela. Ela conseguiu me segurar para eu não bater no chão, arregalando os olhos que brilhavam naquela escuridão e, tão de perto assim, eu conseguia sentir o coração dela bater contra o esterno. Um arrepio subiu pela minha nuca.

Pela fresta embaixo da mesa, vislumbrei um movimento no corredor. Os cacos de vidro quebraram e se estilhaçaram no chão sob passos pesados. Eu e Celeste prendemos a respiração, e ela fincou as unhas na minha pele.

Um sopro úmido e pesado ressoou do outro lado da porta.

Ficamos tensas. Senti Celeste tremer.

Por sorte, seja lá o que fosse não pareceu nos notar. Devagar, o som de passos voltou pelo corredor, cada vez mais quieto, até restar apenas o som de eu e Celeste arfando.

— Que porra foi isso? — sussurrei.

— Deve ter sido algum bicho — suspirou Celeste.

Ela me soltou antes de se apoiar na mesa e olhar para o outro lado. Acendeu a lanterna e iluminou o corredor, virando o feixe de um lado para o outro.

— Acho que foi embora — declarou.

— Porra, melhor ter ido mesmo… só pelo barulho devia ser enorme — comentei, expirando.

Celeste concordou. Estava pálida que nem um fantasma, com os olhos azuis arregalados. Ela se levantou e me ofereceu a mão para me ajudar.

— Vamos dar no pé — sussurrou.

Concordei, peguei a mão dela e ela me puxou. Tentei soltá-la, mas, depois de um momento, percebi que ela não iria fazer isso. Celeste apertou meus dedos com mais força e manteve a lanterna virada para a frente, nos puxando com pressa pelo corredor.

Praticamente corremos até o carro, olhando para todas as sombras no caminho, esperando que pulassem em cima de nós. Assim que chegamos no Mini, batemos as portas e as trancamos. Em tempo recorde, liguei o carro e pisei no acelerador, deixando uma nuvem de pó para trás.

— Sério, o que foi aquilo? — falei, desviando de um obstáculo.

O farol balançou, e os feixes amarelos cortavam a escuridão. O nosso carro era o único ali naquela hora, e até a autoestrada no fim da trilha de terra estava acobertada pelas sombras.

— Coiote? — chutou Celeste.

— *Coiote?* — repeti, apertando o volante com força, desviando o olhar da estrada apenas para me virar para Celeste. — Aquela merda devia ter o tamanho de uma vaca...

— Zoey! — gritou Celeste. — Cuidado!

Virei a cabeça de súbito para a estrada, a tempo de ver uma silhueta parada bem no meio, olhando diretamente para nós.

Freei com tudo, e o Mini parou, cantando pneu. Diante de nós estava um ser humanoide de mais de dois metros, com membros anormalmente compridos e magros. Usava roupas esfarrapadas, e manchas cor de ferrugem cobriam o que um dia fora uma camiseta de banda. Tinha cabelo castanho, comprido e oleoso, caído no rosto esquelético, cuja pele ficava frouxa nos ossos. Onde deveria haver lábios, tinha apenas uma carne vermelha dilacerada na frente de dentes afiados e famintos.

O pescoço estava pendurado de lado, como se alguém o tivesse quebrado. Olhos vazios nos fitavam, brancos e leitosos, sem piscar, cercados por veias pretas. Lágrimas pretas e oleosas escorriam dos cantos, manchando a face cadavérica. As mãos, caídas na lateral do corpo, exibiam garras, e os dedos estremeciam como patas de aranha.

Um pensamento distante me ocorreu, me perguntando quem era que estava gritando, até perceber que era eu.

Pisei no acelerador com toda a força. O motor rugiu e Celeste se apoiou no lado do carro, berrando. A criatura pulou para fora da estrada bem quando desviei. O guincho que ele soltou, um ganido de dor, foi audível mesmo através da janela fechada. Ele caiu na terra enquanto eu dava a volta pelo outro lado da estrada, ainda berrando sem parar.

— Está levantando! — gritou Celeste, virando a cabeça para olhar para trás. — Acelera, Zoey!

Eu não precisava de mais incentivo. Pisei fundo no acelerador. Os pneus jogaram cascalho para trás. Pelo retrovisor, vi a criatura cobrindo o rosto com as garras e urrando.

— Vai, vai, vai! — gritou Celeste.

Cheguei à estrada asfaltada em segundos. Cantando pneu, joguei o volante para a esquerda, e o Mini rodopiou, derrapando para o lado. Por um segundo, os pneus giraram sem tração, até finalmente encontrarem a estrada e nos lançarem para a frente.

Sem a estrada de terra acidentada para nos atrapalhar, o Mini chegou a quase cento e cinquenta quilômetros por hora dentro de um minuto. Celeste continuou virada para trás, ofegando, de olhos arregalados.

— Está vindo atrás da gente? — perguntei, com o coração a mil.

— Acho que não — respondeu Celeste.

— Desacelero?

— Não — disse ela, segurando o puta-merda em cima da janela em desespero. — De jeito nenhum.

Fiz que sim com a cabeça, e ativei o modo *sport* do Mini. Seguimos em alta velocidade até o vale De Luz, o motor roncando abaixo de nós.

onze

FORMULÁRIO DE DENÚNCIA
DE INCIDENTE DE SEGURANÇA
FESTIVAL DE MÚSICA DESERT BLOOM

Data/Hora do acontecimento: Quinta-feira, 23 de junho, aproximadamente 23h30
Local: Próximo do palco Rabbitbrush Plaza

Descrição: Eu estava no intervalo do trabalho, fumando um cigarro do lado de fora do Rabbitbrush Plaza, quando uma pessoa jovem muito perturbada (branca, loira, aparência feminina) veio correndo e chorando, muito histérica. Ela levou alguns momentos para se recompor o suficiente para me informar que vira alguém arrastar uma pessoa desacordada, saindo da festa em que ela estava. Eu a acompanhei ao local onde a mulher disse ter visto a vítima, mas não havia sinal de nenhum tipo de luta nem nenhuma outra testemunha. Quando insisti, pedindo detalhes sobre o agressor, ela me informou que parecia ser uma pessoa Vazia especialmente alta e magra. Foi nesse momento que percebi que ela provavelmente estava tentando fazer uma pegadinha. Eu a repreendi por me tirar do meu posto e entreguei meu cartão para o caso de ela precisar entrar em contato com a equipe de segurança. Desconfio de que seja outra entre as várias denúncias falsas de situações estranhas pelo festival.

Testemunha(s): A convidada, Jessica Whitten
Quem foi notificado:
Polícia _____
Corpo de Bombeiros _____
Médicos _____
Administrativo _____
Outro _____
Ninguém <u>X</u>
Comentários/Pedidos de investigação: Acrescente este arquivo às denúncias anteriores ("Suposto Sequestro Próximo do Acampamento Mallow", "Convidado Relatou Intruso em Frente de Janela da Hospedagem", "Sangue Encontrado no Banheiro Feminino") e encaminhe a Gary para análise. Se isso continuar, devemos informar ao departamento de RP.
Relatório preenchido por: Thomas McClain

*L*evamos metade do tempo da ida para voltar ao Desert Bloom, porque eu pisei acelerador sem parar, ainda convencida de que a qualquer momento a criatura ia aparecer atrás de nós. Graças a Deus não foi o que aconteceu, e conseguimos chegar à cabana em segurança.

Celeste e eu trancamos todas as portas e janelas e fechamos as cortinas. Meu coração se recusava a desacelerar, e imagens daquele ser não saíam da minha cabeça. Val e Jasmine ainda não tinham voltado, então entramos rapidamente no quarto delas para trancar a janela antes de voltar à sala, onde finalmente nos sentamos e recuperamos o fôlego.

Eu fui a primeira a quebrar o silêncio.

— Isso foi uma loucura completa.

— Nossa, não consigo nem entender o que rolou — disse Celeste, e se levantou a caminho da geladeira. — Que troço era aquele?

— E eu lá sei?

Suspirei, passei a mão no cabelo e não soltei.

— Será que alguém na internet já ouviu falar de uma coisa dessas? — continuei. — Vou pesquisar um pouco...

— Respira primeiro, pelo menos — repreendeu Celeste, massageando as têmporas. — Nossa, preciso beber. Quer alguma coisa?

Quase soltei um gemido real e alto ao ouvir isso.

— Mais do que qualquer outra coisa no mundo.

Com um aceno enfático de cabeça, Celeste abriu a geladeira, examinando o conteúdo. Ela pegou a jarra de limonada que Jasmine tinha preparado.

Fez uma careta e rangeu os dentes.

— Mer... *ai.*

Foi aí que notei a ferida no ombro dela. Era um corte comprido, que tinha atravessado o cropped creme, deixando a borda manchada e esfiapada. A pele estava suja de sangue, que começava a secar em um tom de marrom-escuro nas partes do corte que não estavam mais sangrando.

— Celeste! — exclamei, apontando. — Você se machucou.

Celeste olhou para trás, franzindo a testa. Ela olhou o ombro, para onde eu estava apontando, e sussurrou:

— Ah. Caramba, eu gostava tanto dessa blusa...

Eu me levantei e fui até a cozinha, peguei a jarra de limonada das mãos dela e depositei em cima do balcão. Antes que ela pudesse protestar, eu a puxei para perto e murmurei:

— Deixa eu dar uma olhada.

— Devo ter me cortado no vidro na hora de ir embora — disse Celeste. — Estava tão apavorada que nem percebi.

— É melhor limpar. Deixa eu pegar o kit de primeiros socorros do carro... tem antisséptico e curativo.

— Nem está doendo...

— Pode até ser, mas vai doer quando a adrenalina passar — falei, endireitando os ombros. — Cuida da bebida que eu cuido dos primeiros socorros.

Celeste suspirou, mas não discutiu. Peguei as chaves e saí apressada para abrir o porta-malas do Mini e tirar dali o kit imenso que meu pai comprara para mim junto com o carro: sua tentativa desajeitada de indicar que se preocupava com meu bem-estar. Olhei rápido de um lado para o outro para confirmar que nada tinha vindo atrás da gente, ou estava espreitando nas sombras, e voltei.

Celeste me recebeu com um copo de limonada com vodca em cada mão. Ela estendeu um para mim.

— Para você, dra. Huxley.

Eu aceitei.

— Pena que a Jasmine não está aqui... ela provavelmente seria muito mais habilidosa. Vem, senta no chão, eu sento no sofá.

Celeste concordou com a cabeça. Fomos até a sala e ela se sentou no tapete rosa macio. Eu me posicionei atrás dela, no sofá, abrindo os joelhos para acomodá-la. Ela estendeu a mão e tirou a blusa, expondo o sutiã branco de renda. Celeste tinha uma constelação de sardas espalhadas pelos ombros. Em outra situação, eu teria amado beijar cada pintinha, uma a uma.

Meu rosto imediatamente ardeu de tão vermelho.

Celeste olhou para trás para dizer alguma coisa e franziu a testa ao ver minha expressão.

— Por que está me olhando desse jeito? Está feio assim?

Desviei o olhar. Meu rosto estava tão quente que ia sair vapor. Sem pensar, soltei:

— Esse sutiã é feio que dói.

Celeste ficou boquiaberta e riu, engasgada.

— Ah, mil desculpas. Não sabia que você era da polícia do sutiã. Quer que eu tire ele também, senhora?

Meu coração quase pulou para fora do peito. Meu cérebro horrível começou a gritar: *Celestesemblusa Celestesemblusa Celestesemblusa Celeste...*

— Cala essa boca — sussurrei, horrorizada ao notar que saiu quase parecendo um gemido.

Celeste bufou, sorrindo até enrugar a pele ao redor dos olhos.

— Tá bom, sua esquisita.

Ela se virou para frente de novo e eu enfiei as unhas nas minhas coxas expostas. *Sai dessa, Zoey.*

Voltei a me concentrar no kit, abrindo a tampa e tirando alguns lencinhos antissépticos e suturas adesivas. Deixei o material ao meu lado, tomei um gole demorado da bebida e me aproximei para examinar o machucado.

— Sabe no que eu não paro de pensar? — perguntou Celeste, depois de um momento de silêncio.

— No quê?

— Aquele negócio... parecia até um carniçal — disse Celeste, mordendo o lábio. — Assim, nunca vi nenhum daquele jeito, mas os dentes e as garras...

— É, mas nenhuma de nós já ficou bizarra *assim*.

Abri um lencinho antisséptico e passei com cuidado ao redor do corte: tinha uns quinze centímetros de comprimento, um rasgo limpo e ainda molhado de sangue. Enquanto começava a limpar, acrescentei:

— Mesmo mortas de fome no mato, a gente nunca arrancou a própria boca.

Celeste estremeceu.

— Acho que você está certa. Só não consigo parar de ver aquela cara... Parecia que talvez um dia tivesse sido uma menina. E se ela for só uma carniçal normal que... sei lá, ficou doente?

— Pegou o quê, uma doença de Virar Monstro Horrível?

Celeste levantou as mãos, rendida.

— Sei lá! Pode ser uma coisa muito, muito grave! E se for uma nova variante do vírus Vazio que transforma as pessoas em uma coisa pior?

— Ei, olha só... não vamos entrar nessa. Especular vai só deixar a gente mais assustada.

Ela fez uma careta quando passei o lencinho em cima do corte, e eu acrescentei:

— Desculpa, essa parte vai ser desagradável.

Peguei outro lencinho e passei na ferida, que já estava menos escondida pelo sangue. Celeste inspirou com um sibilo alto enquanto eu sussurrava:

— Quase acabando, juro.

— É isso que dá eu seguir os seus planos — resmungou Celeste.

Fiz um curativo rápido, usando as suturas adesivas para ajudar a manter fechado e estável. Celeste fez uma careta, mas não reclamou, e manteve o maxilar tensionado enquanto eu acabava de fechar o curativo.

Quando terminei, falei:

— Tudo certo. É só se abaixar mais da próxima vez.

— Se você tivesse minha altura, entenderia porque acho mais difícil. — Ela fechou os olhos com força por um instante e ajeitou o braço. Em seguida, tomou um gole da bebida e acrescentou: — Nossa, é uma má ideia a gente encher a cara? Entre Kaiden e aquele troço, eu ia gostar muito se meu cérebro não parecesse que fosse explodir a qualquer instante.

Estiquei o braço ao lado de Celeste e brindei com nossos copos.

— Tim-tim. Um brinde a isso.

<hr />

Ao longo da hora seguinte, nós duas acabamos os primeiros copos de limonada com vodca, e Celeste preparou mais dois copos para cada uma. Ela se largou no tapete e eu fui descendo devagar do sofá até me sentar ao lado dela. Celeste continuou sem camisa, alegando que queria deixar o machucado secar mais um pouco para não sujar outra roupa de sangue. Eu não tinha do que reclamar, especialmente depois do segundo copo, quando de repente achei muito mais fácil olhar para ela, sem pudor de observá-la mais demoradamente.

Desde aquele beijo, parecia que todo dia eu notava mais uma coisa que gostava em Celeste. O jeito com que fechava os olhos e abaixava a cabeça ao rir, o jeito de sempre fazer questão de sorrir para minhas piadas mesmo quando ninguém mais ria. Detalhes que antes eu tratava com naturalidade, mas depois deixavam meu rosto corado e minhas mãos suadas.

— Era para eu fazer uma *live* hoje — disse Celeste, deitada de lado me olhando. O delineador dela estava borrado, misturado à sombra cor-de-rosa nas pálpebras. Quando mexia o rosto, o iluminador nas bochechas brilhava. — Imagina só? — continuou. — Tentar fazer uma *make* divertidazinha de festival, bem tranquila, agora, para o público? Nem pensar.

— Pode ser legal — sugeri. — Pelo menos assim você não precisaria pensar nessas merdas todas.

Celeste bufou.

— Até parece. Você sabe melhor do que ninguém que meu cérebro nunca me deixou *parar* de pensar nas coisas que me dão ansiedade.

Eu me deitei de costas e olhei para Celeste, que ainda apoiava o queixo no cotovelo. A vodca tinha deixado as bochechas e o nariz dela rosados, combinando com o cabelo, como sempre acontecia quando ela bebia. As olheiras dela pareciam hematomas, tão escuras que aparentavam apesar das camadas de corretivo que ela usara para tentar disfarçar.

Apertei a boca com força.

— Posso fazer alguma coisa para te ajudar a se distrair?

Não dava para ter certeza, mas pareceu que ela estava olhando para a minha boca. Porém logo olhou para as próprias unhas, mordendo a bochecha por dentro.

— Acho que não. Essa coisa toda do Kaiden me trouxe de volta muitos dos sentimentos ligados ao Acampamento Everwood. Achei que já tinha processado isso, mas não.

— Por causa do Devin? — perguntei, baixinho.

Celeste confirmou com a cabeça, sem me olhar.

— Sempre senti que perdi parte de mim quando matei ele. Tipo, antes eu era só uma menina que nunca desrespeitava as regras nem magoava ninguém, dentro do possível. Mas, depois, não sabia conciliar quem eu era e o que tinha feito.

— Não foi culpa sua — lembrei.

Celeste suspirou.

— Todo mundo diz isso, né? Que carniçais em estado animal não raciocinam igual pessoas? Mas, se for verdade, não somos todos só bombas-relógio? A morte do Devin não prova isso? E a do caçador, e agora a de Kaiden?

— Cel...

Tão baixo que eu mal escutei, ela sussurrou:

— Não seria melhor se eu só... sumisse?

Arregalei os olhos ao perceber o peso do que ela dissera. Celeste se calou, os olhos levemente marejados. Ela os fechou com força e secou uma lágrima, apressada.

Peguei a mão dela e apertei, firme.

Celeste encontrou meu olhar.

— Não — falei, balançando a cabeça. — Não seria, não. E talvez seja um motivo egoísta pra caralho, mas *eu preciso de você*, Celeste. Sempre precisei e... nossa, acho que sempre vou precisar.

Celeste piscou, e mais duas lágrimas desceram pelo rosto. Os olhos dela, avermelhados, estavam tão abertos que a declaração deve ter pegado ela desprevenida. A mão que eu segurava estava quente, relaxada, enquanto ela me olhava, entreabrindo os lábios rosa coral.

Celeste se aproximou devagar, e meu coração praticamente explodiu.

No entanto, antes de ela acabar com a distância entre nós, a tranca da porta foi aberta.

Eu me joguei para trás bem quando a porta foi escancarada. Fiquei rígida quando Jasmine gritou:

— *Arrasamos*, amigas!

Celeste se afastou, com o rosto vermelho. Val fechou a porta e, enquanto as duas entravam na sala, Jasmine disse:

— Vocês nem vão acreditar...

Ela se interrompeu, olhando para nós. Estávamos as duas coradas e tensas em lados opostos do tapete, cada uma decididamente olhando para um lado diferente.

Jasmine segurou a risada.

— Interrompemos alguma coisa?

Celeste pigarreou e passou a mão pelo cabelo.

— N... não, só... — balbuciou ela, mostrando o copo de limonada. — Só acabando com a vodca.

— Sem camisa? — questionou Val, levantando a sobrancelha.

Celeste virou o ombro para mostrar o corte.

— Não queria sujar mais nada de sangue.

Jasmine e Val arregalaram os olhos.

Eu pigarreei.

— É melhor a gente trocar as informações logo.

doze

Depois de duas semanas de Esvaziamento, as rachaduras na base de Valeria finalmente cresceram o bastante para ela desmoronar.

A fome aumentara de uma forma tão violenta que consumia todos os seus pensamentos. Deitada na cama, ela jurava ouvir os corações que batiam do outro lado das paredes. Da mãe e do pai no fim do corredor, do irmão mais velho no quarto da frente, do irmão mais novo no quarto do lado. E da abuela, que finalmente começara a se recuperar, cujo coração batia um tum-tum-tum suave que lentamente ia ganhando força.

Val pensou na avó, encolhida na cama, sem forças para se levantar. Ela não conseguiria lutar. Val podia cobrir a boca da avó com a mão, tão leve que nem a despertaria, e atacar o pescoço...

Alguma coisa cutucou sua gengiva. Ela fez uma careta quando uma nova dor estranha ardeu na mandíbula. Abriu a boca e, contorcendo o rosto, sentiu algo sair, algo afiado e cortante. Um gemidinho escapou da garganta e ela se encolheu, enfiando os dedos no cabelo, mas, com o gesto, algo pontudo como um espinho furou sua cabeça.

O coração dela tinha começado a acelerar, parecendo martelar nos ouvidos, apesar de não ser suficiente para abafar o som *de respiração que vinha de todos os outros quartos. Parecia que todos os parentes ofegavam em cima dela ao mesmo tempo, e o cheiro fragrante de sua carne tomava o ar. Ela sentiu água na boca. Podia dilacerar todos eles, um depois do outro, estalar cada costela como um galho e arrancar os corações trovejantes. Imaginou a sensação de enfiar os dentes no músculo ainda quente, com a boca manchada de sangue, que pingaria do queixo como o suco de uma fruta madura.*

Ela abriu os olhos. A visão estava avermelhada.

Saia daí.

Em um gesto fluido, Val conseguiu escancarar a janela ao lado da cama e arrancar a tela com um soco. Tinha sorte de já estar meio solta porque ela sempre a tirava para sair escondida para festas, então caiu apenas com um baque leve. Ela atravessou a janela, desceu e começou a correr, forçando as pernas enquanto se impulsionava cada vez mais longe do som do coração de sua família.

As ruas de Aspen Flats estavam em um silêncio absoluto. Normalmente, no verão, ainda havia gente na rua, mesmo que de madrugada — em geral adolescentes com os amigos, porque os pais não davam hora de voltar em uma cidadezinha tão pacata como aquela. Val normalmente estaria entre eles, sentada no carro de alguém enquanto ouviam música e davam voltas pelas ruas adormecidas, acelerando até o limite que seus carros usados permitiam. Poucas semanas antes, ela própria tinha sido deixada na frente de casa e pulado a janela em silêncio enquanto os amigos se afastavam cantando pneu.

Não tinha notícias de quase ninguém desde o Esvaziamento.

Val parou bruscamente a uns oitocentos metros da casa dos pais. Ela chegara à última rua antes de Aspen Flats virar deserto, árido e vazio exceto por alguns cacos e trechos de grama seca e dura. As montanhas se erguiam ao longe, gigantes de sombra na noite.

Enquanto Val recuperava o fôlego com dificuldade, apoiando as mãos nas coxas, sentiu um gosto doce no ar.

Imediatamente levantou o rosto. O odor era um pouco mais pungente do que o que sentira em casa, mas era inconfundível:

Carne.

Vinha de um bueiro na lateral de uma colina. Na estação de chuvas, normalmente fluía ali um pequeno riacho, mas o calor de rachar do verão secara aquele fluxo fazia tempo. Restava apenas um cano repleto de garrafas de cerveja vazias, ossos de animais, e galhos e lixo presos às pedras que antes ficavam submersas. As cicatrizes do fluxo de água ainda marcavam o cano, cortando listras curvas na terra macia.

Val contornou as pedras e o vidro quebrado, a boca salivando conforme o cheiro de carne ficava mais forte. O cano tinha aproximadamente um metro e oitenta de diâmetro, tamanho suficiente para Val entrar sem precisar se abaixar. O metal corrugado sob os pés descalços era frio, e cada passo ecoava levemente conforme ela avançava.

Estava escuro — escuro demais para uma pessoa comum enxergar. Os olhos de Val, porém, se ajustaram rapidamente, indo de um lado ao outro em busca da fonte do cheiro. Ela foi cada vez mais fundo, engolida pela escuridão. Abriu a boca para respirar, e saliva pingou dos dentes afiados.

Finalmente, nas profundezas da terra, Val encontrou a origem do odor.

Era o cadáver de um homem mais velho, talvez da idade do pai. Os olhos estavam voltados para a frente, sem enxergar, e o corpo, rígido e gelado. O pescoço dele fora rasgado, e sangue manchava a frente da roupa como um lenço grotesco. Metade do rosto tinha sido arrancado, deixando os dentes expostos. As entranhas também estavam reviradas, e pedaços grandes de carne faltavam do abdômen.

As garras nos dedos de Val tremeram por um momento. A mínima humanidade que restava nela sussurrou: Deus, me perdoe.

Ela se lançou sobre o cadáver, enfiando os dentes no pescoço dilacerado e rasgando com força.

Os sons que ela fazia ao se banquetear ecoaram pelo bueiro, abafando qualquer pensamento. O buraco que havia, lentamente, escoado a sua humanidade ao longo da semana começou a se dissipar. Ela cortou e rasgou o cadáver, e o sangue frio encharcou seus dedos.

Ela estava tão distraída que sequer notou o som de passos entrando no bueiro atrás dela.

Val começou a recuperar o fôlego devagar, lambendo os dedos um por um. As presas começaram a voltar para dentro das gengivas. Ela se apoiou por cima do cadáver enquanto o mundo parecia voltar em foco. Mal lembrava como tinha ido parar ali.

O som suave de terra arrastada entre botas e metal a paralisou.

O coração de Val foi parar na boca. Ela se jogou para longe do corpo, arranhando o metal corrugado com as garras. Uma silhueta estava de pé a poucos metros dela, com ombros largos e musculosos. Era um homem tão grande que precisava se encolher para caber dentro do cano.

O som da respiração dele era pesado e úmido.

— Isso é meu.

Val o reconheceu imediatamente. Henry Kline, a estrela do futebol americano da escola. Ele era branco, de cabelo castanho, com a estatura de uma muralha, um bom meio metro mais alto que Val. Ela passara anos torcendo por ele nos jogos, com o restante da equipe de líderes de torcida.

Só que isso foi antes de ele estar diante dela, com dentes afiados e garras prontas para o ataque.

Val olhou de relance para o corpo. Ela comera o braço esquerdo inteiro, deixando só os ossos, além de boa parte do pescoço e do ombro. Esfregou rápido a boca ensanguentada com o braço, como se pudesse esconder as provas do que tinha feito.

— Desculpa — soltou Val. — Eu já vou embora...

Henry balançou a cabeça. Ele estava tremendo, os olhos arregalados relampejando como luzes gêmeas e fantasmagóricas em seu crânio. Ele cerrou e abriu os punhos, afundando as garras na mão.

Val piscou. Ele estava... assustado?

A voz de Henry falhou.

— Você vai contar pra todo mundo que eu matei esse cara.

Val balançou a cabeça.

— Não, Henry, eu não ia contar... não vou...

— Você não pode ir embora — disse Henry, avançando um passo. — Ninguém pode saber. Ninguém.

Sem dizer mais uma palavra, ele se jogou em cima dela. Val gritou, e o som ricocheteou pelas paredes de metal. Ela se afastou bem a tempo de Henry cair, com força, ao lado do corpo, onde ela estivera. Ele virou o rosto, arreganhando os dentes, e atacou com as garras, errando por um milímetro.

Val começou a se levantar, mas, antes de poder ficar de pé, Henry a puxou pelo tornozelo para trás, e ela gritou. Perdeu o apoio no chão e caiu, batendo com força no chão de metal. Val mordeu a língua, e sentiu os dentes vibrarem pelo crânio. O gosto de sangue invadiu sua boca.

Ela tentou se segurar com as unhas nos sulcos do bueiro, mas Henry a puxou com mais força. Val conseguiu pegar o gargalo de uma garrafa quebrada. Antes que ela conseguisse jogar, porém, Henry a agarrou pela camisa. Ele grunhiu, levantando-a, e então arremessou Val na parede do cano com um baque metálico agudo. Estrelas vermelhas explodiram em sua visão, e ela perdeu o fôlego, enquanto sangue borbulhava na boca. Parou, encostada no cano e de cabeça baixa, e Henry a atacou.

Antes que ela conseguisse começar a se mexer, ele apertou o pescoço de Val com as mãos.

— Desculpa — disse Henry, rangendo os dentes, e um cacho de cabelo castanho caiu na frente de seus olhos brilhantes de febre. — Você não deveria ter entrado aqui. Não deveria...

Ele não conseguiu continuar a frase, porque, então, Val enfiou a garrafa quebrada com força na barriga dele.

O sangue dele encharcou a mão de Val, escorrendo pela garrafa que ela afundou ainda mais nas entranhas de Henry. Ele ficou paralisado, mas relaxou os dedos e soltou o pescoço de Val, olhando para a garrafa sem piscar. Os dedos dela ao redor do gargalo estavam pálidos quando ela girou e puxou o vidro de volta, e um novo jorro de sangue irrompeu no piso de metal corrugado.

Lágrimas escorreram pelo rosto de Val. O corpo inteiro tremia, e ela arfou ao olhar a garrafa. Um som de gorgolejo chamou sua atenção para o rosto de Henry.

Ele se engasgou com o sangue antes de tossi-lo, e gotas salpicaram Val. Ele ficou tenso por um momento, antes da luz em seus olhos se apagar.

Henry caiu de lado e atingiu o chão com um baque.

— Merda — sussurrou Val.

Ela ainda estava sentindo o pescoço arder onde Henry a aper-tara. Não conseguia parar de tremer e sentia o sangue grudento e metálico por todo lado. Cobriu a boca com a mão, sujando ainda mais o rosto.

— Merda, merda, merda.

Ela cambaleou, com dificuldade de se manter de pé. Dois homens mortos estavam a seus pés, e ela estava encharcada de sangue. Começava a formar uma poça, sujando seus pés descalços.

Ela saiu correndo o mais rápido que conseguiu e os deixou na escuridão.

Jasmine e Val conseguiram cumprir sua missão com bastante sucesso.

— Entrar na festa foi bem fácil — disse Val, quando nós quatro nos sentamos na sala.

Eu e Celeste substituímos a bebida por água enquanto as outras nos contavam detalhes da noite.

— A gente só deu a volta pelos fundos do pavilhão, por onde saímos hoje — continuou ela. — Deixaram tudo destrancado.

— A bartender da festa de hoje era diferente de quem fez os Tietes noite passada, mas ela conhecia o de ontem — contou Jasmine. — Ele estava de convidado na festa, então apresentou a gente.

— Ele estava bem bêbado — comentou Val, rindo —, então não conseguimos muita informação. Mas ele disse que a gente pode conversar com ele amanhã depois do show em que ele vai tocar.

— Show? — perguntei, levantando as sobrancelhas. — O barman está numa banda?

Jasmine explicou:

— Não é um show oficial. Ele disse que vai ser *underground*.

— O show é amanhã de manhã — acrescentou Val.

Celeste segurou o riso.

— Quem organiza um show antes do meio-dia? Quem *vai* a um show antes do meio-dia?

— Pelo que entendi, o espaço já estava reservado pelo resto do dia — falou Jasmine. — Parece que esse cara e os amigos dele não são exatamente... profissionais.

— Aah, ouvir uma banda de rock amadora às dez da manhã é mesmo o melhor jeito de começar o dia — comentei, fingindo entusiasmo.

— Quer descobrir quem drogou a Val, ou não quer? — argumentou Jasmine.

— Ela está certa — disse Val, baixinho. — Isso pode ajudar.

Fiz que sim com a cabeça. A vodca que me deixara tão corajosa e animada antes de repente ameaçava subir pelo esôfago. Se eu não fosse dormir logo, ia passar mal.

— Justo — falei, me levantando. — Eu, *hum*, preciso deitar.

A expressão de Celeste se suavizou.

— Vai lá. Vou contar para Jaz e Val o que aconteceu no centro de pesquisa.

Acenei com a cabeça, desejei boa-noite para todo mundo e me arrastei até o banheiro para vomitar antes de dormir.

Por algum milagre, meu cérebro e meu corpo estavam tão exaustos de tudo que tinha acontecido naquele dia que eu peguei no sono minutos depois de encostar a cabeça no travesseiro.

Quando acordei, algumas horas depois, o quarto ainda estava escuro, mas Celeste subira na cama ao meu lado e adormecera com a cara enfiada no travesseiro. Fiz uma careta, porque minha cabeça latejava e uma dor incômoda se espalhava pelo meu baixo-ventre.

Senti umidade entre as pernas e soltei um resmungo audível.

Com a voz abafada, Celeste perguntou:

— Tudo bem?

— Acho que fiquei menstruada — murmurei.

Afastei o cabelo emaranhado dos olhos e me virei, carrancuda. Minha boca estava toda seca, e náusea balançava meu estômago.

— Ei, você quer um útero? — perguntei. — Te dou o meu se estiver a fim.

— Que propaganda boa você faz. — Celeste riu e encontrou meu olhar no escuro, com um leve sorriso. — Acho que essa parte eu passo, valeu.

Saí da cama com um gemido, resmungando um xingamento para Celeste antes de me arrastar até a mala em busca de um absorvente. Enquanto isso, Celeste rolou de volta e pareceu pegar no sono imediatamente.

Quando encontrei, esfreguei os olhos sonolentos e segui para o banheiro. O piso de madeira sob os pés descalços estava frio, e eu caminhei, bocejando. Fechei a porta devagar ao sair para a sala, com os passos o mais silenciosos possíveis.

Para minha surpresa, vi luz na cozinha. Vinha da porta da geladeira, que estava aberta, iluminando a silhueta parada ali na frente. Quando esfreguei mais os olhos, o foco me mostrou que era Val.

Porém, me surpreendendo, ela estava em forma carniçal, os dentes pontudos e garras para fora, enfiadas em um pedaço de SynCarn. O dia anterior tinha sido a primeira vez que eu a vira comer desde o Esvaziamento, então não consegui segurar um arquejo de espanto quando a notei.

Ela ergueu o olhar e, por um breve segundo, não fez expressão alguma. Estava com olheiras e o rosto manchado de sangue sintético. Ao me olhar, ela sequer piscou.

— Val? — perguntei. — Você, *hum*… Você tá bem?

O som da minha voz finalmente a fez retomar o foco. Ela piscou e fechou os olhos com força antes de fazer uma careta. Balançou a cabeça e abaixou da boca o pedaço de SynCarn.

— Foi mal. Achei que vocês estivessem todas dormindo.

— *Hum*… relaxa. Só vou ao banheiro. Pode comer.

Olhei uma última vez de relance para ela antes de entrar no banheiro e trancar a porta.

Quando acabei, voltei à cozinha, mas Val tinha deixado tudo em ordem e ido embora. Eu estava voltando para o quarto quando algo chamou minha atenção. A tampa da lixeira da cozinha estava entreaberta.

Fui até lá de fininho e empurrei a tampa para fechá-la. Ainda assim, voltou a subir. Parecia que a lata estava transbordando.

Que esquisito, pensei. *A gente só chegou faz dois dias. O que…?*

Obtive minha resposta quando abri a tampa e um pacote vazio de SynCarn caiu no chão. Para minha surpresa, a lixeira estava lotada de pacotes. Eram pelo menos quinze embalagens plásticas vazias, todas limpas de tanto lamber, e enfiadas ali sem cerimônia.

Olhei de relance outra vez para o quarto de Val e Jasmine, cuja porta Val tinha fechado ao entrar. Senti o estômago revirar.

Tinha alguma coisa errada.

⊪────────⊪

Acordei de manhã com o som de Celeste digitando sem parar no computador.

A luz suave do sol aquecia as paredes, e o ar ainda mantinha um pouco do frio noturno do deserto. Eu estava bem enroscada na maior parte do edredom, só com a cara para fora. Estiquei o pescoço e olhei o relógio na mesa de cabeceira: tinha acabado de passar das sete.

— Como você acordou tão cedo? — resmunguei, largando a cabeça no travesseiro outra vez.

— Bom dia para você também — respondeu Celeste.

Torci o nariz e estreitei os olhos para ela.

— Que foi? — questionou ela. — Eu gosto de acordar cedo.

— Às vezes não entendo seu cérebro — falei, me esticando para mais perto do notebook. — Tá vendo o quê aí?

Ela apontou um pen drive conectado ao computador e falou:

— Foi o que eu achei naquela gaveta no laboratório. Não sei de quem era, mas tem… perfis. Olha só.

Celeste virou o notebook para mim e clicou em um PDF na pasta. Antes de eu fazer uma piada sobre Celeste ter encontrado uns nudes secretos, o arquivo se abriu. Por um momento, forcei a vista, sem saber o que exatamente estava olhando. Celeste aumentou o brilho da tela e a imagem ficou mais visível.

A página era dividida em duas partes: uma pequena seção de texto e uma foto grande. A foto era de uma criatura humanoide se encolhendo contra a parede de uma jaula improvisada. Tinha o rosto pálido e doentio, com as veias pretas de um carniçal, mas também era mais... estranho. Parecia grande demais para um carniçal comum, o corpo estranhamente alongado e ossudo, com vértebras protuberantes na coluna e pernas dobradas em um ângulo esquisito. As costelas eram largas, lembrando um barril, e o rosto, descarnado, sem os lábios, que foram mastigados até virar uma massa sangrenta. O ser olhava diretamente para a câmera, e as íris eram cercadas de vermelho ofuscante.

Ao lado da imagem, o texto dizia:

Anthropophagus ***001
Dias desde a exposição ao Menthexus: 72
Status: Vivo
Localização: Centro B

— Já pesquisei anthropophagus — contou Celeste, enquanto eu ainda olhava a foto, espantada. — É adaptação de uma palavra grega para *comedor de humanos*.

— Tenha misericórdia — suspirei. — Foi... foi a coisa que a gente viu ontem.

Celeste confirmou.

— Ou pelo menos um ser parecido. Olha o cabelo... esse é diferente.

Forcei a vista. Era verdade: a criatura da véspera tinha cabelo comprido, e aquela da foto tinha cabelo preto bem curtinho e nariz aquilino.

— Tem dois? — perguntei, arfando.

— Bem mais.

Celeste foi descendo o PDF, revelando mais seis páginas, cada uma com uma foto de uma criatura semelhante. Ela explicou:

— Tem no mínimo sete com fotos salvas aqui. Olha bem esse.

Celeste parou em uma página que mostrava uma criatura um pouco mais humana, de cabelo castanho comprido e vestindo uma camiseta de banda. Tinha os dentes e as garras de um carniçal, mas era mais ossuda, com pernas e braços mais compridos. Eu a reconheci na hora. Apesar de na véspera estar muito pior, definitivamente era a mesma pessoa.

O texto que acompanhava a imagem dizia:

Anthropophagus ***006
Dias desde a exposição ao Menthexus: 4
Status: Fugitivo (ver relatório 801)
Localização: Desconhecida

— Conferi para ver se esse arquivo foi atualizado, e foi logo antes do incêndio no centro que visitamos — continuou Celeste. — Faz mais ou menos um ano.

Fiquei boquiaberta.

— Se ontem vimos a pessoa dessa foto, faz quase um ano que está no deserto? Como alguém sobrevive a isso? Ainda por cima sem ser notada.

— Pensa bem, Zo. — Celeste abriu uma nova aba no navegador e abriu um mapa do vale De Luz e dos arredores. Ela apontou, fazendo um círculo com o dedo, e disse: — A cidade mais próxima fica a quase oitenta quilômetros, e não tem motivo nenhum para ninguém vir de carro até aqui. Acho que seria bem fácil ela se esconder.

— Isso não explica como ela não morreu de fome — argumentei.

Celeste concordou com a cabeça.

— Verdade. E carne animal faria ela passar mal, então...

Celeste parou de falar ao me ver paralisada, erguendo as sobrancelhas.

— Aquele osso que a gente viu — lembrei, de olhos arregalados. — No primeiro dia. Estava sujo de bile de carniçal, né? E se foi de alguma coisa que um anthropophagus matou de desespero e sujou de bile porque acabou passando mal?

— Mas então... — disse Celeste, e se endireitou. — Desert Bloom seria a maior aglomeração de humanos nesta área desde o Esvaziamento. É praticamente um bufê para anthropophagi.

— E se o Menthexus foi o que deixou ela assim... — falei, engolindo em seco. — A criatura que vimos ontem talvez não seja a única.

Celeste mordeu o lábio.

— Mas a Val não ficou assim, e, se estivermos certas quanto àquela substância esquisita do bar, ela já foi exposta duas vezes a Menthexus. Acho que a gente está deixando alguma coisa passar.

Hesitei, sentindo um aperto na garganta. As lembranças da cozinha à noite me voltaram de uma vez: especialmente o olhar vazio de Val enquanto comia um monte de SynCarn. Não consegui deixar de notar a semelhança com a expressão da criatura — daquela anthropophagus — no meio da estrada na frente do laboratório.

Celeste inclinou a cabeça para o lado, devagar.

— Está tudo bem?

Eu me ergui e apontei a cozinha.

— Preciso te mostrar uma coisa.

Celeste levantou as sobrancelhas, mas não disse nada. Nós duas nos levantamos, e Celeste me acompanhou, vestindo um roupão de seda. Parecia que ninguém tinha acordado ainda, e a única evidência de uso recente da cozinha eram nossos copos de limonada na pia.

— Não quero me precipitar — falei, indo até a lixeira, e apontei quando pisei no pedal para abrir a tampa —, mas isso...

Parei de falar quando vi que a lata estava vazia.

Pisquei, confusa.

— Espera aí, tinha...

Naquele instante, a porta do quarto de Jasmine e Val se abriu. Recuei com um salto e, ao virar o rosto, vi Jasmine na porta, ainda usando a touca de seda que normalmente vestia para dormir. Ela estava com o celular na mão e rangia os dentes, a mandíbula tensa.

— Ah... oi. Bom dia, Jasmine — cumprimentou Celeste, com um sorriso alegre, acenando.

— Tudo bem? — perguntei.

Jasmine balançou a cabeça em negativa, apertando os braços ao redor do corpo.

— A Val sumiu.

treze

A noite em que voltei para casa da instituição para jovens Vazios começou de forma silenciosa.

Foi meu pai quem me buscou. Quando ele terminou de assinar os documentos para a liberação, entramos no Toyota dele sem dizer uma palavra. Sentei no banco do carona e prendi o cinto de segurança enquanto ele mexia no rádio. Meu pai franziu a testa enquanto girava o botão de um lado para o outro até finalmente achar a NPR.

— Outro dia, essa estação transmitiu uma entrevista muito interessante com uma pessoa Vazia — disse ele, dando ré para sair da vaga. — Ela escreve discursos para o presidente. Disse que SynCarn mudou tudo para ela. Até voltou a dormir na mesma cama do marido humano.

— Ah — falei, engolindo em seco, olhando para meus pés. — Que, hum, *legal*.

Foi nossa única conversa pelo resto do trajeto até Aspen Flats. Apoiei a cabeça na janela e vi o deserto passar, as montanhas apenas sombras ao longe. Fazia semanas que eu não via tanto do mundo lá fora.

Quando chegamos em casa, as luzes estavam todas acesas. Eu e meus pais morávamos em uma casa grande em estilo campestre, com dois andares e espaço para eles terem escritórios separados, além de um quarto de hóspedes. Quando eu e meu pai passamos pela porta, a mesa de jantar estava posta com um prato e um conjunto de talheres.

Minha mãe se levantou de um salto do sofá da sala assim que ouviu a porta abrir. Ela era uma mulher pequena, esguia e quase esquelética, com cabelo loiro e olhos azuis. Ela sorriu para mim, mas não chegou a enrugar os olhos.

— Mãe! — exclamei, sorrindo, e corri até ela, abrindo bem os braços. — Senti tanta saudad...

Antes que eu a alcançasse, porém, ela recuou, pálida.

Minhas palavras morreram na garganta.

— B... bem-vinda, Zoey — disse ela, se abraçando, abrindo e fechando as mãos. — Você está... com uma cara boa.

Eu ri, sem jeito.

— Hum, valeu? Assim, faz uns três meses que não vejo o sol, mas ainda não virei um peixe das profundezas nem nada.

Ela não riu. Em vez disso, pigarreou e disse:

— Você, hum, está com fome, meu bem?

— Ah. — Cruzei os braços, e massageei um braço com a mão espalmada. — Hum, pode ser. Eu comeria.

Meus pais se entreolharam. Minha mãe arregalou bem os olhos enormes, e meu pai apenas endireitou os ombros. Eu me perguntei quantas vezes eles tinham conversado sobre aquele momento desde que descobriram que eu tinha virado carniçal.

Engoli em seco.

— Não precisam me fazer companhia enquanto eu como. Sei que é meio desconfortável. Eu me viro.

— Tem certe... — começou meu pai, mas minha mãe o interrompeu.

— Ótimo! Bom, tem bastante SynCarn na geladeira. Deixei tudo na gaveta da esquerda. Pode se servir. Vou aproveitar pra ir no mercado comprar mais um pouco.

— Kathleen...

Me pai tentou chamá-la, porém ela não respondeu. Só pegou a chave do BMW na mesinha de entrada. Sem mais uma palavra, saiu pela porta, praticamente batendo ao passar.

Meu pai pigarreou.

— Bom, pode se servir, filhota. Estou trabalhando num projeto na garagem, então é só gritar se precisar de alguma coisa, tá?

— Fala sério, pai — reclamei, sentindo meus ombros afundarem quando ele se recusou a encontrar meu olhar. — Você sabe que não vou te machucar, né? Ainda sou sua filha.

— Claro, Zoey — respondeu ele, estalando o pescoço antes de apontar a geladeira. — Enfim, vou te deixar em paz. Pode ir deixar suas malas no quarto quando quiser, a gente não mexeu em nada lá. Já que seu celular, hum, estragou quando você estava na colônia de férias, comprei um novo para você. Deixei carregando na sua mesinha de cabeceira.

Ele foi embora antes que eu conseguisse dizer mais uma única palavra.

Por um momento, só fiquei parada na sala. A casa ainda tinha o mesmo cheiro — velas de lavanda e baunilha, e o perfume leve da colônia do meu pai. E meus pais... nada neles tinha mudado, ao menos não superficialmente. Estava tudo exatamente igual antes de eu sair para a colônia de férias em maio.

Então por que eu me sentia uma desconhecida ali?

É só o período de readaptação, pensei, abaixando a cabeça e seguindo para meu quarto para arrumar minhas coisas. Eles vão se acostumar.

Encontrei a porta do quarto entreaberta. Empurrei com o ombro e, quando o fiz, algo pesado bateu na porta com ruído.

Franzi a testa e olhei para a origem do som. Era um ferrolho com corrente.

Preso na porta pelo lado de fora.

Fiquei paralisada. Devagar, levantei a corrente, sentindo o peso na mão. Era grossa, forte o suficiente para ser praticamente impossível de arrombar sem alguma ferramenta.

Atordoada, deixei a corrente escorregar da minha mão e bater algumas vezes na porta até parar. Senti como se meu corpo inteiro estivesse congelado ao entrar e largar a mala no chão.

Eu me sentei na cama e peguei o celular. Ainda estava com as configurações de fábrica, sem nada salvo na lista de contatos. Encarei a tela iluminada e senti algo úmido no rosto.

Demorei para perceber que estava chorando.

Fungando, digitei um dos únicos números de telefone que sabia de cor.

Depois de dois toques, Celeste atendeu.

— Alô?

— Oi — falei, com a voz falhando. — Eu, hum, cheguei em casa. Será que... você e a Wendy podem vir me buscar?

— Zoey? Ai, meu Deus!

A voz de Celeste se afastou do celular e ela gritou:

— Mãe, é a Zoey! Ela finalmente voltou! — Ela retornou ao telefone e acrescentou: — Literalmente, sem a menor dúvida, a gente chega daqui a um pouquinho. Puta merda, cara, eu estava morrendo de saudades.

Solucei, chorando.

— Também senti saudade. Nossa, demais.

Mesmo que eu tivesse me tornado uma forasteira na casa dos meus pais, Celeste era meu lar.

⊰────⊱

Depois de vasculhar a cabana por alguns minutos à procura de Val, chegamos todas à mesma conclusão: ela fora embora e não contara para nenhuma de nós aonde estava indo.

— Já mandei quatro mensagens — disse Jasmine, baixinho, mexendo no celular. — As mensagens chegaram, mas ela não respondeu.

— Espera aí — falou Celeste, pegando o próprio celular. — Val compartilhou a localização comigo umas semanas atrás, quando eu estava tentando achar ela na formatura… vai ver ela esqueceu de desativar.

Jasmine e eu nos aglomeramos rapidamente ao redor de Celeste e ela abriu as mensagens com Val. Clicou na localização e, realmente, um pontinho azul apareceu no mapa da área.

Celeste apontou.

— Aqui. Ela não está longe… parece ser o outro lado do vale, onde ficam as outras cabanas.

— Que caceta ela está fazendo lá? — murmurou Jasmine.

Toda a cor se esvaiu do meu rosto quando lembrei da noite anterior e os pacotes de SynCarn. Se o Menthexus tinha a deixado com fome suficiente para comer aquilo tudo, seria possível que a situação tivesse piorado ainda mais? Uma imagem da criatura da véspera, mas com o cabelo ondulado de Val, me surgiu à mente. Se eu e Celeste estivéssemos certas, todos os humanos ali perto estavam em perigo.

— A gente precisa ir — falei, olhando freneticamente entre Jasmine e Celeste. — *Agora.*

Jasmine levantou a sobrancelha.

— Zo, talvez ela só tenha ido caminhar...

Sacudi a cabeça em negativa.

— Escuta, eu explico no caminho. Peguem os sapatos e me encontrem lá fora.

Felizmente, Jasmine e Celeste não discutiram. Em poucos minutos, saímos frenéticas para seguir o trajeto que o celular de Celeste nos apontou. O frescor da noite perdurava ainda no ar da manhã, e o sol estava salpicado de nuvens de algodão pela primeira vez desde nossa chegada. Eu me aconcheguei em meu próprio abraço, com os braços e as pernas arrepiados.

No caminho, contei para Jasmine e Celeste o que tinha visto à noite na cozinha, e concluí:

— E se estiver piorando? E se o Menthexus estiver impedindo ela de controlar a fome e....

— *Hum*, Zoey? — interrompeu Celeste, quando viramos a esquina e chegamos à última fileira de cabanas do festival. — Acho que encontramos.

Meu coração deu um pulo enquanto eu imaginava pele rasgada, uma poça de sangue...

Mas definitivamente nada parecido com o que vi: Val aninhada no colo de Eli McKinley em uma espreguiçadeira.

— Mas que...? — começou Jasmine.

Os dois estavam na varanda dos fundos da cabana mais próxima, Val com a cabeça apoiada no peito de Eli, que fazia massagem nas costas dela. Estavam cobertos por uma manta listrada, que arrastava no piso de madeira. Os dois admiravam as ondas rosa-claro do céu, os últimos resquícios que o nascer do sol deixara na manhã clara. Val abria e fechava os olhos lentamente, como se tentasse não adormecer, com o rosto meio escondido pela coberta.

Naquele instante, Eli ergueu o rosto e nos notou. Seu sorrisinho evaporou.

— Gata, o que…?

Val abriu os olhos. Ao nos ver, torceu a boca, tensa. Murmurou algo que parecia um palavrão.

Jasmine, Celeste e eu nos entreolhamos.

— Bom dia? — arriscou Celeste.

— Você convidou elas? — perguntou Eli.

— Não — disse Val, enfática, franzindo a testa.

Ela se endireitou, e a manta escorregou dela, caindo na cadeira. Ela usava um vestido de laise branco fofo, e o cabelo estava trançado em estilo espinha de peixe.

— O que vocês vieram fazer aqui? — perguntou ela.

— Você sumiu — consegui falar, com o rosto ruborizado.

Celeste acrescentou:

— A gente ficou com medo de ter acontecido alguma coisa.

— Faz uma hora que estou mandando mensagem — disse Jasmine, com as mãos na cintura e os olhos semicerrados. — Caramba, fala sério, pelo menos deixa um bilhete. Como era para a gente saber que estava tudo bem, se você só sumiu do nada?

Val afastou as madeixas de cabelo castanho brilhante dos olhos, franzindo um pouco a testa.

— Você é minha mãe, por acaso? Eu já ia voltar.

— Opa, relaxa, tá de boa — disse Eli, levantando as mãos e se desvencilhando de Val. — Eu entendo... As fêmeas são preocupadas com essas paradas. Que tal a gente sentar e eu fazer um café pra todo mundo? Assim vocês se acalmam um pouco agora que está tudo resolvido.

Que bom que Celeste estava lá para responder, porque eu estava me esforçando para não vomitar. *Se for ser machista, pelo menos chame a gente de "mulher", para não parecer que somos um grupo de bichos que você viu na merda de um safári.*

— *Hum...* pode ser. Café é uma boa — respondeu ela.

Val abriu a boca, como se fosse falar alguma coisa, mas, depois de um momento, simplesmente expirou pelo nariz e concordou.

— Claro. Café.

catorze

Transcrição de chat de funcionárias do aplicativo VidaVazia, 24/6

Patricia Hannigan: Amiga, você não acredita na merda que rolou.

Ginger Poleski: Deixa eu adivinhar: o Rupert foi escroto outra vez?

Patricia Hannigan: ISSO!! Ele ESQUECEU nosso ANIVERSÁRIO DE NAMORO >:(((

Ginger Poleski: MDDC.

Ginger Poleski: Jura? Minha Nossa Senhora, Patty. Dá o fora nele!!

Patricia Hannigan: Eu SABIA que ele ia esquecer. Ele não tá nem aí pra nada além do trabalho. Enquanto isso eu mal tô prestando atenção nas minhas carniçais porque tô tentando fazer essa porcaria de escondidinho que aprendi em um daqueles blogs de receita que falei pra vocês, e ele não está nem aí!

Ginger Poleski: Ai, Patty, que saco. Suas carniçais estão todas no Desert Bloom, né? A Hillary do Distrito 10 de Los Angeles têm 6 no Desert Bloom e diz que lá está uma bagunça. Ela falou que 3 delas sumiram por quase 12 horas faz uns 2 dias.

Patricia Hannigan: Sério? As minhas também sumiram. Disseram que foram ver o sol nascer.

Ginger Poleski: *Jura?? Pois é, a Hillary falou que outra responsável de uma cidade em Nevada disse que as dela pularam duas verificações de SynCarn seguidas. Será que a gente tem que deixar isso marcado na planilha?*

Patricia Hannigan: *Humm, pode ser. Vamos abrir um chat com as outras responsáveis de carniçais no Desert Bloom e ver o que elas acham.*

Ginger Poleski: *Boa ideia. Mas eu sei que a Marianne de Dana Point tem um carniçal lá, e ela é um* SACO. *Lembra quando ela encheu o chat de fotos do poodlezinho feio dela* ASSIM *que a Lily mandou fotos do bebê recém-nascido? Ela é tão rude.*

Patricia Hannigan: *Nossa, eu tinha esquecido total. Todo mundo menos a Marianne, então.*

Ginger Poleski: *Combinado.*

Ginger Poleski: *Cara, tomara que não seja nada grave. Não estou nem um pouco a fim de cuidar da papelada de um assassinato em estado animal. Leva uma* VIDA.

Patricia Hannigan: *Nem me fala, amiga.*

FIM DE CHAT

—*S*ó pra vocês saberem, eu estou *bem* — resmungou Val, bebendo café.

Apertei a boca. Val, Jasmine, Celeste e eu estávamos sentadas à mesa da varanda dos fundos da cabana da No Flash Photography, enquanto Eli preparava mais café para nós lá dentro. Raj e Cole ainda estavam dormindo, e nós cinco tínhamos acabado rapidamente com o primeiro café que Eli tinha passado. Ele estava doido para evitar papo-furado conosco, então aproveitou a chance para fazer mais.

— Você está de chamego com o cantor da banda do cara que comemos há menos de quarenta e oito horas — argumentei. — Não acho que isso me parece ser *bem*.

Val escolheu ignorar minha declaração.

— Se estiver com ciúme, é só falar.

Meu rosto ardeu.

— Que *caralhos* você quer...?

Felizmente, Celeste me interrompeu antes que eu pudesse dar mais um chilique.

— Acho que Zoey quer dizer que essa situação trouxe à tona muitas questões passadas, então estamos todas um pouco mais... sensíveis do que de costume. E só queremos saber se você está bem, já que todas passamos pelo que você está passando.

Por um breve segundo, a expressão de Val se suavizou, mas ela logo desviou o olhar para o deserto e mordeu o lábio.

— Não quero falar sobre isso agora, tá? A gente não pode só tomar esse cafezinho e esquecer as preocupações por meia hora?

Jasmine praticamente riu na cara dela.

— Val, querida, você não amassou um para-choque. Se Eli e o resto da No Flash Photography descobrir que o Kaiden não está só de rolê com uma garota por aí, você vai ser uma das primeiras pessoas de quem eles vão desconfiar.

Val fez uma careta. Ela apertou a xícara com força e olhou para dentro — mal tinha bebido. Por um momento, achei que os olhos dela estavam marejados.

Finalmente, ela suspirou e endireitou os ombros.

— A gente pode deixar isso pra lá?

Celeste e eu nos entreolhamos. Jasmine, enquanto isso, se calou, o que era pouco característico.

A expressão de Val murchou ao ver a reação de Jasmine, mas ela não comentou nada.

— Olha, tem uma coisa que você não sabe — falei em voz baixa, para o caso de Eli voltar antes que o esperado, e me debrucei na mesa de vidro para me aproximar de Val. — Eu e Celeste encontramos um pen drive no laboratório ontem, e hoje encontramos provas de que os carniçais expostos a Menthexus, a droga que provavelmente te fez ficar em estado animal, se transformam em algo muito, muito pior. E agora que você foi exposta duas vezes, acho que...

A porta dos fundos da cabana se abriu e Eli saiu, trazendo um bule de café. Fechei a boca de súbito, engolindo o fim da frase.

— O café está pronto — disse Eli. — E trouxe companhia.

Raj e Cole saíram atrás dele, Cole bocejando e se espreguiçando. Raj estava usando roupas esportivas monocromáticas que provavelmente eram mais caras do que tudo que eu tinha no meu armário, e Cole ainda estava de calça de pijama de flanela, agasalhado em um moletom. Seu cabelo ruivo estava espetado de um lado, provavelmente porque tinha amassado ao dormir.

Meu rosto corou um pouco, a contragosto.

— Que surpresa boa — disse Cole, se largando no lugar ao meu lado. Ele me dirigiu um sorriso cheio de dentes. — Tomara que o café não esteja horrível. Eli sempre dá um jeito de estragar.

— Eu fiz na máquina, como é que ia estragar? — retrucou Eli.

— Fazendo café tão forte que nem dá para beber — comentou Raj, rindo e apontando o bule na mão de Eli. — É um lodo isso aí.

— Eu prefiro café forte — interveio Val, toda sorridente. Parecia que a nossa conversa nem tinha acontecido. Na verdade, era como se nada dos últimos dias tivesse acontecido. Senti um calafrio quando ela riu e acrescentou: — Deve estar ótimo, gato. Não liga pra ele.

Por baixo da mesa, peguei o celular e mandei uma mensagem para Celeste: Que porra é essa, uma realidade paralela?

O celular dela vibrou e, quando olhou a tela, encontrou meu olhar por um momento e deu de ombros.

Eli serviu café para todo mundo. Raj perguntou se a gente queria comer com eles, e eu menti que já tínhamos comido, mas agradecíamos a oferta. Celeste encontrou meu olhar mais de uma vez, e eu pressenti que estivesse pensando o mesmo que eu: mesmo com o corpo de Kaiden lá no fundo daquele poço, estávamos rindo na cara do perigo.

— Sabe, é melhor a gente ir — falei depois de mais alguns minutos de papo furado entre Val e os meninos. — A gente tem um show pra ir agora de manhã, e tem que se arrumar.

— Um show? — perguntou Cole, com a expressão animada.

Não consegui deixar de notar o tamanho de seus olhos verdes. Ele tinha um rosto meio travesso, com o nariz um pouco arrebitado e o queixo pontudo.

— De manhã? — perguntou ele, ainda surpreso. — Achei que a programação de hoje só começasse meio-dia.

— Eu não diria que está na programação — disse Jasmine, rindo.

— É de um amigo nosso — mentiu Celeste, com o sorriso agradável e casual.

Nossa, como ela é boa nisso.

— É só um negocinho *underground* — continuou ela. — A gente vai encontrar ele depois para bater um papo. Não é nada grande.

Ela obviamente estava disfarçando o fato de que iríamos tentar entrevistá-lo para descobrir se ele tinha visto quem misturara Menthexus no sal usado nos drinques da festa, mas apenas mencionar aquilo casualmente já parecia dizer demais.

— Um talento novo, é? — perguntou Eli, empurrando a cadeira para esticar os pés e apoiá-los na mesa. Ele estava descalço, e eu segurei a náusea quando seu dedo mindinho chegou perigosamente perto de encostar na xícara de Val. — Imagino que seja divertido.

— *Hum* — balbuciei.

Como posso ser clara sem dizer diretamente que eles não podem ir?

— Não foi… — continuei. — *Er*, você provavelmente não vai querer ir. Esse pessoal não é profissional.

— E daí? A gente não tem mais o que fazer — disse Eli, olhando de relance para Cole e Raj. — Que tal?

— Não é melhor alguém ficar aqui e esperar o Kaiden voltar? — perguntou Cole.

Imediatamente, Val, Celeste, Jasmine e eu ficamos tensas.

Eli, por outro lado, apenas abanou com a mão.

— Vocês conhecem o Kaiden. Ele vai voltar na hora que voltar. Lembram aquela vez que ele passou duas semanas com a Monique e não mandou nenhuma mensagem pra gente?

Cole murmurou alguma coisa baixinho e revirou os olhos.

— Pode ser. Só acho meio esquisito, com todos esses boatos que andam rolando.

— Boatos? Como assim...? — Eu quis saber.

Val pigarreou e chamou a atenção de todos.

— Vocês deveriam ir com a gente! Vai ser legal.

Eu a fitei com os olhos arregalados e levantei as sobrancelhas.

O sorriso de Val nem fraquejou.

Raj deu de ombros.

— Tá. Pode ser.

— É isso aí — disse Eli, e apontou para Cole. — Topa?

Ele mordeu o lábio rapidamente. Por um segundo, me olhou de relance, antes de desviar o rosto com pressa.

— Eu... tá.

— Legal. — Eli abriu um sorriso enorme, apertando os ombros de Val com mais força. — Estou animado.

Antes de ir a Desert Bloom, eu pesquisara detalhadamente o lugar — mais uma tentativa de conter meu nervosismo ao aprender tudo que pudesse a respeito das coisas. Especificamente, estava interessada em saber como os organizadores pretendiam manter vivos milhares de espectadores no meio do deserto, se não havia nenhuma cidade em um raio de oitenta quilômetros. A estrutura do festival fora construída inicialmente como centro de retiro espiritual para o tipo de esquisitão que ia ao deserto fazer ioga pelado e evitar o uso de sabonetes. As cabanas haviam sido construídas para esses visitantes, além de uma certa quantidade de estruturas maiores, na forma de tendas, para hospedagem adicional e eventos em grupo.

O "show" da banda do barman, Waterheads, ia acontecer em uma dessas tendas. Era uma estrutura octogonal, e eles tinham subido as paredes de tecido para entrar o ar da manhã. Era a versão hippie de um show de porão, o que seria legal se a banda não tocasse igual a bunda deles.

— Será que vem mais alguém? — perguntou Celeste, aproximando-se do meu ouvido.

Até então, as únicas pessoas na tenda eram minhas amigas, No Flash Photography, e duas outras garotas que pareciam namorar os caras da banda. Elas estavam sentadas atrás de uma mesinha de vendas capenga, onde tinham montado um jogo de damas que parecia ocupar a maior parte de seu foco. Portanto, éramos só sete pessoas olhando para os três caras brancos que compunham a Waterheads.

— Eu gostaria de dedicar essa próxima música à Celeste Seasons aqui na frente — disse o barman da festa, que não só era o vocalista, como também tocava um dos instrumentos mais incompreendidos da música: o humilde kazoo. Ele apontou para Celeste, na primeira fileira, que corou ao ouvir seu nome profissional. — Você ensinou minha irmãzinha a fazer as sobrancelhas, e ela vai surtar quando souber que você veio ao nosso show!

Celeste abriu um sorriso hesitante.

— *Hum*, de nada?

O barman — Tony, como Jasmine lembrara — se aproximou do microfone e começou a sussurrar a letra, parecendo uma tentativa falha de ASMR, enquanto os músicos atrás dele improvisavam na bateria e na guitarra.

Jasmine tremeu inteira antes de amassar pedacinhos de lenço de papel e enfiar nos ouvidos. Atrás dela, Raj e Cole encaravam o palco absolutamente horrorizados.

Val sorriu.

— Sei lá, acho legal desenterrar um pouco da cena *underground*.

— Honestamente, eles deviam ter continuado enterrados. Tipo, em uma cova bem funda — falei, principalmente para Cole, que me olhara em súplica.

Ele conteve a risada e esbarrou o ombro no meu. Minha pele esquentou e se arrepiou de leve onde ele me tocou.

No palco, Tony soprou o kazoo em uma nota longa e concluiu:

— Legal, temos mais uma para vocês antes de precisarmos nos aprontar pros nossos outros bicos! O nome dessa é "Garota do cabelo rosa".

— Ele inventou isso agora? — sussurrei.

— Minha terapeuta vai ter que ouvir sobre isso independentemente — disse Celeste, rangendo os dentes.

Os Waterheads começaram uma música folk mais tradicional, quase suficientemente afinados para ser palatável. No meio da apresentação, Val, que dançava como se fosse a melhor música que já ouvira, disse:

— Eu gostei! Lembra os Mountain Goats!

Cole franziu a testa.

— Só se você quer dizer que lembra bodes montanhosos de verdade tocando música, aí, sim.

Só que Val só continuou rindo. Ela e Eli se balançaram juntos, Eli a abraçando por trás e dando um beijo leve na cabeça dela. Na verdade, Val parecia… sinceramente feliz.

Eu odiava admitir, mas aquilo deixou um gosto horrível e azedo na minha boca.

Os Waterheads acabaram o show alguns minutos depois, e Tony deu uma piscadela para Celeste ao soprar uma última nota no kazoo. O resto da banda fez uma reverência, e Val e Eli aplaudiram animados. De resto, aplaudimos com hesitação, tentando não fazer careta.

— Vai rolar um *meet and greet* atrás da tenda pra quem quiser autógrafo! — anunciou Tony, apontando a mesinha de CDs montada no canto, atrás da qual as garotas que jogavam damas nem ergueram o olhar. — Nosso EP está à venda! Valeu pela presença!

— Acho que é a nossa deixa — disse Celeste, indicando a saída. — Vamos lá?

— Não quer comprar um EP? — perguntei, fingindo sinceridade. — Afinal, ele *acabou* de escrever uma música inteira para você.

Celeste rangeu os dentes, dando um sorriso falso.

— Prefiro que um guaxinim coma meus pés.

— Não vamos demorar — prometeu Val a Eli. — Mando mensagem quando acabar.

— Claro — disse Eli, e se abaixou para beijar o rosto dela. — Só não demore muito.

Celeste, Jasmine e eu precisamos de muito esforço para não revirar os olhos.

※

Dez minutos depois, Tony, o barman, finalmente nos encontrou atrás da tenda. Tinha um toldo cobrindo uma áreazinha para sentar — era suficiente para uma mesa em que cabíamos todos sentados, nós quatro de um lado, e Tony do outro, parecendo até uma entrevista de emprego.

Ele sentou bem quando Celeste prendeu o cabelo em um coque e abanou o pescoço. O calor já começava a aumentar — a previsão era que ao meio-dia já tivesse passado de trinta graus. Sequei a testa com a mão enquanto Val abanava com a parte da frente do vestido para refrescar o tronco.

— Acho que a gente devia ter marcado em algum lugar com ar-condicionado — disse Tony, cruzando as mãos.

Ele usava uma camisa social com um colete formal, que encharcara de suor, deixando manchas compridas na lateral do corpo e nas costas.

Jasmine chupava com afinco um gelo pelo canudo da garrafa d'água, e o olhou de soslaio.

— Obrigada por conversar com a gente outra vez, Tony — falou Val, sorrindo até destacar a maçã do rosto. — Gostei muito do seu show.

— Ah, é? Bom, eu estava falando sério — disse ele, fixando o olhar em Celeste. — Minha irmã vai *surtar* quando souber que me apresentei para *a* Celeste Seasons. A gente às vezes vê seus vídeos juntos.

— Ah — disse Celeste, com um sorriso fraco. — Que... que legal. Fico feliz por vocês gostarem. Você, *hum*, faz maquiagem?

— Nada. Só gosto de admirar uma moça bonita de vez em quando — disse ele, com uma piscadela.

Celeste continuou sorrindo, mas praticamente escutei o grito de socorro estampado em seu olhar.

— Enfim — interrompeu Jasmine, sem nem fingir um tom agradável.

Ela estava completamente séria. Pegou o celular e abriu uma foto do cardápio de bebidas da festa, e então deu um zoom na lista de ingredientes do Tiete.

— O que você sabe dessa bebida? — continuou ela. — Especificamente do sal de lava. Tinha alguma mistura... estranha?

De repente, a expressão relaxada do rosto de Tony desapareceu. Um fio novo de suor escorreu pela têmpora, e ele engoliu em seco, balançando o gogó. Ele olhou ao redor, pigarreou, e se recusou a nos encarar.

— Ah... é, *hum*. É só sal negro. Não tem nada de especial.

— Tem algum motivo pra ter cheiro de menta? — insisti.

— De menta? — repetiu Tony, piscando e franzindo a testa. — *Hum*, não, na real, não. Escuta, não sei qual é a importância disso. Tipo, não é como se eu tivesse visto alguém... — Ele se interrompeu. — Não, eu me expressei mal. *Hum*...

Ao meu lado, Celeste se levantou apenas o suficiente para se debruçar na mesa e se aproximar ainda mais dele. O rosto de Tony ficou vermelho quando Celeste o encarou, de sobrancelhas erguidas e boca tensa.

— Parece que você viu alguma coisa, sim, Tony.

Ele corou ainda mais, e as manchas de suor se espalharam pela camisa. Ele puxou o colarinho e abriu a boca para falar, mas soltou apenas um ruído esganiçado.

— Tony — acrescentei, um pouco mais calma. — Por favor, precisamos mesmo saber. Algumas pessoas podem ter adoecido por causa disso, e só precisamos saber o motivo.

— Olha... não fiz nada de propósito! — exclamou Tony, passando a mão pelo cabelo, com a boca trêmula. — Escuta, trabalhar em um festival desses é difícil! É um equilíbrio constante entre festa e trabalho, e às vezes a gente acha que tomou uma dose leve de cogumelo, mas acaba sendo uma dose pesada, aí começa a alucinar no serviço e...

— Opa, opa, peraí — disse Jasmine, levantando as mãos. — Você estava doidão de cogumelo na festa?

Tony coçou o rosto suado.

— Estava sim, tá bom? Não pretendia ficar chapado, mas surtei legal. Então, quando fui arrumar o evento no bar, achei que quem estivesse ali remexendo nas paradas fosse outro contratado, sei lá. Perguntei se a pessoa era nova, mas ela vazou na hora. Normalmente, eu teria denunciado uma coisa assim, mas estava tão ferrado que mal conseguia preparar uma bebida, muito menos enfrentar meu chefe e fazer um relatório...

— Lembra alguma coisa da aparência dessa pessoa? — interrompeu Celeste, com o olhar atento.

Tony balançou a cabeça em negativa, abrindo e fechando as mãos.

— Não muito... as drogas deixaram a cara toda... brilhante e borrada? Só sei que a pessoa estava usando um moletom com capuz bem grandão e largo, com o logo de uma banda. Girlfool? Pode ser esse o nome? O logo era maneiro... um monte de espinhos brotando de um cérebro. Não conseguia parar de olhar.

— Ah! — disse Celeste, arregalando os olhos. — O moletom era de *tie-dye* rosa?

Nós quatro a olhamos de repente, e Tony respondeu:

— Ah... é, exatamente. Era isso.

— Girlfool é uma das minhas bandas preferidas — explicou Celeste, enroscando uma mecha de cabelo nos dedos.

— Elas venderam uns acessórios exclusivos para quem entrou com ingresso VIP no último show de Los Angeles. Tentei comprar ingresso, mas era supercaro e esgotou muito rápido.

— Hoje tem show delas, né? — perguntei.

— É... tem sim. Acho que é no palco principal — respondeu Celeste. — Nossa, eu pagaria muito pra ver de perto.

— Vocês vão contar pro meu chefe? — perguntou Tony, finalmente conseguindo nos encarar. — Porque eu sinceramente não posso perder esse emprego. Se descobrirem que alguém pode ter adoecido por causa de uma bebida que eu preparei, estou ferrado.

— Você mereceria — resmungou Jasmine.

— Não vamos contar nada — interrompi rapidamente, e olhei de soslaio para Jasmine. — Tem certeza que não sabe mais nada dessa pessoa que viu? A cor do cabelo, alguma coisa assim?

Tony balançou a cabeça em negativa.

— Foi mal, só lembro do moletom. Mas talvez vocês possam procurar no show dessa Girlfool. Faz sentido a pessoa usar a roupa no show, se for tão fã assim.

— Não sei se vai ser fácil identificar alguém numa multidão daquelas — murmurou Jasmine, olhando as unhas por cima dos óculos de gatinho. — Vai ser igual procurar agulha no palheiro.

— Menos se estiverem na área VIP, igual ao show de Los Angeles — argumentei. — Isso diminuiria muito o grupo.

— Tá legal, mas como a gente entraria na área VIP? — perguntou Jasmine.

— Olha, ouvi falar que a área VIP do palco principal permite convidados, caso isso ajude — sugeriu Tony, tentando ajeitar o cabelo bagunçado, e se virou para Celeste. — Me surpreende você não entrar de graça nessas coisas. Eu te deixaria entrar, se pudesse.

— Quer saber? Isso foi ótimo, mas é melhor a gente ir — falei, me levantando, e Celeste praticamente suspirou de alívio ao meu lado. — Foi um prazer, Tony. Mande parabéns pro resto dos Waterheads.

— Ah, *hum*… claro. Valeu por não contarem nada disso pra ninguém — disse Tony, enquanto nós nos levantávamos e recolhíamos nossas coisas. Ele se acotovelou na mesa para olhar Celeste. — Tem alguma chance de você mencionar nossa banda quando fizer o vídeo comentando o Desert Bloom? Ia ser bom ter mais propaganda.

Celeste balançou o braço, desajeitada.

— Vamos ver.

Ele assentiu.

— Maneiro.

Peguei a mão dela, acenei para Tony e me despedi:

— *Távaleudenovotchau.*

Nós quatro saímos antes que ele pudesse acrescentar qualquer coisa.

quinze

Em novembro, quase cinco meses depois do Esvaziamento, Jasmine foi à primeira festa de arromba do pessoal da Aspen Flats High daquela temporada.

As festas de Aspen Flats normalmente envolviam destruir a casa de alguém cujos pais estavam viajando, ou encontros no galpão abandonado na fronteira da cidade. Aquela festa específica aconteceu no galpão, um prédio velho e decadente com buracos no teto, paredes que lembravam uma cadeia e ecoavam o som, e um espaço amplo e aberto, perfeito para montar luzes e transformar em pista improvisada.

As luzes e a música já estavam à toda quando Jasmine chegou com as outras garotas do time de softbol. Ela carregava um taco que jogava para cima e pegava enquanto andava — tinha prometido às calouras que poderiam usar o taco para quebrar garrafas de cerveja vazias nos fundos, o tipo de atividade emocionante que era ideal para jovens de cidade pequena. Visto que agora ela era capitã do time, era sua responsabilidade garantir que todas se entrosassem, pelo menos o suficiente para trabalharem juntas, e levá-las a uma festa daquelas parecia um jeito perfeito de formar uma comunidade.

O galpão estava lotado quando elas chegaram. Remixes pop de músicas famosas tocavam nos alto-falantes potentes que alguém *instalara em cima de um monte de destroços de metal, e luzes piscavam, penduradas por ganchos de metal pesados presos no teto. Tinha gente da escola, além de algumas pessoas das cidades vizinhas, enchendo a pista de dança, sarrando ao som da música. Outras pessoas se retiraram para os cantos escuros com intenção de se agarrar, e mais outras se aglomeravam ao redor dos coolers cheios de gelo, bebendo latas de White Claw e Twisted Tea.*

— Ei, Jaz — disse River, a pessoa não binária negra que tinha a função de interbases no time, passando o braço por cima do ombro de Jasmine. — Quer virar umas doses com a galera nova?

Jasmine balançou a cabeça em negativa.

— Melhor não. Não quero dar mau exemplo.

A receptora, uma garota branca de estilo caminhoneira chamada Gia, bufou.

— Você tá precisando relaxar, cara. E pensa bem: as calouras nunca vieram a uma festa dessas. Existe alguém melhor pra guiá-las pela primeira incursão às festas do ensino médio do que a própria capitã Owusu?

Jasmine mordeu o lábio, coçando a nuca. River e Gia tinham bons argumentos, e talvez ela precisasse mesmo se soltar um pouco. Ela não tinha relaxado nada desde...

Ela ficou tensa. O rosto do casal que matara para proteger Isaiah pareceu incendiar sua memória, dois pares de olhos azuis a encarando, horrorizados, enquanto ela rasgava seus pescoços.

Jasmine se endireitou, tentando afastar as imagens.

— Quer saber? Tá bom... me arranjem uma bebida boa.

Não demorou para River entregar uma lata na mão de Jasmine. E outra. E mais uma. Em pouco tempo, o peitoril em que ela se recostara estava repleto de latas vazias, e o mundo ao seu redor começara a parecer uma aquarela, embaçada, colorida e suave.

Ela não bebia uma gota de álcool desde o Esvaziamento. Em certo momento, tinha pesquisado no Google se carniçais podiam ficar bêbados, e imediatamente encontrara artigos advertindo que era má ideia misturar o desejo por carne humana com uma substância que alterasse a capacidade de raciocínio... ou seja, carniçais definitivamente podiam ficar bêbados.

Um fato que agora Jasmine sabia muito bem.

— Eita, Jaz — disse Gia, levantando a cerveja que bebia para apontar o outro lado do galpão. — Olha lá. É a Valeria Vega com a Zoey Huxley e...?

Jasmine fez uma careta quando Gia completou com o nome antigo de Celeste Fairbanks. Jasmine deu um tapa no ombro dela, e Gia a encarou, magoada.

— Pelo menos tenha a decência de chamar ela pelo nome certo — repreendeu Jasmine, irritada.

Jasmine olhou de volta para a pista, forçando a vista. A gafe de Gia a tinha distraído tanto que ela nem notara direito o que tinha apontado.

— Nossa — comentou.

Realmente, ali estava a ex-capitã das líderes de torcida, Valeria Vega, no auge de sua glória, curtindo a festa com ninguém mais, ninguém menos do que duas das nerds artistas mais aleatórias de Aspen Flats High. Elas combinavam tão pouco que a cena ficava quase engraçada: Zoey naquele look todo preto, Celeste de cropped simples e calça jeans, e Valeria de salto e um vestido prateado cintilante com decote recortado em forma de coração. Valeria e Celeste pareciam conversar enquanto Zoey olhava irritada para o chão, provavelmente pensando em alguma poesia melancólica, necromancia ou qualquer que fosse o interesse de garotas que só usavam preto e coturnos.

— Desde quando elas são amigas? — perguntou a campista esquerda, uma garota branca chamada Kara.

— Desde que as amigas de Valeria largaram ela por ser carniçal — disse River, apontando um grupo de líderes de torcida do outro lado da festa. — Aquelas ali. Basicamente expulsaram ela da equipe, fazendo o maior drama de ficar de medinho sempre que encostavam nela.

Jasmine cruzou os braços. O time dela ainda não sabia que ela era carniçal — andava disfarçando a sua ausência no almoço com a mentira de que era hora de uma aula particular. Apesar de achar que elas não fossem agir daquele jeito, duvidava que fosse ser bem recebida.

Nenhum outro carniçal fora bem recebido.

— Espera — disse Gia. — Aquela é a Sydney dançando com o Quentin?

Jasmine acompanhou o dedo que Gia apontava em direção à pista. Sydney, uma das novatas calouras, recuava devagar enquanto um veterano chamado Quentin avançava para tocá-la.

— Ah, nem vem — disse Jasmine, passando para Kara o taco e a bebida. — Segura isso. Já volto.

Jasmine abriu caminho à força pela multidão. Sydney era uma menina latina e pequena, com cabelo curtinho escuro e rosto redondo. Quentin, um veterano muito mais alto do que ela, esfregava a mão no braço da menina. Sydney mordeu o lábio, tentando recuar, mas ele continuou a seguindo.

— Ei — chamou Jasmine, irritada, ao se aproximar da dupla. — Syd, as garotas queriam saber se você topa sair para pegar um ar.

— Ah, fala sério — reclamou Quentin, encontrando o olhar de Jasmine com um sorriso de soslaio. — A gente tá meio ocupado aqui.

Quentin tinha o jeito de quem não estava nem aí para o que dissessem — nunca ouvira um não na vida, e não ouviria agora. Algo no rosto e na postura dele pareceram familiares a Jasmine, e ela levou um momento para reconhecer o que era.

Como antes, o skinhead que ela tinha matado em Los Angeles surgiu na memória dela. O rosto dele lhe voltou de forma tão vívida que pareceu se sobrepor ao de Quentin, a lembrança do sangue que escorria pelo pescoço tão forte que Jasmine quase sentiu o cheiro. Ela ficou inteiramente rígida ao pensar nos olhos lacrimosos de Isaiah ao encará-la enquanto o skinhead ameaçava matá-lo.

— Você me ouviu? — perguntou Quentin. Ele pegou o ombro de Sydney, apertando com mais força. Ela fez uma careta, e ele acrescentou: — Estamos ocupados.

O coração de Jasmine acelerou de repente. Lá estava o rosto de Isaiah de novo, o homem apontando a arma para ele. O homem tinha sorrido da mesma forma que Quentin sorria ali, sem alegria — lembrava um cão feroz arreganhando os beiços para mostrar os dentes. O chão parecia prestes a se abrir debaixo dela.

Jasmine avançou com as garras saindo da mão.

Ela parou a milímetros do rosto dele. As garras refletiam as luzes da pista, cintilando na posição em que pararam, próximas o suficiente para arrancar os olhos de Quentin. Ele ficou rígido, e qualquer sinal de humor desapareceu da sua expressão.

Jasmine arfou, sem fôlego, os ombros tremendo. Sentiu olhares nela e, virando-se, viu que as pessoas tinham parado para encarar a cena, boquiabertas. Do outro lado da pista, Jasmine viu Valeria cobrindo a boca com a mão, enquanto Celeste e Zoey a encaravam abertamente, de olhos arregalados.

Jasmine recuou devagar. Naquele instante, Sydney se desvencilhou de Quentin e fugiu correndo da pista. Ao mesmo tempo,

Quentin encarou Jasmine com o olhar penetrante, e uma gota de suor escorrendo da testa até a lateral da mandíbula.

Jasmine abaixou a mão e retraiu as garras. Com o estômago embrulhado, viu o vermelho sumir dos olhos. Recuou um passo, virando o rosto de um lado para o outro, encontrando apenas o olhar de todos que a observavam.

Sem dizer uma palavra, Jasmine deu meia-volta e abriu o caminho às cotoveladas em direção ao time de softbol. Ninguém desviou o olhar dela. Jasmine andou até Kara, pegou a lata de bebida e o taco de beisebol e seguiu para a saída. Passou aos empurrões e irrompeu no ar fresco da noite.

Não tinha ninguém lá fora. Com o coração ainda a mil, Jasmine deu a volta no galpão até chegar na lareira externa nos fundos do terreno. O círculo de pedras chamuscadas estava frio, rodeado por móveis apodrecidos que talvez não fossem suficientemente estáveis para alguém se sentar. Jasmine decidiu se arriscar com uma das cadeiras, na qual se jogou. Chutou algumas garrafas e latas vazias e se inclinou para a frente, apertando o taco com as duas mãos. Encostou a ponta do taco na testa, sentindo a garganta apertar e as lágrimas ameaçando o canto dos olhos.

Era a cara dela se ferrar no segundo em que relaxasse minimamente.

Um soluço sacudiu seu peito. Lágrimas desceram pelo rosto até cair na terra. Estava tão distraída que nem notou o som de passos atrás dela.

— Jasmine? — chamou uma voz baixa.

Ela se endireitou e olhou para trás. Lá estava Valeria, de mãos cruzadas. A garota ofereceu um sorrisinho — tinha dentes quase perfeitos, insuportavelmente alinhados e brancos.

— Eu vi você sair correndo — disse ela, andando até Jasmine, e sentou-se com cuidado na cadeira ao lado. — Só queria ver se estava tudo bem.

Jasmine fungou, secou os olhos e não encarou Valeria diretamente.

— Estou bem. Obrigada pela preocupação.

Valeria torceu a boca. Ela tamborilou as unhas pintadas de amarelo no braço de metal da cadeira antes de se aproximar um pouco mais de Jasmine.

— Eu sei como é — declarou ela. — Ser carniçal. Como se virar um monstro não fosse ruim o suficiente, ninguém deixa a gente esquecer quem somos, mesmo quando temos a aparência igual à de todo mundo.

Jasmine olhou de soslaio para Valeria. Ela tinha feições suaves e uma mandíbula afiada, os olhos grandes de um tom dourado de castanho. Era impossível olharem para ela e verem um monstro, mesmo se soubessem que era carniçal. Algo no sorriso de Valeria fazia Jasmine sentir que poderia contar qualquer coisa para ela.

— Você não é um monstro, Valeria. Acho que ninguém que olhe pra você pensaria isso.

Ela piscou e levantou as sobrancelhas antes de segurar um sorriso.

— Você ficaria surpresa… Mas obrigada. Mesmo.

Jasmine assentiu.

— Soube que o pessoal da torcida meio que… expulsou você. Que merda.

Valeria deu de ombros.

— Tem sempre algum drama com as líderes de torcida de qualquer forma. Estou achando legal andar com gente que está pouco se fodendo pra se manter magra pra conseguir fazer acrobacias.

Jasmine fingiu vomitar.

— Nossa, que horror.

Valeria riu.

— Era um horror mesmo! E eu tinha que acordar, tipo, cinco da manhã pra treinar. Cansei.

— Você pode entrar para o time de softbol, se quiser — ofereceu Jasmine, e apontou para Valeria com o taco. — Você parece ser rápida.

Valeria bufou.

— Valeu, mas melhor não. Por sinal, por que você trouxe o taco?

Jasmine se endireitou. Ela girou o taco nas mãos e apontou a pilha de latas e garrafas perto da lareira externa.

— Eu e algumas jogadoras do time gostamos de vir pra cá quebrar garrafas. É bom para extravasar.

— Ah. Legal. — *Valeria abriu um sorriso, olhando bem nos olhos de Jasmine.* — Será que você pode me ensinar?

O coração de Jasmine deu um pulo. Todo mundo sabia que Valeria era um das garotas mais bonitas de Aspen Flats High, e, apesar de só ter namorado garotos, os boatos diziam que talvez ela fosse bi. Jasmine não queria criar esperanças, mas não recusaria a oportunidade de passar mais tempo com ela.

Jasmine sorriu.

— Claro. Por que não?

Durante a hora seguinte, Jasmine empilhou garrafas em uma pedra e viu, com puro prazer nos olhos, a menina de ouro de Aspen Flats, Valeria Vega, estilhaçá-las com o taco em milhares de cacos cintilantes.

Por um momento, pensou que talvez as coisas fossem dar certo.

Quando a escuridão da noite caiu sobre o festival, tudo ganhou vida.

Pelo terreno todo, as luzes se acenderam ao mesmo tempo, como um circo neon bem na nossa porta. Os holofotes multicoloridos iluminaram o palco principal, onde Girlfool se apresentaria dali a poucas horas. As cores do festival invadiram as janelas da cabana, jogando formas em movimento no chão de ladrilhos.

— Nada da minha empresária com entradas VIP pro show da Girlfool — resmungou Celeste, atualizando o e-mail pela décima vez.

Nós duas estávamos sentadas no sofá, enquanto Jasmine mexia no celular na poltrona ao lado. Val estava no quarto — ela não quisera conversar muito depois de voltarmos do show da Waterheads com os caras da No Flash Photography.

— Parece que a entrada VIP é reservada principalmente para outros músicos e para a imprensa — continuou Celeste, esfregando o rosto com a mão. Ela não tinha passado maquiagem depois que tomara banho quando voltamos para a cabana. — Então a pessoa que misturou Menthexus no sal talvez nem consiga entrada VIP também. Se bobear, nem no show ela vai estar.

— Mas é nossa única pista — lembrei. — A gente tem que pelo menos tentar.

— É verdade — disse Jasmine, sem parar de olhar o celular. — Até porque, *hum*, acho que talvez a gente tenha outro problema.

Ela se levantou da poltrona e virou o celular na nossa direção. Eu e Celeste nos aproximamos para olhar a tela, onde um vídeo do TikTok se repetia.

Era uma garota de maquiagem escura e pesada, sentada na frente de uma tapeçaria. Ela dizia: "Tudo que vou mostrar agora é uma filmagem real do Desert Bloom que, nas últimas vinte e quatro horas, foi retirada do TikTok, do Instagram e do Twitter. Alguma coisa está acontecendo aqui no festival, e alguém está tentando acobertar".

A imagem cortava para uma gravação trêmula que parecia vir da parte de fora de uma das cabanas de hospedagem. Estava escuro, e a única fonte de iluminação era a lâmpada da varanda e do luar filtrado pelas nuvens. Quem filmava estava do outro lado da janela e apontava a câmera para a lixeira à esquerda da cabana, abaixo do deque.

Uma silhueta estava curvada sobre a lixeira, pouco mais de uma sombra esquelética. Revirava o lixo com as mãos, mexendo nos restos de comida. Cabelo loiro e grosso caía no rosto, escondendo suas feições. Os ombros eram ossudos e sobressaíam da pele pálida, por baixo de uma regata rosa rasgada.

— Ei! — gritou a pessoa que estava filmando. — O que você tá fazendo aí?

O rosto se levantou abruptamente, revelando a face descarnada e os dentes afiados. Era um carniçal, nitidamente, com veias pretas ao redor dos olhos e garras fincadas na lateral da lixeira. No entanto, havia algo mais... animalesco. A pessoa era tão magra que dava para ver os ossos, e as costas pareciam ter mais vértebras, deixando o torso mais comprido e flexível. Líquido preto escorria dos olhos e, de início, achei que fosse apenas rímel borrado, mas a figura não usava maquiagem. Ainda assim, não tinha a altura do anthropophagus que eu vira com Celeste na véspera nem a mesma boca descarnada.

Aquela pessoa parecia estar no meio do caminho.

Com um grito esganiçado, ela largou a tampa da lixeira e saiu correndo.

A imagem voltou à garota de antes. "Faz dois dias que pessoas postam no Twitter sobre encontros semelhantes com carniçais estranhos no festival. A polícia da área recebeu quase *vinte* denúncias de desaparecimentos, mas a organização do Desert Bloom fez o possível para acobertar esse perigo. Em que momento Desert Bloom vai admitir que alguma coisa está acontecendo? Sigam minha conta para a parte dois."

Jasmine fechou o app e levantou as sobrancelhas.

— Ah, *merda* — soltei.

— Algo me diz que não foi só Val quem foi drogada — disse Jasmine, guardando o celular no bolso.

Bem naquele instante, a porta do quarto de Jasmine e Val foi aberta, e Val saiu. Ela vestia um shortinho e um *cropped* amarelo e prendera o cabelo em um rabo de cavalo alto. Já tinha passado a maquiagem, com base muito mais pesada do que de costume.

Senti um aperto na barriga.

— Ótima notícia… Eli e os amigos vão no show da Girlfool — disse ela, sorrindo e dançando com os ombros. Ela estendeu o celular, mostrando a conversa com Eli. — *E* conseguem fazer a gente entrar na área VIP como acompanhante.

— Val, a gente precisa conversar — falou Jasmine, cruzando os braços. — Sério, agora. Tem alguma coisa acontecendo com os carniçais que foram drogados.

Os ombros dela murcharam imediatamente.

— Essa conversa de novo não.

— Olha pra sua cara — falei, irritada, e apontei as olheiras fundas dela. Ela começou a torcer a boca, e eu acrescentei: — A gente está tentando ajudar, Val. Você só tem que deixar.

Val mordeu o lábio. Ela cruzou os braços, fincando as unhas na pele. Levei um momento para perceber que as unhas dela estavam grossas demais, e a camada de esmalte preto mal disfarçava o fato de terem sido muito lixadas.

Dei um suspiro.

— Você cortou suas garras para parecerem unhas?

Val corou imediatamente. Ela enfiou as mãos no bolso.

— Puta merda — murmurou Jasmine. — Você está se transformando em um troço daqueles.

Val franziu a testa.

— Do que você tá falando?

Antes que Jasmine pudesse responder, Celeste clicou no notebook e o virou para que Val pudesse ver. Imediatamente, surgiram os rostos dos anthropophagi, esqueléticos e descarnados, como se a pele ficasse frouxa por cima dos ossos.

— Disso aqui — respondeu Celeste. — Carniçais expostos a Menthexus. O nome que deram a eles é anthropophagus.

Todas nos calamos, e Val ficou pálida, os olhos arregalados refletindo a tela. Ela estendeu a mão e tocou de leve o rosto, a área da bochecha onde os anthropophagi tinham cavidades, com uma expressão vazia nos olhos cor de mel.

— Não — sussurrou ela, e balançou a cabeça. — Isso é ridículo.

— Val... — comecei.

Ela me interrompeu:

— Olha, sei que estão todas preocupadas comigo, e, sério, é importante saber que se preocupam, mas vocês têm que acreditar em mim quando digo que estou bem. Tá, não me sinto… exatamente normal desde aquela noite, mas também não sou um monstro ossudo que arrancou a própria boca. E, mesmo se fosse, o que vocês querem que eu faça? Me acorrente na parede e tranque todas as portas?

Eu e Celeste nos entreolhamos.

— Assim… — comecei.

— Não, claro que não — interrompeu Celeste. — Só acho que precisamos ficar de olho, tá? Se você começar a piorar, precisamos saber. Para sua segurança e a segurança de todo mundo.

— E provavelmente é melhor você parar de chamego com o Eli — acrescentou Jasmine, examinando as cutículas. — Não sei se a gente dá conta de esconder dois cadáveres na mesma semana.

Val abriu a boca, mas imediatamente a fechou outra vez. Ela expirou pelo nariz e esfregou o rosto com a mão. Passamos um segundo em silêncio.

— Tá bom — cedeu ela, finalmente. — Entendi. Vou deixar pra lá.

— Jura? — questionei.

Celeste pigarreou, chamando minha atenção, e eu acrescentei:

— Assim, a gente sabe…

Val assentiu.

— Eu entendi, tá? Também não quero que ninguém se machuque. Mas então a gente precisa caprichar muito hoje, né? A gente tem que encontrar a pessoa que o Tony descreveu.

Eu cruzei os braços.

— E se você começar a se sentir mal vai avisar, né?

— Vou — disse Val, pegando o celular. — Tá, vou falar pro Eli botar a gente de acompanhante. Combinado?

Celeste, Jasmine e eu nos entreolhamos. Celeste assentiu com um gesto leve e Jasmine fechou a boca com força e não disse nada.

— Tá — falei, finalmente. — Combinado.

***

Vestidas com nossas melhores roupas de show e enfeitadas com a maquiagem personalizada de Celeste, nós quatro saímos para o festival.

O ar daquela noite era elétrico. Assim que entramos na área principal entre palcos, veio um fluxo de gente de todas as direções. Avançamos pela multidão, passando por pessoas com o rosto e o peito nu pintados com tinta que brilhava na luz negra. Usavam pulseiras de neon no pescoço, nos braços e nos tornozelos. Apesar da queda de temperatura, todo mundo vestia pouca roupa. Pessoas de todos os gêneros andavam por ali de biquíni e collant, com a pele adornada de purpurina e tatuagens. Esbarravam em nós, levantavam copos de bebida e comemoravam. O cheiro de maconha e cigarro enchia o ar com sua doçura almiscarada, e a roda-gigante era como um farol em movimento que nos guiava cada vez mais fundo na multidão.

Quando chegamos ao palco principal, meu coração estava a mil — não conseguia deixar de olhar para Val a cada poucos segundos, só para confirmar que ela não estava atordoada pelo som do sangue correndo nas veias de tantos desconhecidos. Porém a expressão de Val não mudou de forma alguma, fixa em um sorriso suave e aéreo que enrugava o canto dos olhos.

— Val! — chamou uma voz em meio ao barulho.

Eli surgiu no meio da multidão, sem camisa, pintado de tinta que brilhava na luz negra. Cole e Raj estavam ao lado dele: Raj, de camiseta arrastão e maquiagem cintilante nos olhos, e Cole com o cabelo ruivo penteado com pomada e um *look* infinitamente mais discreto, de camiseta branca e calça jeans rasgada.

A contragosto, algo no rosto corado e naquele sorriso alegre fez meu coração palpitar. Não era o suficiente para me distrair da aura palpável de eletricidade que aparecera no pequeno espaço entre meu braço e o de Celeste, mas era alguma coisa.

— Oi! — cumprimentou Val, pegando a mão de Eli e subindo na ponta dos pés para dar um beijo na bochecha dele. — Muito obrigada por convidar a gente!

— Não tem de quê. Esse show vai ser uma loucura — disse Eli, abraçando os ombros de Val e apontando o palco com a cabeça. — Vem comigo… vou ver se a segurança deixa a gente escapar dessa multidão.

Eli nos conduziu até uma entrada lateral ao palco principal, que era um grande anfiteatro perto do fim do terreno do festival. Ele e os outros garotos da banda usavam crachás VIP pendurados no pescoço, então, quando chegamos na entrada, os seguranças rapidamente abriram caminho para nos deixar passar por um pequeno corredor fechado. Depois uma conversa breve com um pessoal assim que passamos por essa entrada, Eli entregou mais quatro crachás VIP para o restante de nós, que rapidamente penduramos no pescoço.

— Por aqui — disse ele.

Viramos uma curva fechada para entrar no anfiteatro, em direção a duas fileiras compridas de lugares montados entre as fileiras típicas de assento da arena. Em vez de assentos dobráveis de anfiteatro, eram mesinhas brancas ovais arranjadas em frente a sofás de couro instalados na meia-parede que dividia a seção VIP da pista comum. Cada mesa tinha lâmpadas estreitas e retangulares para marcar o caminho, e guardanapos pretos já distribuídos para as bebidas. Um piso de madeira preta fora instalado no lugar do concreto de costume, dando um ar elegante a tudo aquilo. Garçons iam de mesa em mesa para pegar o pedido de pessoas usando *looks* de grife estilosos que acabariam nos vídeos de influencers sobre Desert Bloom no fim do evento.

Eli se jogou em um dos sofás e imediatamente puxou Val para o colo dele. O resto do grupo foi atrás, e eu acabei esmagada entre Celeste e Cole em um sofá. De repente, senti o calor dos braços nus dos dois invadir meus braços, e corei na mesma hora. Minha pele pinicava a cada toque de pele ou roupa.

Você não tem tempo para isso, eu disse a mim mesma. *Você pode voltar a esse desastre quando as pessoas não estiverem sendo drogadas para serem transformadas em monstros.*

— Tudo bem? — sussurrou Cole ao pé do meu ouvido, roçando a boca muito de leve na minha pele, o que me causou um calafrio. — Você parece meio tensa.

Era uma avaliação correta: se continuasse assim, era inteiramente possível que eu fosse me encolher e contorcer inteira só para evitar ser tocada por duas pessoas que eu achava ridiculamente atraentes.

— Ah… Estou bem. Sério.

Cole colocou a mão no meu joelho.

— Que tal eu comprar uma bebida para você se sentir melhor?

Eu pisquei e me voltei para os olhos verdes de Cole. Ele tinha franzido apenas um pouco as sobrancelhas, a boca entreaberta em um sorriso. O rubor aqueceu meu rosto, do pescoço às orelhas.

Ao meu lado, Celeste se levantou de repente e falou:

— Já volto. Vou só… socializar um pouco.

— Celeste… — comecei a dizer.

Só que ela já estava de pé, andando pelo corredor no sentido oposto. Jasmine se levantou rapidamente também, correndo para alcançá-la.

Deve estar só procurando alguém com o moletom que ela reconheceu, pensei. *Não teria nenhum outro motivo para…*

— Desculpa perguntar, mas… — disse Cole, coçando o pescoço — você e a Celeste estão juntas?

Imediatamente, senti o rosto corar. Tentei engolir em seco, mas minha garganta já estava fechada. Tentei um pigarro, mas acabei fazendo um barulho que lembrava vagamente o de um gato engasgando antes de vomitar.

— Não? — finalmente respondi, e Cole levantou a sobrancelha. — *Hum*… não estamos, não — acrescentei. — Celeste é minha melhor amiga. Por… por que a pergunta?

— Só queria saber. — Cole parecia estar segurando o riso. Quando sorriu, covinhas apareceram em seu rosto. Ele roçou o ombro no meu e acrescentou: — Não quero pisar no calo de ninguém, sabe.

Fiquei paralisada, tentando processar aquela frase. *Pisar no calo de ninguém? Por que ele...?*

Ah, puta merda.

Ele estava dando em cima de mim.

Não que ele fosse a primeira pessoa a me dar uma chance, mas a lista era deprimente de tão pequena. Eu não era muito popular na escola, o que normalmente atribuía ao fato de ser carniçal, mas devia ter mais a ver com eu ter passado anos agindo como a sombra de Celeste e me recusando a fazer amizade com outras pessoas a não ser que ela as puxasse para dentro do nosso grupo. Todo mundo sempre achava que eu era tímida, mas na verdade eu só não tinha interesse em impressionar gente que não conhecia.

Ou seja, aquilo era uma surpresa.

Rapidamente fiz uma lista mental de vantagens e desvantagens.

Vantagem: Cole era muito gato, e não havia compromisso envolvido.

Desvantagem: fazia aproximadamente duas horas que eu dera uma bronca em Val por se distrair com um garoto enquanto o caos corria solto no Desert Bloom. Não iria conseguir justificar fazer a mesma coisa.

Vantagem: me distrairia de ficar pensando em Celeste.

Desvantagem: talvez irritasse Celeste, visto o caos já mencionado.

— Zoey? — chamou Cole.

— Foi mal — falei, e abanei a cabeça, mordendo um pouco o lábio. — Você não pisaria no calo de ninguém.

Cole sorriu. Ele deslizou a mão da própria coxa e pelo tecido da minha saia xadrez até pousar no meu joelho. Senti os cabelinhos da minha nuca se eriçarem. O calor de sua pele se espalhou pela minha como tinta no papel.

— Que bom — disse ele, com uma piscadela.

Alguns momentos depois, as luzes externas começaram a se apagar. Gritos irromperam pela plateia, e um holofote se acendeu no palco. A banda de abertura surgiu pouco depois, ao som de aplausos estrondosos, e a guitarrista começou com um *riff* que atravessou a multidão vibrante. Apesar de ninguém na área VIP se levantar, várias pessoas na área comum ficaram de pé para balançar ao som da música.

No meio do show, Jasmine e Celeste voltaram para nossos sofás. Celeste se aproximou de mim e sussurrou:

— Nada ainda, mas tem vários lugares vazios. Talvez só ainda não tenha chegado.

Concordei.

— Vamos ficar de olho.

O resto do show de abertura foi agradável, apesar dos meus pensamentos agitados não me darem oportunidade de aproveitar. Estava com a atenção dividida entre conferir cada pessoa que entrava na área VIP e Cole, que acariciava meu joelho devagar e me olhava com sorrisinhos que faziam meu coração acelerar. Se alguém tivesse perguntado, semanas antes, se eu gostava de um flerte casual com gente quase desconhecida, eu tranquilamente teria dito não, mas talvez não fosse verdade.

Concentração, me repreendi. *Não é hora disso.*

A banda de abertura tocou a última música e saiu do palco ao som de um coro de vivas e aplausos. As luzes ficaram mais fortes, para todo mundo ter a oportunidade de se ajeitar e mudar de lugar antes da Girlfool subir ao palco. Meu celular vibrou.

Peguei o aparelho e vi que Jasmine, sentada do outro lado de Celeste, tinha mandado mensagem para nosso grupo: Vamos nos dividir pra ver se encontramos alguém com o moletom por aí?

Celeste encarou a tela e respondeu: Eu vou com você. Val e Zoey, vocês podem ficar de olho nessa área?

Eu me estiquei para a frente e fiz sinal de joinha para as duas.

Jasmine e Celeste se levantaram, e eu passei o resto do intervalo entre os shows batendo papo com Cole e tentando ficar de olho em qualquer pessoa que aparecesse de roupa rosa. Cole, porém, não pareceu notar, e perguntou o que eu estava achando do festival, e quais eram minhas bandas preferidas. Era fácil manter as aparências — eu só precisava fazer perguntas de vez em quando, e Cole não pareceu desconfiar que eu não estivesse prestando atenção na conversa.

Vinte minutos depois, o fundo do palco se iluminou de repente e Girlfool apareceu, acenando e sorrindo. A plateia irrompeu em aplausos enlouquecidos. Todo mundo imediatamente se levantou de um pulo. As integrantes da banda estavam de roupas incrustadas de brilhantes que cintilavam sob os holofotes, refratando o brilho do arco-íris como prismas de vidro.

— Somos a Girlfool, e vocês vão ver um show do caralho! — gritou a vocalista, se posicionando na frente do microfone. — Quero ouvir! — pediu ela, levantando um punho no ar.

A plateia berrou, levantando e balançando os braços.

A banda começou o show com uma erupção de luz amarela e rosa que se espalhou pela plateia. O fundo do palco cintilou com um fractal de luz giratório que fazia o palco parecer um vórtex cósmico.

Olhei de relance para o lado. Celeste e Jasmine não tinham voltado ainda nem mandado mensagem. Provavelmente não era grave, era? Estavam só sendo responsáveis e fazendo o possível para verificar quem estava ali na plateia. Provavelmente.

Senti algo roçar meu corpo e vi que Cole estendia a mão para mim.

— Vem cá! — gritou ele em meio à música. — Quero dançar com você.

Senti um frio na barriga. Cole era basicamente um desconhecido — um aleatório qualquer que literalmente conheci num hotel de beira de estrada, que tocava guitarra em uma banda irrelevante que só Val escutava.

Só que ele não era meu melhor amigo. Eu nunca teria que me preocupar com misturar romance e amizade com ele. Nunca precisaria me preocupar se eu contasse o que estava sentindo. Era o oposto de Celeste.

Talvez fosse disso que eu precisava.

Segurei a mão dele e deixei que me puxasse. Meu coração acelerou, e minha pele formigou com aquele contato. Enquanto a música enchia o anfiteatro, Cole levou as mãos a minha cintura e nós dois balançamos juntos, dançando ao ritmo que ficava cada vez mais intenso. Apesar de eu estar um pouco nervosa, quanto mais ele me tocava, menos eu sentia que estava desrespeitando uma regra ao deixá-lo se aproximar e mais a multidão ao nosso redor desaparecia. Ele me girou algumas vezes, e eu o fitei nos olhos, sorrindo.

Cole olhou de relance para minha boca e se demorou ali por um momento, sorrindo um pouco. Meu coração parou no peito.

Quer saber? Foda-se.

Estendi a mão e toquei o rosto dele. Ele começou a falar alguma coisa, mas, antes que conseguisse terminar, eu fiquei na ponta dos pés e o beijei.

A tensão nos ombros de Cole relaxou de imediato, e um gemido suave escapou de sua boca quando me puxou para mais perto. Ele afundou as unhas na pele nua da minha lombar, acima da cintura da saia. Cole abriu a boca e deslizou a língua para dentro da minha. Eu nunca tinha beijado ninguém assim, exceto por Celeste na festa da Cleo, porque tinha medo de me aproximar de não carniçais, caso não conseguisse me controlar. Ele tinha gosto de maconha, canela e...

Espera aí.

Eu recuei, de olhos arregalados. Ele piscou, ainda me abraçando com força.

— Tudo bem?

Minha cabeça estava a mil. Como eu não tinha notado? Até aquele momento, ele estava sempre com os caras da banda. Eli e Raj tinham aquele cheiro fraco de sangue e carne debaixo da pele, igual Kaiden, antes de Val matá-lo. Porém, com o corpo de Cole junto ao meu, era óbvio: ele não cheirava igual eles.

Na verdade, ele não tinha cheiro algum.

— Você é carniçal — sussurrei.

Ele arregalou os olhos.

— Eu...

Antes que ele pudesse concluir a frase, porém, uma voz atrás dele disse:

— Zoey?

Celeste estava atrás de nós, em uma poça de luz amarela em movimento. Seu cabelo rosa solto reluzia como uma auréola ao redor da cabeça. A boca pintada de coral estava entreaberta, e toda a cor se esvaíra de seu rosto. Sua boca tremia e seus olhos brilhavam, redondos e enormes, e aquele olhar perfurou meu peito com uma pontada dolorida.

Ela piscou e duas lágrimas pesadas escorreram por seu rosto cintilante.

Q... quê?

— Celeste? — perguntei, me desvencilhando de Cole. — Está tudo bem? O que...?

Ela sacudiu a cabeça e secou o rosto com a mão antes de se virar para a saída e correr. Atrás dela, Jasmine encontrou meu olhar, franziu a testa e balançou a cabeça.

— Fala sério, Zo — disse Jasmine. — Jura?

Eu pisquei, de queixo caído. Eu me virei para Cole rapidamente e falei:

— Foi mal, eu... A gente conversa depois, tá? Tenho que ir.

Cole me chamou, mas eu já estava correndo atrás das minhas amigas. Passei por Jasmine e corri até a entrada da área VIP, procurando freneticamente por Celeste. Soltei um palavrão baixinho.

Finalmente, meu olhar parou em uma cabeça cor-de--rosa à minha direita, abrindo caminho devagar pela multidão, na direção do corredor da entrada. Ela estava de rosto abaixado, os olhos escondidos atrás da cortina de cabelo.

Estranhamente, era como vê-la quando éramos mais novas, quando ela vivia desaparecendo sob os casacos largos de moletom e as franjas compridas.

— Celeste! — chamei. — Espera!

Fui acotovelando a multidão, ignorando os gritos de protesto. Continuei correndo até a saída, onde o ruído do show ficou distante o suficiente para eu escutar meus pensamentos. *O que está rolando? Por que ela fugiu assim? E... por que Jasmine agiu como se entendesse o motivo?*

Parei escorregando na frente do anfiteatro. Algumas pessoas estavam espalhadas por ali, fumando ou correndo para o banheiro. Porém, nada de Celeste.

Quando eu estava prestes a pegar o celular no meu bolso para ligar para ela, um grito agudo cortou o ar de repente.

O grito de Celeste.

Eu me virei na direção do barulho e saí correndo. Algumas pessoas se viraram ao mesmo tempo, distraídas do celular e das conversas. Vendedores de acessórios luminosos olharam para o deserto, perdendo o fio da meada das transações.

De uma vez só, todos olharam para Celeste, que estava de pé diante de um arbusto de flores amarelas na beira da trilha do festival. Uma sombra estava caída, imóvel aos seus pés. Quando me aproximei, vi a cena horrenda que se desdobrava ali.

Largado sob o arbusto, escondido de quem andava pelo festival por muito pouco, estava o corpo de um anthropophagus. Os membros eram exageradamente compridos e magros, e os ossos se destacavam da pele, sem cobertura de músculo. Dava para contar todas as costelas escapando da camiseta rasgada, e a pele estava inteira coberta de hematomas, em tons pastéis de amarelo e roxo. O rosto era chupado, pálido, lembrando um esqueleto. Os lábios tinham sido mastigados e arrancados, revelando dentes afiados, brancos e perolados.

Porém, não era só na boca que faltavam pedaços. A pele estava marcada por mordidas, todas manchadas com rastros de líquido preto e oleoso. Pedaços de pele tinham sido rasgados por dentes afiados. Os olhos foram arrancados, e marcas de garras eram visíveis nas cavidades ensanguentadas.

— Ai, meu Deus — falei, assustada.

Alguns outros passantes pararam de repente, e em breve mais gente veio ao nosso encontro, murmurando:

— O que é isso?

— É um carniçal?

Em pouco tempo, gritos começaram a ecoar enquanto as pessoas se aglomeravam ao redor do corpo e fotografavam com o celular.

Celeste olhou para mim, inteiramente pálida.

— *Fodeu.*

dezesseis

Cole Greenleaf
Hoje 22:22
oi, zoey
só queria pedir por favor pra você não contar pra ninguém o que conversamos hoje no show
ninguém mais sabe
tipo claro que os caras da banda sabem e minha família e o pessoal da Vida Vazia também mas mais ninguém

Hoje 23:15
olha
nossos fãs não podem saber
nossa carreira mal começou a decolar e isso pode estragar tudo

Hoje 00:01
por favor zoey
por favor

A segurança do Desert Bloom trabalhou rápido para liberar a área ao redor do anthropophagus morto.

— Por favor, não vão embora! — gritou um homem para a multidão, enquanto outros seguranças fechavam o perímetro ao redor do corpo com fita amarela. — A segurança vai entrevistar testemunhas assim que acabarmos de organizar a área!

— Vem — falei para Celeste. — Vamos dar no pé antes que reparem.

Celeste assentiu, atordoada, e nós duas fugimos rapidamente daquela muvuca. Por sorte, tinha tanta gente aglomerada ao redor do corpo e passando ali correndo que nem nos notaram escapar de fininho em direção ao outro lado do festival. Celeste não parava de olhar por cima do ombro, como se esperasse que alguém nos seguisse. Não dissemos uma palavra sequer a caminho da cabana — tinha muita gente seguindo no mesmo fluxo, e não queríamos dar na pinta que sabíamos dos anthropophagi.

Quando finalmente chegamos, entramos na cabana e trancamos a porta. Em silêncio, sentamos no sofá e ficamos um bom tempo ali, enquanto o silêncio se estendia entre nós. Celeste foi se encolhendo, e eu acabei me levantando para andar em círculos. Celeste nem me olhou; preferindo se debruçar nos joelhos, com os cotovelos nas coxas, a cabeça abaixada e as mãos cruzadas.

— Tinha marcas de mordida no corpo — falei, finalmente. Minha cabeça estava a mil, e eu só verbalizei para organizar meus pensamentos. — E faltava nacos de carne e… Caralho, os anthropophagi estão devorando *eles mesmos*?

— Sei lá, Zoey — murmurou Celeste. De cabeça abaixada, o cabelo caía como uma cortina para esconder seu rosto, separando-a de mim. Ela expirou pelo nariz. — O que é pra gente fazer se for o caso? A gente nem sabe se existe um jeito de fazer eles voltarem ao normal.

— A gente não pode só ficar sem fazer *nada* — retruquei, continuando a andar a esmo, balançando a cabeça. — Talvez a pessoa que drogou Val tenha, sei lá, algum antídoto para o Menthexus? Alguma coisa que interrompa essa transformação, ou...

— E como você espera encontrar essa pessoa?

Celeste finalmente ergueu o rosto, com os olhos marejados de lágrimas. Ela secou uma e, com a voz embargada, acrescentou:

— Estamos muito perdidas aqui. Nisso de esconder corpo, de tentar salvar as pessoas. A gente não consegue fazer isso.

— A gente não tem opção! — exclamei, abrindo os braços. — Val está se transformando! Vamos fazer o quê? Desistir e deixar ela fugir para o deserto com o resto daquelas coisas, para eles se canibalizarem? Não! Tem que ter alguma coisa que a gente ainda não descobriu...

Fui interrompida por alguém abrindo a porta. Jasmine e Val entraram, Jasmine carregando Val apoiada, que fungava enquanto a outra massageava seu ombro.

— Val? — perguntou Celeste, e se levantou do sofá. — Tudo bem?

Quando Val se aproximou da luz, o problema ficou bastante óbvio. As olheiras dela tinham ficado muito mais fundas, e as veias ao redor dos olhos estavam ficando pretas. A pele, normalmente bronzeada em um tom quente, tinha tomado um ar doentio de cera, toda a cor esvaída da face. Quando Val abriu a boca, notei duas fileiras de dentes afiados.

— Está piorando. — Foi tudo que ela disse.

— Ah, Val — disse Celeste, com um suspiro. — Eu sinto muito.

Enquanto Val choramingava, abaixando a cabeça, Jasmine falou:

— Evacuaram o show pouco depois de vocês irem embora. Não explicaram o motivo. Disseram só que todo mundo precisava voltar para o lugar onde estivesse hospedado e ficar em lockdown até liberarem. Val começou a piorar na volta, então viemos correndo antes que alguém notasse.

— Nenhum sinal do moletom rosa? — arrisquei.

Jasmine apertou a boca.

— Não. Mas tem outra coisa.

Ela soltou o ombro de Val e veio na minha direção, estendendo o celular. Na tela se via uma live do Instagram, filmada por alguém no banco do carona de um carro. A pessoa tinha aproximado o celular da janela, mostrando uma fileira de carros parada na estrada que saía do vale De Luz. As lanternas de freio brilhavam, vermelhas, e as buzinas soavam, insistindo para avançarem.

Um guarda uniformizado vinha andando ao lado dos carros, gritando: "A estrada está fechada! Voltem imediatamente às hospedagens e aguardem instruções! Não tentem passar à força pela barricada!".

— Barricada? — repeti, de olhos arregalados.

Jasmine assentiu.

— Estão fechando as estradas. Não sei o que rolou, mas estão surtando.

— Foi o corpo. — Celeste suspirou, esfregando os olhos com força com as mãos. — *Merda*. É tudo culpa minha. Eu... eu devia ter escondido, ou podia ter ficado quieta...

— Corpo? — perguntou Val. Ela já tinha se dirigido à geladeira, de onde tirava um pacote de SynCarn. Estava falando embolado, provavelmente por causa das presas. — Que corpo?

Eu e Celeste explicamos resumidamente a situação do anthropophagus, e do corpo que mostrava sinais de ter sido devorado por outro da mesma espécie. Enquanto isso, Val mastigava seu SynCarn de costas para nós. Tentei não olhar, mas era difícil — Val nunca tinha comido na nossa frente antes.

Além do mais, estávamos correndo perigo de ficar sem SynCarn.

— Bom, que merda — disse Jasmine, quando acabamos de relatar o ocorrido. Ela suspirou de braços cruzados, fechando os olhos.

— É. Não tem o que fazer — sussurrou Celeste.

Ficamos todas quietas por um instante. Jasmine passou as tranças roxas por cima de um ombro e pigarreou enquanto Val pegava outro pacote de SynCarn da geladeira. Celeste olhou para o celular, e eu vi de relance o horário na tela: 23h45. Não tinha visto nada no meu celular porque tinha ficado sem bateria no show.

— Talvez seja melhor a gente ir dormir — falei, por fim. — Se decretaram lockdown e a gente não tem nenhuma pista, talvez o melhor seja só esperar um pouco.

Tentei não encarar Val ao falar, mas senti o olhar dela pesar sobre mim. Sua expressão murchou.

— Acho bom vocês me trancarem no quarto hoje — sussurrou, quase inaudível, apertando com força o pacote de SynCarn. — Se o anthropophagus foi morto por outro do mesmo tipo... não é boa ideia eu ficar com vocês. Mesmo carniçais, talvez vocês não estejam seguras comigo.

— Não, Val... — começou Jasmine.

— É verdade — interrompi, e Celeste e Jasmine levantaram as sobrancelhas. — Olha, a gente não tem muita opção — acrescentei, rápido. — Se rolar alguma coisa, a Val pode mandar mensagem. Melhor prevenir do que remediar, né?

Jasmine se encolheu lentamente e arriscou olhar para Val, que começara a engolir o segundo pacote seguido de SynCarn. Jasmine mordeu o lábio, fechando os olhos com força.

— Tá — disse ela. — Vou dormir no sofá. Mas... grita se precisar de qualquer coisa, tá? A gente não vai deixar nada acontecer com você.

Val abaixou as mãos com as garras aparentes. Seus lábios estavam um pouco manchados de vermelho, por causa do sangue sintético. Franziu a boca, com os olhos marejados, mas assentiu.

— A gente vai superar isso juntas — prometeu Celeste. — De um jeito ou de outro.

Val se calou, olhando o reflexo na superfície reluzente da torneira de metal.

— É — suspirou. — Tomara.

Naquela noite, uma tempestade inesperada caiu sobre o vale De Luz. Relâmpagos rasgavam o céu e a chuva encharcava a terra sedenta, batendo no telhado enquanto eu tentava, com dificuldade, pegar no sono. Fiquei me revirando na cama, sentindo como se o corpo estivesse recebendo uma descarga elétrica. Não conseguia parar de pensar na cara de Celeste logo antes de sair correndo do anfiteatro.

Sabia que, na verdade, aquele era o menor dos meus problemas, mas eu nunca a vira me olhar daquele jeito. Os olhos cintilando de lágrimas contidas, os ombros murchos como flores sob o sol do deserto. Como se encontrar Cole me tocando fosse uma facada bem entre as escápulas.

— Celeste? — sussurrei. Ela estava de costas para mim, e não tinha se mexido desde a hora que deitara na cama. — Está acordada?

Ela não respondeu, porém, pelo som da respiração, pressenti que não estava dormindo.

— Desculpa por hoje — insisti, de olhos fechados, apertando a dobra do lençol que me cobria. — Não sei o que aconteceu no show, mas… eu nunca quis te magoar. Se fiz alguma coisa errada, quero saber o que é. Você é minha melhor amiga, e não quero nunca que sinta que não pode falar comigo.

Silêncio.

Depois de um instante dolorido e demorado, Celeste murmurou:

— Dorme, Zoey. Não é nada importante.

Mordi a bochecha. Se não tinha importância, por que eu sentia que meu peito desabava sempre que tentava respirar? Por que meu coração socava as costelas com tanta força, que eu achava que iriam quebrar se eu pensasse naquilo? Além do mais, minha barriga se revirava com tantos nós que ameaçava expulsar o pouquinho de SynCarn que tinha conseguido comer antes de deitar.

— Desculpa — sussurrei.

Celeste não respondeu.

De manhã, acordei ao som dos celulares vibrando ao mesmo tempo.

Peguei o meu celular da mesinha de cabeceira e vi oito mensagens de Cole — no meio do caos que aconteceu depois, eu quase tinha esquecido inteiramente da revelação que tivera sobre ele no show —, além de um alerta que dominava a tela.

ALERTA DE EMERGÊNCIA

O Ministério da Saúde declarou ordem de quarentena para todos os frequentadores do festival Desert Bloom, válida a partir das 6h01 da manhã. A Guarda Nacional está presente no local para oferecer assistência. Não saiam de seus locais de hospedagem até serem liberados para tal. A quarentena é inflexível e será imposta pelas autoridades. Para mais informações, por favor visitem: desertbloom.ca.gov/quarentena.

Eu me sentei na cama bruscamente.

— Merda.

Cliquei no link, que dava em uma página do Ministério da Saúde com nenhuma explicação além de instruções para fazer uma quarentena eficiente. Abri o Twitter correndo e procurei a tag do Desert Bloom para ver o que as pessoas estavam falando.

A primeira coisa que vi foi uma foto do corpo do anthropophagus.

Declararam quarentena no Desert Bloom por causa disso. É um tipo novo de carniçal?

Outro usuário tinha comentado:

Quarentena? Quer dizer que tem uma nova variante
do vírus Vazio?

E mais um, logo depois:

Sejam bem-vindos ao Esvaziamento Parte II, estamos
fodidos.

O primeiro já tinha quase mil likes, e fazia apenas dez
minutos que fora postado.

Tentei engolir a saliva, mas minha garganta estava seca.
Óbvio que considerariam que era uma nova variante do
vírus Vazio. Fazia anos que as pessoas temiam um segundo
Esvaziamento que impactasse ainda mais pessoas ou que
criasse uma fome que insaciável por SynCarn.

Não faziam ideia de que a culpa era do Menthexus.

Fechei o celular e cutuquei a cara de Celeste.

— Acorda.

— Ai.

Ela abriu os olhos e fez cara feia para mim. Estava com
olheiras, e forçou a vista como se eu brilhasse tanto que ela
mal enxergava. Ela massageou a testa com a mão, ainda
fazendo uma careta.

— Que foi? — perguntou.

— Olha isso — falei, ignorando a pergunta, e destravei o
celular para abrir o comentário. — Alguém postou…

Porém, quando a página carregou, a imagem tinha sumido, substituída por uma mensagem avisando que o post fora

apagado por ir contra as regras de conduta. Atualizei a *tag* com pressa. *Tem que ter um print, sei lá...*

Nada. Só os mesmos tweets de sempre com os *looks* das pessoas, imagens dos shows, boatos de *setlist...* nada sobre o corpo. Continuei vasculhando, até abri os tweets mais recentes em vez de só os mais populares, mas, de repente, tudo a respeito da quarentena e do corpo tinha desaparecido.

— Que porra é essa? — falei, sobressaltada. — Estava bem aqui!

Celeste olhou para o próprio celular e finalmente viu o alerta.

— Eita... o que rolou?

— Acabei de ver uma foto do anthropophagus no Twitter — expliquei, atualizando o *feed*, e, depois de alguma insistência, apareceu um print da foto original. — Ah, aqui! Alguém repostou.

Porém, assim que abri o tweet, surgiu aquela mesma mensagem. Apagado por ir contra as regras de conduta.

— Tem alguém apagando as provas — sussurrei. — Tipo, na mesma hora que são postadas. Mas...

Quando tentei atualizar o feed, recebi outra mensagem.

Sem conexão.

— Mas que caralhos? — resmunguei, e me virei para Celeste. — Você também ficou sem sinal?

Ela destravou o celular e imediatamente ergueu as sobrancelhas.

— *Hum...* é. Fiquei, sim.

Engoli em seco.

— Tem alguma coisa grave rolando.

Saí da cama, pisando descalça nos ladrilhos frios. Levantei o celular igual via as pessoas fazerem em filmes antigos, em busca de sinal. Não deu em nada. Rangendo os dentes, abri a porta do quarto e fui até a sala.

Jasmine também já estava acordada, sentada no sofá e olhando o celular. Quando cheguei, ela levantou a cabeça e mostrou o celular.

— Está vendo essa merda?

— Depende... você também ficou sem sinal?

— Fiquei! — exclamou Jasmine, passando pela página vazia. — Então bloquearam a estrada e derrubaram o sinal? O que eles estão tentando conseguir com isso?

Meu coração acelerou. O *que* estavam tentando fazer? Com as estradas fechadas, estávamos cercados por todos os lados pelos paredões de rocha, íngremes demais para escalar de forma segura. Sem sinal de celular, não dava nem para pedir socorro.

Estávamos presas.

— Merda — sussurrei, passando a mão pelo cabelo.

Comecei a suar frio pela nuca. Meti o celular no bolso da calça do pijama e corri até o quarto de Val, esmurrando a porta.

— Val! Acordou? Tem alguma coisa rolando!

Não ouvi resposta. Franzi a boca e bati com mais força ainda.

— Val, é sério! Acorda!

Silêncio.

— Ela tem sono bem leve... Já devia ter acordado — disse Jasmine, se levantando do sofá. Veio até mim para bater na porta também. — Val! Vamos lá!

Sem resposta outra vez.

Um calafrio começou a se espalhar pelo meu corpo. Senti a língua seca, grudando na boca, e tentei recuperar a voz. Encarei a maçaneta, que tínhamos bloqueado com uma cadeira para trancar Val.

Peguei a cadeira e a empurrei para longe.

— Zoey… — chamou Jasmine.

— Ela pode estar precisando de ajuda — falei, agarrando a maçaneta. — Se afasta.

Escancarei a porta e perdi o fôlego. Vasculhei o quarto, procurando a silhueta de Val debaixo da coberta, e depois pelos cantos. Foi então que notei a janela aberta, as cortinas esvoaçando de leve à brisa.

Soltando mil palavrões, entrei no quarto.

Jasmine veio atrás. Nós duas nos debruçamos na janela. Vimos pegadas na terra úmida de chuva lá fora.

— Gente? — chamou Celeste, atrás de nós, vindo até a porta. — O que aconteceu?

Eu me virei para ela com os olhos marejados, quase engasgada nas palavras.

— A Val sumiu outra vez.

dezessete

Olha só: eu sei muito bem que os Vazios não escolheram ser quem são. Como já declarei, meu próprio filho é Vazio. Porém, nem por isso estou de acordo com a ideia de que eles devem caminhar entre nós. Deus escolheu dar a eles este obstáculo a superar em vida, e essa jornada deve ser feita longe do resto da sociedade, em nome da segurança de todos. Proponho que a melhor solução ao problema carniçal é dar a eles suas próprias sociedades segregadas — talvez em áreas menos populosas, onde possam estabelecer vilarejos próprios e autogeridos. Pode parecer radical, mas separá-los de nós faz com que fiquemos seguros e com que eles não sejam mais atormentados por seus desejos desumanos. Todo mundo sai ganhando.

— Genevieve Niedermeyer, autora de
O projeto carniçal: Mantendo sua família segura
em meio ao retrocesso dos Estados Unidos

— Temos que ir atrás dela — decidi. — Talvez ainda esteja aqui perto.

— Zo, e se...? — Jasmine largou a frase no ar, abaixando a voz. — E se ela já tiver passado dos limites?

— E se não tiver? — argumentei, apontando para a janela. — O que você acha que o Ministério da Saúde e a Guarda Nacional vão fazer se encontrarem ela? Acha que vão escoltá-la até em casa e oferecer um café?

Jasmine se calou, o que não era algo comum. Seu olhar ficou distante, aquela expressão que eu conhecia bem, o corpo inteiro travado como me acontecia quando alguém revivia uma lembrança do Esvaziamento. Dito isso, não era típico de Jasmine congelar assim. Ela sempre fazia piadas para aliviar a tensão, mudava de assunto antes que pudesse se demorar ali.

Dessa vez, porém, foi diferente.

— Jaz? — perguntou Celeste, e tocou de leve o ombro de Jasmine. — Tudo bem?

Jasmine engoliu em seco, fechando os olhos.

— Tudo. É que lembrei o que a Guarda Nacional fez com os carniçais em Los Angeles. Não vão hesitar, vão... vão...

Concordei com a cabeça.

— Isso. Então vamos achar ela antes deles, tá?

Jasmine e Celeste se entreolharam e, em seguida, assentiram.

— Tá — concordou Jasmine, apontando a porta dos fundos. — Vamos lá.

Nós três rapidamente nos calçamos e vestimos roupas um pouco mais discretas do que pijamas antes de sair de fininho pelos fundos. Uma brisa fria soprava pelo vale, bagunçando meu cabelo enquanto eu dava a volta na cabana. As pegadas de Val seguiam para o norte, em direção ao festival. No limite do terreno da cabana, estiquei a cabeça para olhar a estrada. Jasmine e Celeste foram atrás de mim, ficando ali perto.

Uma caminhonete repleta de homens de uniforme militar passou lentamente, esmagando o cascalho da rua. Eles usavam máscaras que cobriam o nariz e a boca, mas olhavam de um lado para o outro em busca de movimentos nas cabanas. Todos carregavam fuzis grandes presos às costas, armas pretas como petróleo cru.

— Acho que é assim que vão manter a quarentena — murmurei.

— Estão achando mesmo que vai ser outro Esvaziamento, né? — sussurrou Celeste.

Concordei.

— Parece que sim. Vem, vamos seguir as pegadas. Ela estava indo em direção ao festival.

Esperamos a caminhonete se afastar antes de corrermos até a cabana vizinha, onde paramos para espreitar a estrada outra vez. Fizemos isso mais uma, duas, três vezes até as pegadas se virarem para o oeste, atravessando a rua.

Arregalei os olhos, apontando as pegadas e, em seguida, a fileira de cabanas do outro lado, onde tínhamos estado menos de vinte e quatro horas antes.

— Acho que já sei pra onde ela foi.

Jasmine soltou o suspiro mais exausto que eu já escutei em toda minha vida.

— Se ela comer outro cara da porcaria da No Flash Photography, juro por Deus que vou jogar ela em um poço também.

Bem naquele instante, outra caminhonete veio pela estrada, e rapidamente nos escondemos atrás da cabana. Ficamos imóveis, com o coração a mil. O veículo andava tão devagar que eu escutava a conversa dos homens lá dentro, mesmo com a voz abafada pelas máscaras. Fechei os olhos, orando em silêncio para não pararem.

Felizmente, não pararam.

— Como vamos atravessar? — perguntou Jasmine. — É totalmente exposto!

— A gente precisa de uma distração — falei, balançando a cabeça, e apertei com força o canto da cabana, até meus dedos ficarem pálidos. — Uma de nós pode tentar falar com eles, enquanto as outras atravessam correndo.

Celeste concordou.

— Eu posso fazer isso.

Virei o rosto bruscamente para ela.

— Celeste…

Ela levantou a mão para me interromper.

— Zoey, eu não tenho uma aparência sutil. Você e Jasmine têm bem mais chance de passar despercebidas do que eu.

Torci a boca, tentando pensar em algum argumento. Porém, no fim, eu sabia que ela estava certa — além do mais, se alguma de nós fosse capaz de convencer alguém a fazer vista grossa por quebrarmos a quarentena, essa pessoa era Celeste. Eu e Jasmine tínhamos outras qualidades, mas nenhuma delas seria fazer o papel de menininha perdida doce e inocente.

Depois de um momento de silêncio, Jasmine levou a mão ao ombro de Celeste.

— Você consegue.

Celeste fez que sim com a cabeça.

— Tá. Vou fazer sinal para a próxima patrulha. Assim que voltarem a atenção para mim, vocês correm.

Jasmine e eu nos entreolhamos. Depois de um segundo, nós duas puxamos Celeste para um abraço apertado.

— A gente ama você — disse Jasmine.

— Não se machuque — murmurei, grudada no ombro dela. — Sério.

Celeste riu, engasgada, e retribuiu o abraço.

— Vou tentar. Corram bem rápido, tá?

Nós nem precisamos esperar muito pela próxima patrulha: pareciam passar de cinco em cinco minutos. Quando a caminhonete apareceu por ali, Celeste saiu correndo pelo outro lado da cabana, abanando os braços e chamando:

— Parem! Por favor, preciso de ajuda!

A caminhonete parou de repente. Estavam a uns seis metros de nós. Quando os guardas todos se voltaram para Celeste, eu e Jasmine assentimos uma para a outra...

Saímos correndo. Fomos balançando os braços sincronizadas, com o coração martelando nos ouvidos. Jasmine era mais rápida do que eu, mas consegui manter o ritmo dela. Fomos jogando poeira para trás, batendo a terra com força a cada passo. Desviamos de cactos e arbustos espinhentos e secos bem enraizados na terra rachada. Arfei, sentindo o gosto de cobre na boca.

Quando enfim chegamos do outro lado, praticamente nos jogamos atrás da primeira cabana. Nós nos encostamos no pátio dos fundos, com o peito ofegante. Por um instante, o único som era de nossa respiração.

Esperei ouvir gritos atrás de nós, mas não escutei nada.

— Cacete — xingou Jasmine, sem ar.

— A Val vai ficar devendo até as calças pra gente depois disso.

Estiquei o pescoço para ver o pátio. Estava vazio, exceto pela mesa e pelas cadeiras onde tínhamos tomado café na véspera. Seria possível Val ter mantido humanidade suficiente para ir atrás de Eli?

— Não estou vendo ela — falei.

— Será que entrou? — arriscou Jasmine. — Tomara que não esteja arrancando a cabeça de Raj, Cole nem Eli.

Concordei com a cabeça.

— Vou olhar pela janela. Fica aqui por via das dúvidas.

Jasmine fez sinal de joinha e eu me endireitei. Dei a volta no pátio dos fundos de fininho e subi a escada até o deque de madeira que rangia de leve. Fiz uma careta a cada passo que causava um ruído baixo, como se talvez os homens uniformizados das caminhonetes fossem escutar lá do outro lado da estrada.

Quando cheguei à janela, encostei as mãos ao redor dos olhos para bloquear a luz. Lá dentro, a cozinha estava vazia, apesar de estar tudo uma bagunça — parecia que os garotos tinham largado tudo em qualquer lugar, sem nem parar para arrumar. As superfícies estavam cobertas de latas de cerveja e garrafas de Gatorade vazias, além de pratos e talheres sujos. Segurei a náusea. *Nossa, como garotos conseguem ser nojentos.*

Recuei e fui até a outra janela. Aquela dava para um dos quartos. Tinha roupas espalhadas pelo cômodo, em geral peças esportivas em tons de preto e vermelho. Uma pessoa estava dormindo ali, com o cabelo escuro e desgrenhado e o rosto enterrado no travesseiro. Pelo tom mais escuro de pele, devia ser Raj.

Bem quando estava prestes a me afastar e seguir para a próxima, a porta dos fundos se abriu.

Cobri a boca com a mão para segurar um grito. Cole, de aparência sonolenta, saiu e me olhou, forçando a vista. Ele franziu a testa. Usava cueca samba-canção e um moletom cor-de-rosa.

Perdi o fôlego.

Um moletom rosa de *tie-dye*, com a palavra GIRLFOOL estampada no peito.

O mundo todo congelou ao meu redor.

Não. Não pode ser.

— Zoey? — perguntou ele. — O que você está fazendo aqui? Não decretaram quarentena?

— É você — sussurrei, erguendo o olhar.

Recuei, com a cabeça a mil, procurando alguma explicação. Como o garoto simpático que conversara comigo na piscina do hotel e tocara violão sozinho e tranquilo no deserto poderia ser a pessoa responsável por machucar minha amiga?

O garoto que tinha me beijado de forma tão doce poucas horas antes.

Cole franziu a testa.

— Estava esperando outra pessoa?

Eu não conseguia processar. Ele era carniçal. Eli, Kaiden e Raj tinham mencionado que não curtiam carniçais, mas Cole, não. Ele mal tinha pestanejado ao falar que notara minhas garras no hotel. Então por que…?

— É você quem anda drogando carniçais — sussurrei. — Não é?

Cole ficou paralisado. O ar entre nós parecia crepitar, de repente carregado de eletricidade prestes a explodir. Com os músculos rígidos, ele me encarou, e qualquer rastro da postura relaxada de costume se foi.

Devagar, ele falou:

— Como é?

— É você quem anda dando Menthexus para os carniçais — falei, como fato e não pergunta, e recuei mais um passo ao apontar seu moletom. — O barman... ele te viu misturar a droga no sal da festa outro dia. Como você pôde fazer uma coisa dessas? Pelo amor de Deus, você também é carniçal! Não tem um pingo de empatia? Ou é só uma aberração nojenta que tem tara por transformar gente em monstro?

— Zoey — disse Cole.

Toda a doçura sumira de sua voz — na verdade, não havia mais emoção alguma ali. Ele avançou um passo e eu recuei. Cole levou a mão ao bolso do moletom.

— Fala mais baixo — pediu. — Vamos conversar.

Balancei a cabeça em negativa, sentindo meu rosto ficar cada vez mais vermelho.

— Você faz ideia da merda que fez? Uma das minhas melhores amigas está no deserto nesse instante virando anthropophagus por sua culpa! Além do mais... caralho, quanta gente desapareceu por sua causa? Quanta gente *morreu*?

A expressão de Cole estava vazia. Ele nem piscou ao me encarar, e eu levei um segundo para entender o motivo.

Seus olhos tinham começado a brilhar, carregados de lágrimas.

— Você não entenderia, Zoey — sussurrou. — Nem imagina o que eu fiz. Isso tudo... é o jeito de finalmente me redimir.

— Machucando outros carniçais? — perguntei, balançando a cabeça. — Isso não é se redimir, Cole. Sei como é sentir culpa pelo que aconteceu durante o Esvaziamento, mas não é assim que a gente honra as pessoas que machucou naquela época. Quem quer que você tenha machucado... essa pessoa não gostaria que você fizesse isso.

Ele ficou tenso, apertando a mandíbula. A pele estava ainda mais pálida do que de costume, e seus ombros tremiam.

— Cole...

Antes que eu pudesse continuar, ele tirou a mão do bolso do agasalho. Um arco de pó cintilante atingiu o ar e, no instante em que inspirei, o cheiro de menta invadiu meu nariz. Engasguei, apertando o pescoço.

Ele recuou um passo e o Menthexus caiu diante dele como uma cortina prateada.

— Perdão, Zoey — disse Cole, pegando a maçaneta. — Mas ninguém pode saber.

Senti o estômago embrulhar. Caí de joelhos e minhas presas rasgaram a gengiva, minhas garras afundando na madeira do deque. Rosnei quando a fome se apossou de mim, roubando toda a minha racionalidade.

A última coisa que vi antes de ser dominada pela fome foram os olhos verdes de Cole do outro lado da porta de vidro.

dezoito

Antes do Esvaziamento, a cidade de Galetown, na Califórnia, era um lugar completamente comum. Tinha um único semáforo de trânsito, uma farmácia, e vários moradores que usavam chapéu de caubói no dia a dia. Depois, porém, recebeu um título que a destacou de todas as outras cidadezinhas entediantes do deserto: Galetown tinha o maior índice de pessoas Vazias dos Estados Unidos.

Fora assim que recebeu seu apelido: Carnitown.

O Esvaziamento começara em Galetown do mesmo jeito que começou em todas as outras cidades pequenas. Boatos se espalharam, vizinhos pararam de conversar, e todos se isolaram em casa. Cole se lembrava de olhar pela janela antes do padrasto, Hank, cobri-la com tábuas.

— É pela segurança de todos — dissera Hank.

Aos 16 anos, Cole aprendera a lidar com o padrasto, apesar de ainda não gostar dele. Hank Niedermeyer era o motivo da mãe de Cole, Genevieve, ter começado a frequentar a igreja quase que diariamente. Ela sempre fora religiosa, mas o casamento com Hank fizera a fé ir além da crença, transformando-se em obsessão.

De repente, Genevieve se tornou rígida quanto a tudo que Cole e a irmã mais velha, Melanie, viam na televisão, liam em *livros e procuravam na internet. Quando a mãe viu a irmã dele pesquisar dicas para comprar pílula anticoncepcional, quase a expulsou de casa. Cole provavelmente não se incomodaria por Melanie procurar aquelas coisas se não fosse pelo fato de que ela namorava Eli McKinley, vocalista do projeto musical mais recente de Cole — e um de seus melhores amigos. Ele definitivamente não queria pensar em Eli transando com a irmã.*

Em outra realidade, porém, Cole imaginava que a mãe teria apoiado a vida amorosa de Melanie, mesmo que apenas de modo passivo. Ela antes era o tipo de mãe que sempre defendia os filhos, mesmo quando discordava deles, mas aquilo tinha sido antes da morte do pai de Cole.

A Genevieve que se casara com Hank Niedermeyer era outra história.

— Parece exagero — resmungou Cole, de braços cruzados. — Esse povo doente vai fazer o quê? Matar a gente com o vômito?

Hank abriu um sorrisão — o que sempre abria, o que nunca chegava aos olhos. Ele riu baixinho, sem o menor humor.

— Cuidado, meu filho. Nunca se sabe quando Ele está escutando.

Ah, claro, *pensou Cole.* Isso era típico de Deus.

Porém Cole não disse nada em voz alta. Na verdade, passou a primeira semana do Esvaziamento toda calado, mesmo ao começar a adoecer. Toda noite, mexia distraído na comida enquanto escutava Hank discursar sobre Deus escolher os Vazios para expiarem seus pecados e tornarem-se Seus guerreiros.

Que besteira do caralho, *pensou.*

Na segunda semana, alguma coisa mudou. Cole não conseguia mais comer e, sempre que se via no espelho, tinha ficado mais pálido. A fome cresceu e, em pouco tempo, acabou largado na cama, tão esfomeado que nem sequer conseguia dormir.

Ele se levantou, sem conseguir pensar. Saiu do quarto devagar, arrastando os pés, com a visão levemente avermelhada. O corpo inteiro parecia entorpecido, seus dentes se alongaram, suas unhas se retorceram em garras. Cada passo ia tornando-se mais e mais indistinto, até ele erguer o rosto e notar que tinha parado à porta entreaberta da irmã.

Melanie estava sentada no chão do quarto em cima de tapete rosa redondo. Tinha 18 anos, o cabelo vermelho-fogo como o do irmão e da mãe, e o tipo de sorriso que aquecia todos a quem se dirigia. A idade tão próxima fazia com que, de modo geral, Melanie fosse mais amiga de Cole do que sua irmã mais velha. Eles sempre haviam sido chegados, mas, depois da morte do pai e da mãe parar de falar e sair do quarto na maior parte do tempo, tinham passado a se apoiar ainda mais um no outro. Depois que Genevieve e Hank se casaram, Melanie deixava Cole andar com ela e seus amigos, apenas para ter uma desculpa para sair de casa. Ele sabia que podia contar com a presença dela quando precisasse.

Naquele instante, ela estava ao telefone, conversando com Eli pelo FaceTime. Melanie riu baixinho, vendo Eli mandar uma piscadela e um beijo.

— Para — disse ela, sorrindo e abanando a cabeça. — Você é muito brega.

— Nem vem, que você gosta — respondeu ele, sorrindo. — Escuta, assim que o Hank te liberar, quero te levar pra um lugar especial. Curtir uma noite elegante, sabe? Você merece.

Melanie riu, passando a mão pelo cabelo comprido que brilhava em tons de cobre à luz dos pisca-piscas que ela mantinha pendurados ao redor das janelas do quarto.

— Ai, meu Deus, Eli. Por que você é assim?

— Porque eu te amo — disse ele. — E porque...

Ele se interrompeu no instante em que Cole surgiu no vídeo.

— Mel? — chamou Eli, arregalando os olhos. — Espera, você tá vendo isso?

Ela piscou, inclinando a cabeça, e riu.

— Vendo o quê? Está fazendo outra pegadinha besta?

— Não… — disse Eli, se levantando de um pulo. — Mel, tem alguma coisa atrás de você! Se vi…

Só que ele nunca acabou a frase, porque, no instante seguinte, Cole estava em cima dela, enfiando os dentes na carne que conectava o pescoço ao ombro. Melanie gritou e o celular saiu voando de sua mão até bater no chão, estilhaçando a tela imediatamente com o impacto.

Sangue jorrou da mordida, invadindo a boca de Cole, e a doçura o fez morder com mais força, puxando Melanie e sacudindo que nem uma boneca de pano. A pele rasgou, presa apenas por fiapos até Cole arrebentar tudo. Melanie arranhou sem força o pescoço de Cole, se debatendo para se soltar. Ela gritou o nome dele, com a voz engasgada de choro.

Cole perdeu a consciência em meio aos gritos de Eli, que o mandava parar, e ao silêncio de Melanie em seus braços.

❧

Quando acordei, estava de volta na minha cama na cabana.

Eu me sentei, ofegante, e olhei ao redor do quarto, em pânico. Estava idêntico ao que eu deixara pela manhã, apesar de Celeste não estar ao meu lado. Por um instante, me perguntei se fora apenas um pesadelo. Procurei o celular que eu deixara na mesa de cabeceira antes de sair, e olhei o horário.

Eram quase seis da tarde e o sinal ainda não tinha voltado.

Debaixo da coberta, minha barriga roncou.

Levei a mão ao estômago, tentando me lembrar do que tinha acontecido. Saí da cama devagar e fui a passos leves até a porta, coçando os olhos. Nós tínhamos saído para procurar Val, seguindo as pegadas até...

Cheguei à sala e Celeste ergueu o olhar do diário no qual escrevia. A luz do sol atingiu seu rosto, iluminando as sobrancelhas franzidas, e a boca delineada e um pouco crispada. Assim que ela me viu, porém, sua expressão clareou. Largou o diário no sofá, se levantou de um pulo e me alcançou em alguns saltos, me puxando para um abraço apertado.

— Ai, meu Deus — sussurrou ela. — Você acordou!

Eu a abracei de volta, fraca.

— Eu... é. Estou bem. O que houve? Lembro só que falei com o Cole e... — falei, e arregalei os olhos. — Merda... Ele me drogou, né?

Celeste recuou, ainda com as mãos apoiadas nos meus ombros. Ela observou meu rosto, a boca tensa. Em seguida, me puxou para mais um abraço e apertou com força.

É, isso não é um bom sinal.

— Ele drogou você — sussurrou Celeste, encostando o queixo no topo da minha cabeça, levantando um braço para fazer cafuné nos meus cabelos. — E, se eu encontrar ele de novo, vou arrancar os braços dele e usar para dar uns bons tapas naquela cara.

Isso quase me fez sorrir, se não fosse pelo fato da minha barriga começar a se retorcer, como se tentasse, sem sucesso, criar uma daquelas esculturas de balão só que à base de órgãos.

— O que aconteceu? Eu...?

Eu matei alguém?

— Ninguém morreu — esclareceu Celeste, rápido, e recuou para me olhar. — Só... se machucou.

Celeste descreveu então o resto da manhã, me abraçando com tanta força que eu achei que fosse quebrar minhas costelas. Depois de inspirar Menthexus, eu tinha fugido para a estrada, correndo até a caminhonete cujos guardas Celeste estava tentando distrair. Jasmine tinha tentado, sem sucesso, me pegar antes de um dos guardas apontar uma arma para mim. Eu desviei do primeiro tiro e atravessei a estrada toda para pular no homem que atirara em mim.

— Você arrancou um pedação do braço dele — explicou Celeste. — Honestamente, talvez não seja a pior coisa do mundo, porque... bom, porque atiraram em você.

Ela apontou meu ombro e, pela primeira vez, notei a beirada manchada e rasgada da regata. Sob o tecido estava uma cicatriz em forma de estrela, quente e rosada. Toquei de leve e fiz uma careta — ainda estava dolorida.

Celeste me soltou e puxou a blusa que vestia para mostrar a própria cicatriz de tiro.

— Agora estamos combinando.

Olhei para nossas cicatrizes, sentindo um aperto na garganta. Por ter apenas escuridão onde deveria ter lembranças, sentia que tinha ido parar em um universo alternativo. Meu cérebro tinha dificuldade de conectar o último lampejo de memória no pátio e o momento presente, o que causava uma sensação de desconexão com meu corpo. Queria rebobinar e voltar para onde tinha parado, só para não sentir que acidentalmente tinha viajado no tempo e esquecido alguma coisa lá atrás.

— Então... — falei, e encontrei o olhar de Celeste. — Como a gente voltou pra cá?

Ela fechou a cara. Devagar, falou:

— Vem comigo.

Ela fez sinal para eu a seguir e foi até a janela da cozinha, com vista para o pátio. Quando cheguei ao seu lado, vi duas silhuetas, uma de cada lado da escada dos fundos. As duas pessoas usavam uniforme militar e estavam armadas com fuzis.

— Estamos em prisão domiciliar — explicou Celeste. — Com guardas e tudo. Não tinham onde enfiar a gente, então vamos ficar trancadas aqui até descobrirem o que está transformando carniçais em anthropophagi.

— Mas a gente sabe o que está fazendo isso — argumentei, apontando para os guardas. — A gente tem provas e um culpado!

Celeste curvou os ombros e abaixou o rosto.

— Eu sei. Tentei explicar, mas não quiseram me ouvir. Jasmine também tentou, mas não acreditaram. Acham que a gente está só tentando se safar da cadeia.

— Cadê a Jasmine?

— No quarto. Ela quis ficar sozinha. Não é tão surpreendente, ela está bem chateada e preocupada com a Val.

Abaixei o rosto. Claro que sim. Val ainda estava lá fora, provavelmente piorando a cada instante. Mesmo que Cole *pudesse* ajudá-la de alguma forma, e mesmo que eu desse um jeito de convencê-lo de nos entregar um antídoto se ele existisse, não podia fazer nada. Não sem sinal, e com guardas armados na porta.

— A gente está lascada, né?

Celeste franziu as sobrancelhas, concordando.

— A não ser que você tenha uma ideia genial para a gente lutar contra um bando de guardas armados... É, é por aí.

— Assim, me dá uns dias — falei, dando de ombros. — Cole me drogou, né? Então logo vou acabar com dois metros e meio e dentes bem afiados. Talvez assim eu dê um jeito neles.

Celeste pelo menos não me olhou com pena, como provavelmente qualquer outra pessoa faria. Em vez disso, deu de ombros e respondeu:

— Verdade. Além do mais, pela primeira vez na vida você finalmente ficaria mais alta do que eu.

Eu engasguei de rir, e ela acrescentou:

— Foi mal, isso foi horrível.

— Não, eu gostei... Você devia fazer essas piadas mais vezes — falei, passando a mão no cabelo para afastá-lo do rosto. — Escuta, eu sinto que devia me desculpar. Não devia ter falado nada para o Cole depois que saquei que ele era o culpado. Só fiquei tão chocada que meio que... escapuliu.

Ao ouvir o nome dele, a luz que restava no olhar de Celeste se apagou. Ela desviou o rosto e se abraçou.

— Tudo bem. Você obviamente estava gostando dele. Faz sentido querer confirmar.

Hesitei. A imagem do rosto dela na véspera voltou à memória, os olhos úmidos e a boca trêmula. No momento, ela parecia tensa, com os ombros retesados enquanto mudava o peso de um pé para o outro.

Quer saber?, pensei. *Foda-se. Daqui a uns dias, vou ter virado um monstro. Melhor desabafar logo.*

— Celeste, o que rolou no show? O que te fez fugir daquela forma?

Ela fez uma careta.

— Não foi nada, sério. A gente não precisa falar disso.

— Precisa, sim — falei, pegando a mão dela. Ela encontrou meu olhar por um instante breve, e eu acrescentei: — Escuta, a gente não está na melhor situação, né? E, a não ser que aconteça um milagre, as coisas só vão piorar. Não quero que isso fique pesando na gente. Então *me conta.*

Celeste inspirou fundo, trêmula. Por um momento, não disse nada — apenas me fitou, descendo o olhar pelos traços de meu rosto até se demorar em minha boca. Meu coração acelerou e, de repente, senti que minha barriga ia cair em um buraco negro. *Merda, por que eu fui perguntar? Nossa, me fod...*

Até que, com os olhos brilhando de leve, Celeste respondeu:

— Porque... ver você com Cole me fez perceber que não consigo mais ficar aqui parada, fingindo que quero continuar sendo sua amiga.

Todos os músculos do meu corpo retesaram ao mesmo tempo, duros e frios.

— Mas... — interrompi, com os olhos ardendo de lágrimas. — Não entendi. Por quê?

— Porque... — Celeste soltou um suspiro antes de continuar. — Porque estou apaixonada por você, Zoey.

O mundo parou de repente.

Assim que as palavras saíram da boca de Celeste, um rubor subiu do pescoço às orelhas dela, e ela desviou o olhar. Enquanto isso, fiquei paralisada, boquiaberta, encarando-a sem nem piscar. As sinapses do meu cérebro piscavam em curto-circuito enquanto eu tentava processar o que tinha escutado.

— Faz muito tempo já — acrescentou ela, soltando como se as palavras fossem queimá-la por dentro se não as deixasse sair. — Talvez desde que te conheci? — acrescentou, ainda mais vermelha. — É… quer dizer, você sempre me apoiou, mesmo sem saber o que estava fazendo, e isso sempre foi muito importante para mim, e isso sem nem falar que você *literalmente* me ajudou a esconder um cadáver, e…

Ela não conseguiu continuar, porque eu a interrompi com um beijo.

Por um instante, Celeste ficou imóvel. Porém, ao perceber o que estava acontecendo, seu corpo inteiro derreteu ao meu toque. Sua boca era quente e suave, mais macia do que no beijo na festa de Cleo. O calor deixou minha pele em um tom de rosa, da face até o peito, e o espaço ao redor do meu coração faiscava como fogos de artifício. O perfume dela inundou meus sentidos, as notas florais suaves me envolvendo quando ela me puxou pela cintura. Celeste levou a outra mão ao meu cabelo e apertou ali. Meus dedos encontraram a pele exposta de seu pescoço. Ela sorriu no beijo, e eu precisei parar de tanto que sorria também.

Recuei um milímetro e esbarrei o nariz de leve no dela.

— Nunca achei que fosse ouvir você dizer isso.

— Nunca achei… — ecoou ela, e abriu os olhos, me encarando. — Você sente a mesma coisa?

— Assim, não foi só na amizade que enfiei a língua na sua boca.

Celeste revirou os olhos, mas ainda estava sorrindo.

— Dá pra me dar uma resposta séria, sem gracinhas?

— Mas é que você é uma gracinha...

Celeste estreitou os olhos como se cogitasse seriamente me jogar pela janela.

— Zoeira — acrescentei, rápido. — Sinceramente? Sinto, sim. Quando a gente se beijou na festa da Cleo, eu notei que alguma coisa tinha mudado, mas não queria assustar você, caso não sentisse a mesma coisa. Eu estava com medo de acabar estragando nossa amizade.

Celeste inclinou a cabeça de lado um pouco, e o cabelo rosa ondulado caiu pelo ombro.

— Quem inventou que se apaixonar estraga amizade? Tem jeito melhor de se apaixonar do que pela pessoa que já amamos mais do que tudo?

Meu coração palpitou no peito.

— Mas e se um dia a gente terminar?

Celeste levantou a mão para cobrir a minha. Entrelaçamos os dedos, os dela compridos e finos, e os meus, curtos e pequenos como os de uma criança. O calor da luz do entardecer que entrava pelas janelas nem se comparava ao toque dela, que fazia arder todos meus nervos.

— E se a gente não terminar? — retrucou Celeste.

Pisquei e lágrimas escorreram pelo meu rosto. Eu me aproximei ainda mais, abraçando-a, e encostei a testa na dela. Os cílios de Celeste estremeceram junto ao meu rosto, e sua respiração suave aqueceu minha pele.

— Provavelmente vou deixar de ser humana daqui a uns dias — lembrei. — As perspectivas não são muito boas.

Celeste pegou minha mão e a levou ao peito com cuidado.

— Então acho que é mais um motivo para a gente dar um jeito nisso.

Ela se abaixou e me beijou de novo, jogando mais uma onda de calor do meu rosto até meus pés. Quando se afastou, eu abri os olhos devagar e encontrei o olhar dela, sentindo que meu peito estava prestes a explodir.

— Tá bom — sussurrei. — Eu topo.

dezenove

O silêncio caiu com a noite sobre a cabana da No Flash Photography.

Cole estava sentado em uma das poltronas, e Raj e Eli estavam de pé diante da bancada da cozinha, analisando um mapa da área aberto. Falavam tão baixo que Cole não os escutava.

Depois de um instante, Eli dobrou o mapa e o enfiou no bolso de trás. Ele falou alguma coisa para Raj e pegou a mochila que tinha largado em uma cadeira na cozinha.

— Está indo embora? — perguntou Cole, estreitando os olhos.

Eli e Raj se entreolhavam. Eli pigarreou e respondeu:

— Pois é. Acho que vai ser melhor vazar antes de mais carniçais se transformarem. Esse lugar vai virar uma chacina. Sabemos que no Centro B tem aqueles telefones por satélite, então a gente pode pegar o jipe e pedir socorro de lá.

Cole se levantou.

— Vou pegar minhas coisas.

Raj e Eli ficaram paralisados. Raj ergueu as sobrancelhas, voltado para Eli, e indicou Cole com um gesto de cabeça. Dos quatro membros da No Flash Photography, Raj era o que menos tinha probabilidade de iniciar um conflito, mas o que mais mostrava no rosto a vontade de brigar.

— Que foi? — perguntou Cole, inclinando a cabeça. — Você acabou de dizer que vamos pro Centro B, né? A gente precisa do passe do Hank pra entrar, e eu guardei no...

Ele se calou quando Eli tirou do bolso o cartão de acesso.

— Acho que já resolvemos — disse Eli, guardando o cartão no bolso da calça jeans.

Cole abriu a boca, franzindo a testa. Depois de um instante, falou:

— O que está rolando, gente?

— Você não vai — respondeu Eli, por fim, e pendurou a mochila nas costas. — Foi mal, cara. Não podemos arriscar a presença de um carniçal.

Cole torceu o nariz.

— Como assim, porra? Fiz tudo que vocês pediram! Eu... eu consegui entrar no laboratório do meu padrasto, plantei aquelas sementes ridículas pra fazer Menthexus... cacete, até me meti nos bares para misturar nos coquetéis, exatamente como você pediu!

— E você foi ótimo — elogiou Eli, com a voz firme, encarando Cole. — Melanie ficaria agradecida.

Cole se encolheu ao ouvir o nome da irmã morta. Cruzou os braços e desviou o rosto.

— Não envolva ela nisso — murmurou Cole.

— Mas foi por ela que você topou — argumentou Eli, franzindo sobrancelha e torcendo a boca de leve, quase carrancudo. — Para honrar a memória da sua irmã. E é assim que você vai continuar honrando... é só deixar a gente dar no pé antes de a merda bater no ventilador de vez. Ela não ia gostar que a gente fosse pego nisso aqui.

— Era para a gente fazer isso juntos — retrucou Cole, estendendo os braços para eles. — Vocês vão simplesmente me abandonar? Depois de tudo que eu fiz?

Nenhum dos dois respondeu, então Cole se virou para Raj.

— Você está mesmo de boa com isso?

Raj estava quieto ao lado de Eli, com o olhar decididamente voltado para a janela. Respondeu tão baixo que Cole mal escutou:

— O plano sempre foi esse, cara. Você é carniçal. Não dá pra confiar que você não vai se virar contra nós.

— Vai tomar no cu. — Cole cuspiu as palavras e se levantou para avançar na direção de Eli. — Dá esse passe aqui...

Eli recuou aos tropeços e estendeu alguma coisa que tirou do bolso. O frasquinho refletiu a luz, o conteúdo prateado cintilando. Menthexus.

— Você não ousaria — rosnou Cole.

Eli cerrou o maxilar. Olhou de relance para Raj antes de acenar com a cabeça para o outro garoto.

— Se eu usaria isso contra Cole Greenleaf? Nunca — disse Eli. — Mas contra o monstro que matou minha namorada? Aí já é outra história.

Em um gesto fluido, Eli arremessou o frasco no chão. O vidro se estilhaçou pelo impacto e uma nuvem de pó prateado subiu pelo ar. Cole tentou prender a respiração, mas já era tarde.

Ele sentiu um aperto na barriga e caiu de joelhos, começando a sufocar.

— Assim é melhor — murmurou Eli. — Agora pelo menos você vai dar pinta de ser o que é — acrescentou, e fez sinal para Raj. — Vem. Vamos vazar.

Eles deixaram Cole se contorcendo no chão, rosnando o nome deles enquanto sua humanidade se esvaía do corpo.

À noite, acordei com o som de tiros.

Eu me remexi no sofá, onde tinha pegado no sono. Sem ter mais o que fazer, eu, Celeste e Jasmine passamos algumas horas jogando jogos de tabuleiro, para tentar nos distrair. Não tinha dado muito certo, mas eu tinha ganhado duas partidas de *Yahtzee*. Celeste pegou no sono no meio de uma rodada de *Banco Imobiliário*, e Jasmine apagara pouco depois.

Assim, quando o som inconfundível de pólvora acesa ressoou em um estampido no ar, eu me levantei de um pulo. Os gritos vieram logo em seguida, agudos e esganiçados. Estendi a mão e sacudi Celeste para acordá-la, depois corri até as janelas da frente. Escancarei a cortina enquanto Celeste soltava um resmungo sonolento atrás de mim e Jasmine sussurrava um palavrão.

Lá fora, a cena era brutal.

Dois corpos estavam caídos na estrada, com o pescoço arrebentado, formando poças de sangue na terra. Duas silhuetas imensas e esqueléticas se debruçavam sobre os corpos, e os ossos se sobressaíam sob a pele. Elas rasgaram o peito dos cadáveres com as garras e recuaram com carne pingando de sangue nas mãos, que imediatamente enfiaram nas bocas deslocadas para acomodar o alimento.

Dois soldados da Guarda Nacional — os que estavam vigiando nossa cabana, supus — dispararam uma rajada de balas. Os monstros nem pararam de mastigar. Assim que as balas atravessaram a pele, os buracos se cicatrizaram instantaneamente, e os projéteis caíram o chão. As criaturas apenas inclinaram a cabeça para trás, soltaram um guincho horrendo antes de voltar a devorar sua caça.

— Puta merda — falei, sobressaltada.

Eu me virei para alertar as outras, mas, no mesmo instante, algo bateu no vidro da porta dos fundos.

Do outro lado do vidro, uma silhueta magra e alta espreitava das sombras. Por um momento, senti um aperto no peito. *Val?*

— O que tá acontecendo? — murmurou Jasmine, enquanto eu corria até a porta dos fundos. — Zoey? O que…?

Escancarei a porta. Talvez Val tivesse dado um jeito de conter o efeito do Menthexus, talvez…

Porém quem estava parado ali, esfarrapado e ensanguentado, não era Val.

Era Cole.

— Puta que… — comecei.

— *Hum*. Oi? — Cole pigarreou e forçou um sorriso de cantos murchos. — Quanto tempo.

— O que você veio fazer aqui? — questionei, apontando a cena sangrenta diante da cabana. — Não sei se você notou, mas tá rolando um filme do Sam Raimi ali na porta.

— Precisava que alguma coisa distraísse os soldados — disse Cole, rápido. Quando levantei as sobrancelhas de forma questionadora, ele acrescentou: — Escuta… vim só implorar pra você me ouvir um minutinho, tá? Acho que nós podemos ser as únicas pessoas capazes de se ajudar.

— O que quer dizer com isso, e por que merda eu acreditaria em você?

— Olha, me desculpa. — Cole botou o pé na soleira para me impedir de bater a porta na cara dele. Foi uma boa ideia, porque era mesmo o que eu estava prestes a fazer. — Entrei em pânico hoje de manhã e não sabia o que fazer, então cometi um erro terrível.

— Arranquei o braço de um cara por sua causa, seu cuzão — falei, irritada. — E agora vou virar um monstrengo magrelo esquisito, então quer saber? Não tô a fim de falar com você.

— É o Cole? — perguntou Celeste.

Ela se levantou do sofá de um pulo, com o cabelo espetado para o lado, porque tinha dormido torta. Franziu as sobrancelhas.

— Seu escrotinho...

— Eu sei, tá! — interrompeu Cole, levantando as mãos antes que eu continuasse a tentar expulsá-lo. — Vocês não têm nenhum motivo pra confiar em mim, mas me escutem um segundo, ok? Posso tirar vocês do vale De Luz *e* arranjar um antídoto pro Menthexus, é só me darem um minuto pra me explicar.

Hesitei, perdendo o fôlego.

— Existe um antídoto?

Cole concordou.

— Hank Niedermeyer, o cientista que criou Menthexus, era meu padrasto. Ele mudou de ideia quando os carniçais começaram a virar anthropophagi. Foi ele que denunciou para a mídia que a Farmacêutica Blackwell estava fazendo testes humanos antiéticos. Ele conseguiu desenvolver um antídoto, mas a empresa demitiu ele e o proibiu de voltar quando descobriu que tinha sido ele quem informou tudo aos jornais. Ele nunca teve a oportunidade de usar... mas a gente ainda pode conseguir.

Hesitei, analisando seu rosto. Uma mecha de cabelo ruivo caíra em seus olhos, e ele tinha uma ferida ensanguentada na bochecha. De perto, parecia que tinha levado um tiro de raspão. Na verdade, pelos furos na roupa, parecia que ele tinha levado não um, nem dois, mas *três* tiros. Dito isso, nenhuma ferida estava sangrando, apesar do tecido da blusa estar todo sujo de sangue.

— Por favor — suplicou ele. — Se a gente não se ajudar, acabaram nossas opções. Porque no fim Eli me fodeu também, e agora eu fui exposto ao Menthexus. Então... digamos que temos um interesse em comum.

Eu odiava admitir, mas ele não estava errado.

Finalmente, cruzei os braços e assenti.

— Tudo bem. Mas não temos muito tempo... quem fez os guardas fugirem não vai distrair eles por tanto tempo.

— Como é que *é?* — perguntou Celeste, com um som engasgado atrás de mim. — Zoey, esse cara drogou você *e* a Val! Por que...

— Porque a gente não tem escolha, né? — retruquei, indicando a área externa com as mãos. — Pode ser nossa única oportunidade, então... fale rápido.

— A gente precisa do seu carro — disse Cole, apontando para o Mini. — E precisa fugir antes de os guardas acabarem com os anthropophagi.

Jasmine arregalou os olhos.

— Quantos deles estão soltos por aí?

— No total? Não faço ideia. Os novos se transformam em ritmos um pouco diferentes, depende de idade, gênero, coisas assim. Mas vi pelo menos três no caminho pra cá. Sentiram o cheiro dos guardas que eu derrubei e atacaram.

Nós todas arregalamos os olhos, horrorizadas.

Cole pigarreou.

— Tá, desculpa. Olha… tem outra saída de De Luz. Explico no carro.

Olhei para trás, para as duas. Jasmine levantou as sobrancelhas quase até o cabelo, e Celeste continuava imóvel e boquiaberta. Ok, então elas não iriam ajudar muito.

Só que era verdade o que ele tinha dito: literalmente não tínhamos mais opções.

— Tá bom — falei, por fim, e apontei para a cara de Cole. — Vou pegar a chave, mas se você mexer um *dedinho* a mais do que deve, vou arrancar todas as presas da sua boca, uma por uma, sacou?

Ele engoliu em seco.

— Saquei.

———◄————►———

— O túnel foi construído anos atrás pela Blackwell — explicou Cole, sentado no banco de trás do Mini, ao lado de Jasmine.

Ela o fitava com tanta raiva nos olhos que foi bom que a convencemos de não levar o taco, porque ela teria arrancado a cabeça de Cole com uma única porrada se tivesse a oportunidade.

— Eles usavam o vale De Luz como ponto de encontro antes de ir para o Centro B, que é mais clandestino — continuou ele. — Ninguém fora da empresa sabia da existência do túnel.

— É por isso que as autoridades não sabem dessa estrada? — adivinhei.

O Mini não era tão bom naquele terreno irregular, o que era de se esperar. Cada obstáculo nos fazia sacolejar e avançávamos devagar. A única vantagem era que havia um resquício de trilha marcado na terra, então eu não precisava temer passar por cactos e acabar arrebentando os pneus. Os faróis, porém, sacudiam tanto que era difícil localizar a trilha em si. A sorte era os soldados estarem tão ocupados com os anthropophagi que conseguimos escapar sem que eles viessem na nossa cola. Definitivamente não teríamos nos dado bem contra os caminhões do exército.

— Como é que você sabe tanto da Blackwell? — perguntou Jasmine, de braços cruzados.

— Meu padrasto, Hank, era o cientista-chefe do programa Menthexus... foi ele que criou a droga — explicou Cole, segurando com força no banco de trás.

Ele começara a ficar meio verde, e me ocorreu que eu talvez precisasse acrescentar *gorfou meu carro todo* à lista de seus crimes se não voltássemos logo a um terreno mais estável. Ele continuou:

— Hank morreu do coração mais ou menos um ano depois do Esvaziamento, mas deixou as anotações da pesquisa no computador de casa. Foi fácil analisar tudo e encontrar os mapas e as coordenadas dos dois centros da Farmacêutica Blackwell por aqui.

— Essas anotações também ensinaram como preparar Menthexus? — perguntou Celeste, com um olhar penetrante pelo retrovisor.

Cole confirmou, mordendo o lábio.

— Foi. Hank tinha algumas sementes de hortelã modificadas em casa, então plantei e comecei daí. É um preparo surpreendentemente fácil.

— Ah, que bom — resmungou Jasmine. — Pelo menos a gente não corre o risco do produto acabar tão rápido. Nunca se sabe quando vai precisar destruir a vida de um carniçal.

Cole fez uma careta.

— Essa eu mereci.

Lá fora, o paredão de rocha se aproximava, e, nele, um buraco arqueado na pedra, escondido atrás de duas árvores de zimbro de tamanho considerável. Havia um portão na frente, mas já parecia ter sido aberto por alguém.

— Raj e Eli passaram por aqui — explicou Cole. — Provavelmente estamos com uma hora de atraso em relação a eles. Estão indo pegar telefones via satélite no Centro B.

— Eles também estão metidos nisso? — perguntou Celeste.

Cole confirmou.

— Foi Kaiden quem teve a ideia original, mas todos eles estavam envolvidos no esquema. Eli meio que virou o líder, na prática, porque Kaiden é menos de *planos* e mais de *pode ser do jeito que for, só quero matar carniçal.*

Todas estremecemos ao ouvir o nome de Kaiden.

— Tudo bem aí? — perguntou Cole.

— É uma longa história — murmurei. — Então… qual era o plano, exatamente? Drogar uns carniçais aleatórios em um festival para matarem gente inocente? Qual é a lógica disso? Foi por diversão, ou…?

Cole abaixou a cabeça, em silêncio, e levantou a mão para tocar um dos ferimentos de tiro no braço, que já estava praticamente fechado. Ele se encolheu e soltou um assobio baixo.

— A gente queria usar o Menthexus para causar o maior estrago possível — explicou Cole.

O túnel era um breu e a única luz no Mini vinha do anel vermelho reluzente no console central. A pele sardenta de Cole tinha uma aparência doentia.

— O objetivo era fazer alguma coisa que acabasse com a reputação dos carniçais, a ponto de serem todos mandados permanentemente para centros especializados, isolados do restante da sociedade. Assim que contei da pesquisa do meu padrasto para eles, concluímos que esse era o melhor método.

— E por que você aceitaria uma coisa dessas? — insistiu Jasmine. — Você é carniçal, né? Quer mesmo passar o resto da vida trancafiado em um presídio?

— Claro que não — respondeu Cole, olhando para a escuridão que passava pela janela. — Mas… tenho uma dívida com o Eli. Aconteceram umas coisas durante o Esvaziamento das quais eu me arrependo muito. Ajudar ele a fazer isso parecia ser o único jeito de eu me redimir.

— Você sabia dos anthropophagi quando armou o plano? — perguntou Celeste, baixinho. — Ou foi só um bônus?

Cole massageou o pescoço, os ombros tensos. Estávamos chegando ao meio do túnel, e o luar do outro lado estava vagamente visível. Ele suspirou e balançou a cabeça.

— Sabia só que o Menthexus fazia os carniçais entrarem em estado animal — explicou. — Mas, umas semanas antes do festival, Eli, Raj, Kaiden e eu fomos ao Centro B para usar os aparelhos e preparar o máximo de Menthexus possível. E quando a gente chegou…

— Centro B — repetiu Celeste, virando-se para mim, de olhos arregalados. — Zoey, é lá que aqueles registros que encontramos no laboratório incendiado diziam que faziam os testes em humanos.

— Ah, merda. Mas... — falei, olhando de relance para Cole por uma fração de segundo antes de me virar para a estrada. — Como...?

Cole engoliu em seco, soturno.

— Quando fecharam o projeto, só... largaram os anthropophagi lá e jogaram a chave fora. Não queriam que ninguém soubesse o que tinham criado. Então, quando a gente chegou, encontrou a maioria exatamente onde foi deixada pela equipe da Blackwell. Algumas das jaulas estavam quebradas, então alguns devem ter escapado, mas o resto ainda estava lá. Pareciam ter ficado só em um estado esquisito de paralisação. Assim que entramos e eles sentiram nosso cheiro, se jogaram em cima das paredes até sair sangue, de tanto desespero para nos alcançar.

Ficamos em silêncio. O motor rugiu sob nós quando acelerei ainda mais o Mini, apertando o volante com força. Só conseguia pensar naqueles pobres coitados, pais, irmãos e filhos, se oferecendo para testar um medicamento que poderia manter as famílias seguras, e acabando como monstros que se recusavam a morrer.

E em Val, que estava por aí, em algum lugar, virando exatamente esse tipo de monstro.

— Mas você falou de antídoto, né? — disse Celeste, em volume pouco além de um sussurro. — Dá para reverter?

Cole assentiu.

— Desde que o antídoto ainda esteja onde Hank disse que deixou antes de fecharem o projeto. Deve ter um monte no Centro B, mas chegar lá é outra história, e estamos quase sem tempo até os carniçais de Desert Bloom se transformarem completamente.

Forcei a vista para a estrada.

— Então é melhor a gente correr.

Pisei com tudo no acelerador.

vinte

Dale Verge
@DaVergen

Preso na cabana do @DesertBloom e tô achando real que vou morrer de fome aqui. Não dá pra acreditar nessa merda. No Fyre Fest pelo menos serviram salada glr.

— Retirado do post do Buzzfeed, "29 tweets que mostram o que tá rolando no Desert Bloom".

Levamos mais quinze minutos para chegar ao Centro B, e cada segundo parecia desvanecer por entre meus dedos como fumaça. A lua estava alta no céu, iluminando a trilha enquanto o Mini cortava a noite. Os outros se seguraram quando eu forcei o motor à velocidade máxima.

— Ali — disse Cole, apontando. — É lá.

De fora, o Centro B não chamava atenção. Era uma construção branca, com poucas janelas e o telhado inclinado, o que dava a impressão que fora inspirado em arquitetura mais recente. Nos fundos, porém, ficava uma grande abóbada de teto de vidro, que parecia mergulhar na terra, dando um ar quase alienígena ao ambiente. A área externa tinha uma pequena trilha pavimentada, que tinha sido coberta por mato, parecida com a que eu e Celeste tínhamos visto no laboratório incendiado. Arbustos secos ladeavam o terreno, e árvores do deserto cresciam espalhadas pelo perímetro. A luz escapava das poucas janelas, mas eram tão altas que era impossível enxergar qualquer coisa lá dentro.

Um jipe preto estava estacionado na porta. Ao vê-lo, Cole fechou a cara.

— Só dá para entrar aqui com o passe de acesso de funcionários — explicou Cole, quando eu estacionei o Mini. — Eli roubou o meu.

— Nem ferrando que vou pular uma daquelas janelinhas minúsculas — resmungou Jasmine.

— Qual é o plano, então? — perguntei, abrindo a porta para sair, e todos me acompanharam para sair do veículo. — Esperar Eli e Raj saírem? — acrescentei, ao me virar para Cole.

Cole voltou o olhar para o prédio e torceu o nariz, pensativo. Depois de um segundo, franziu um pouco a testa e respondeu:

— Tem… uma outra opção.

Eu, Jasmine e Celeste levantamos as sobrancelhas.

— Todas as trancas do prédio estão conectadas à mesma rede elétrica — explicou ele. — Se eu cortar a eletricidade, vai destrancar tudo.

— Legal — falei, com um gesto. — Então vai fazer isso. Estamos sem tempo, cara.

— É, mas… — Cole fez uma careta. — Você viu fotos desse lugar, né? E dos anthropophagi enjaulados?

Confirmei com a cabeça.

— E daí?

— É que... cortar a eletricidade vai abrir as jaulas e soltar todos eles.

— Esse arrombado... — começou a resmungar Jasmine.

— Tá bom — interrompi, e Celeste e Jasmine viraram o rosto para mim bruscamente. — Que outra opção temos?

— Zoey, ele pode estar mentindo — sussurrou Celeste, se aproximando para só eu e Jasmine escutarmos. — A gente não tem porque acreditar que existe mesmo algum antídoto por aqui, e, se os anthropophagi estiverem aí dentro, eles vão comer tudo que conseguirem mastigar, inclusive a gente.

— É verdade — concordou Jasmine. — A gente não faz a menor ideia do que tem aí dentro. Isso poderia ser facilmente uma armadilha.

Concordei com a cabeça. Não dava para alegar que Cole merecia nossa confiança — ele certamente não tinha feito nada para merecer. Mas, tinha nos levado até ali, e o Centro B era nossa maior e melhor oportunidade.

— Olha, eu também não confio nele. Mas é nossa melhor chance de ajudar a Val — falei.

Estendi as mãos e, depois de um momento, elas as pegaram. Apertei as mãos das duas.

— Só precisamos tomar cuidado — continuei. — Nós entramos, descobrimos se o antídoto é real, e então vamos atrás da Val o mais rápido possível.

— Tá. Mas, se os anthropophagi nos atacarem, vou fazer ele tropeçar e depois dar no pé — cochichou Jasmine.

— Idem — concordou Celeste.

— Oi, *hum* — chamou Cole, e pigarreou. — Vamos nessa, ou...?

— Concordo. Topo sem dúvida derrubar e deixar ele morrer aí dentro — falei, apertando as mãos das minhas amigas de novo. — Pela Val.

— Pela Val — concordaram elas, e apertaram de volta.

Eu me virei para Cole e mudei a voz para um volume normal.

— Tudo bem, Cole. Vai na frente.

O gerador reserva que fornecia energia para o Centro B desde o fechamento da empresa ficava em uma área pequena e cercada na lateral do prédio. Enquanto Cole pulava a cerca, achei as duas lanternas que tinha no Mini e dei para minhas amigas. Assim que Celeste pegou a lanterna, vimos um breve lampejo de luz nas janelas do prédio.

Em seguida, ficou tudo escuro.

Jasmine avançou para enxergar melhor a entrada. Dei um passo no mesmo sentido, mas Celeste me puxou pela mão para me impedir.

— Espera — falou ela, encontrando meu olhar com suavidade.

Eu parei e ela estendeu a mão para me puxar para um abraço apertado. Com o rosto encostado no meu cabelo, sussurrou:

— Me promete uma coisa.

— Uma coisa específica?

— Não se faz de mártir — disse Celeste, e recuou um pouco, ainda me abraçando, para me encarar nos olhos. —

Eu te conheço, e sei o quanto está disposta a se sacrificar em nome dos outros. Dessa vez, por favor, pensa em você primeiro. Por mim.

Assenti com um gesto lento.

— Prometo.

No instante seguinte, Celeste se aproximou e me deu um beijo forte na boca. Nossos dois beijos anteriores tinham sido suaves, mas aquele foi apressado, desesperado, assustado e esperançoso. Acariciei o rosto dela de leve e retribuí o beijo, subindo na ponta dos pés para alcançá-la melhor.

Celeste se afastou, mas logo me puxou para outro abraço.

— Obrigada.

— *Hum*, tudo certo por aí?

A gente se virou e viu que Jasmine nos encarava de olhos arregalados.

— Eu perdi alguma coisa? Achei que ainda estavam as duas só na vontade?

— Na vontade? — repeti.

Jasmine bufou.

— Vocês não sabem disfarçar nada.

Celeste e eu nos entreolhamos, nós duas coradas. Cruzei os braços e Celeste coçou o pescoço, tímida e engasgando um pouco com a risada.

— Pronto. — Veio a voz de Cole, que então se aproximou, limpando a poeira das mãos na calça jeans. — Desliguei a energia. Dá para entrar.

— Demorou, hein? — comentou Jasmine, indicando a porta. — Você primeiro.

Cole concordou com a cabeça. A caminho da porta, ele disse:

— Só não esqueçam: os anthropophagi não enxergam muito bem, mas têm ótima audição. A gente precisa falar baixo lá dentro.

— Vocês ouviram — murmurou Jasmine para mim e para Celeste. — Agarração discreta.

— Quê? — questionou Cole.

— Como assim, "quê"? — repetiu Jasmine. — Não é da sua conta.

Segurei a risada e Cole revirou os olhos, acendendo a lanterna do celular. Fiz o mesmo, e Jasmine e Celeste acenderam as lanternas maiores.

Cole abriu a porta de entrada e esperou nós quatro passarmos antes de fechá-la. Imediatamente, fomos envolvidos pela escuridão.

O saguão era parecido com o projeto do laboratório incendiado, com um balcão de recepção. O chão estava sujo por vasos de planta derrubados, cujos conteúdos tinham morrido havia tempo. Via-se dois rastros de pegadas na sujeira, avançando para o centro do prédio.

Cole apontou as marcas.

— Eli e Raj.

— Tomara que eles sejam comidos — sussurrou Jasmine. Avançamos, seguindo Cole até uma porta que levava aos fundos. Ele a abriu com um empurrão cuidadoso, revelando um corredor comprido, e acenou para entrarmos de fininho.

Fui apontando a lanterna para as portas do caminho, e o único som para acompanhar nossa respiração frenética era o ruído baixo dos nossos passos. A maior parte das portas estava fechada, mas uma delas, perto do fim do corredor, estava entreaberta. Cole levou um dedo à boca antes de empurrá-la devagar para entrar.

Alguém — *algo* — gritou.

Eu dei um pulo para trás e estendi as mãos para segurar minhas amigas. Levei um segundo para perceber que o som vinha de algum lugar embaixo de onde estávamos. Tinha aquela qualidade específica de ganido animalesco que eu escutara vezes demais naqueles dias.

Em resposta, outro grito, um pouco mais distante, ecoou pelo chão. Meu coração acelerou, e suor encharcou meu pescoço.

— Eles saíram — sussurrou Cole, e apontou a sala. — Mas isso aqui pode ajudar.

Entramos atrás dele na sala, e as lanternas iluminaram o que parecia um depósito de equipamento. Muito do material ali era típico de laboratórios — óculos, luvas etc. —, mas havia também uma fileira de bastões pretos e compridos pendurados na parede. Cole pegou um deles e passou para mim.

— Bastão de manejo elétrico — explicou ele. — Para os anthropophagi. É só apertar o botão na ponta, que produz alguns milhares de volts de eletricidade.

Senti o peso na mão.

— Legal.

Ele distribuiu mais dois para as meninas antes de pegar um para si, que pendurou na cintura, e fez sinal para continuarmos nosso caminho.

O corredor fazia uma curva brusca, e demos de cara com uma porta prateada reluzente de elevador, ao lado de uma escada de emergência.

Soou outro guincho, muito mais próximo.

Soltei um palavrão.

— Isso aqui foi no nosso andar.

Cole balançou a cabeça em negativa e apontou o elevador. No silêncio, escutei vagamente o som de algo afiado arranhando metal.

— Acho que estão escalando o poço do elevador — sussurrou Cole.

— *Nem fodendo* — disse Jasmine, arregalando os olhos como luas cheias. — Cara, que lugarzinho...

Enquanto ela falava, a porta do elevador soltou um ruído metálico e agudo e se entreabriu minimamente.

Das sombras lá dentro, saiu uma mão comprida e desumana, cujas garras seguraram a beirada da porta.

— Vai! — gritou Cole. — Escada, agora!

Ele não precisou falar duas vezes. Celeste, Jasmine e eu saímos correndo enquanto Cole ligava o bastão de manejo e batia com força na mão do anthropophagus, soltando raios azuis de eletricidade na pele cinzenta.

A criatura berrou e se encolheu para dentro do poço do elevador. Cole deu meia-volta e correu atrás de nós, fazendo o tênis guinchar contra o piso.

Quando ele passou pela porta, nós a fechamos com força. Notei o trinco na parte de dentro e o abaixei. Algo do outro lado bateu na porta com força e rosnou.

— Vamos, vamos! — gritou Cole. — Atrás de mim!

Nós quatro descemos a escada correndo, pulando três degraus por vez, mergulhando naquelas sombras escuras. Atrás de nós, o trinco sacolejava enquanto a criatura do outro lado se arremessava na porta uma, duas, três vezes seguidas.

A coisa soltou um grito agudo, e eu precisei cobrir os ouvidos com as mãos para me proteger do som.

Olhei de relance para trás, mesmo sabendo que não deveria. A porta no alto da escada tinha uma janelinha retangular. Por um instante, vislumbrei um pedaço do rosto do anthropophagus espreitando por ali, ainda mais afundado e esquelético do que aquele que eu vira no outro laboratório. Aquele deveria ser um dos seres que ficaram paralisados, apenas esperando uma nova oportunidade de se alimentar.

Ele abriu a boca e rosnou outra vez antes de sumir da janela.

Os murros cessaram.

— Não está seguindo a gente — falei para o grupo.

— Vai tentar achar outro caminho — disse Cole. — É bom a gente não parar.

— Que fique registrado que eu odeio muito tudo isso — sussurrou Celeste baixinho, segurando o tecido da blusa na altura do coração.

Descemos o resto das escadas, com as lanternas abaixadas.

No fim dos degraus, chegamos a um laboratório. Máquinas altas ficavam ao lado de bancadas cobertas de folhas de papel e tubos de ensaio. Um microscópio estava caído no chão à nossa frente, a lâmina de vidro estilhaçada em milhares de cacos que refletiam a luz do meu celular. Folhas de papel estavam espalhadas pelo chão, algumas dilaceradas por garras. Dei a volta no microscópio e iluminei as paredes com a lanterna.

Na parede do lado esquerdo estavam cinco portas entreabertas, todas elas com uma janelinha no alto. Na parte de baixo, havia uma pequena fenda com um mecanismo que servia para abri-la e fechá-la. Quando iluminei o lugar, inúmeras marcas brancas de garras tornaram-se visíveis ao redor.

Prendi o fôlego.

— Essas já estavam vazias quando viemos da primeira vez — explicou Cole, iluminando as jaulas com a própria lanterna também. — Os anthropophagi estavam todos trancados em jaulas no andar de baixo.

— Tem alguma chance de o antídoto estar por aqui? — perguntou Celeste.

Ela andou até um armário de metal e abriu a porta. Lá dentro estavam vários frascos, todos com etiquetas químicas diferentes. Ela forçou a vista para analisar os rótulos.

Cole balançou a cabeça em negativa.

— Está na sala antiga do Hank, que ficava no porão. Ele estava tentando testar nos anthropophagi para ver se iria funcionar.

— *Hum* — soltou Celeste, estreitando os olhos. — Parece um jeito incrivelmente conveniente de fazer a gente descer para o porão bizarro cheio de monstros canibais.

Cole piscou, confuso.

— Como assim?

— Nada, não — dispensou Celeste, cruzando os braços. — Só acho que você é um menti...

Outro berro estourou de uma porta mais distante, à direita. Aquele grito, porém, soava muito mais humano.

Diferente do guincho que o seguiu.

— Se escondam! — gritou Cole.

Ofeguei, em choque. Celeste me pegou pelo braço e me puxou para o esconderijo mais próximo — uma das jaulas. Entramos aos tropeços, e Jasmine e Cole vieram logo atrás.

Caímos agachados, em um canto onde não seríamos vistos. Cobri a boca com a mão.

A porta de metal se escancarou.

Raj entrou, cambaleando. O topete, normalmente penteado, estava desgrenhado e bagunçado, e seu rosto, pálido. Ele se virou e bateu a porta com força ao passar, e o ruído foi seguido por murros do outro lado. Ele empurrou a porta com as costas, rangendo os dentes com o esforço, enquanto a criatura do outro lado se arremessava para forçar a entrada. A porta estremeceu, e Raj agarrou a maçaneta com toda a força.

Ficamos congelados, inteiramente paralisados. Da forma mais lenta possível, apoiei a mão no chão para me manter firme. Porém, ao fazê-lo, senti algo estalar embaixo de mim.

Estilhaçada sob meus dedos espalmados estava uma mandíbula humana. O osso era branco perolado sob a luz fraca. Alguns dentes soltos estavam espalhados pelo chão. Eram todos pontudos, como caninos, perfeitos para rasgar carne.

Gritei, sem conseguir me conter.

Raj levou um susto tão grande com o som que soltou a maçaneta por meio segundo — tempo suficiente para a criatura do outro lado irromper pela porta.

Raj caiu no chão com um berro. O anthropophagus atravessou a passagem com um salto. Tinha cabelo curto e era ainda maior do que o primeiro que vimos. Abriu a boca para berrar, fazendo chover gotas de baba das presas afiadas. Raj recuou aos tropeços, tentando se arrastar para longe. Ele pegou uma chapa elétrica que fora derrubada e a arremessou na criatura. O ser nem hesitou — em vez disso, pulou em cima de Raj e o segurou pelos braços. Rosnou na cara dele, respingando fiapos de baba em seu rosto.

Por um instante, a imagem do cadáver de Kaiden ressurgiu na minha memória. As cavidades oculares vazias voltadas para as estrelas, os dentes aparecendo pela bochecha dilacerada. Em seguida, voltou o caçador, de quem restavam apenas os pés nas botas, e também Devin Han, em cima de uma poça do próprio sangue.

De novo, não.

Não posso ver mais ninguém morrer.

Eu me levantei de um pulo e liguei o bastão de manejo. Cole e as meninas se viraram a tempo de me ver sair correndo pela porta da jaula. Brandi o bastão no ar, fazendo a luz azul elétrica ricochetear pelas paredes.

— Ei! — gritei. — Aqui!

— Não, Zoey! — exclamou Celeste.

Ao ver o bastão, o anthropophagus recuou com um grunhido rouco. Foi então que percebi que ele definitivamente já vira um bastão daqueles — e provavelmente já levara tantos choques que perdera a conta.

Raj aproveitou a distração para se desvencilhar, arrastando-se para trás e se encolhendo junto a uma das bancadas de metal.

Enquanto isso, o anthropophagus deu um passo para o lado, arqueando as costas e rastejando de quatro como um animal. As garras estalavam no chão de linóleo a cada passo. Bile preta gotejava e gotejava da boca, derramando no chão.

— Para trás — ordenei, avançando um passo enquanto sacudia o bastão, na esperança da criatura não reparar o meu esforço para fingir que não tremia de pavor. — Ou vou meter isso no seu olho.

O anthropophagus escancarou a boca com a mandíbula solta. Sem lábios para contê-los, as várias fileiras de dentes pontiagudos ficavam inteiramente expostas, e o queixo caía em um ângulo torto, como se estivesse quebrado. Os olhos dele eram quase inteiramente brancos, nebulosos e secos, sem pálpebras para piscar.

Ele retrocedeu um passo em direção ao corredor.

— Boa — falei. — Conti...

Sem aviso, a criatura recuou e tomou impulso para saltar.

O corpo se chocou com força contra o meu. Fui jogada no chão com um impulso tão grande que perdi o ar, e vermelho explodiu pela minha visão. Ele estalou os dentes junto ao meu rosto. Mal tive tempo de enfiar o bastão dentro da bocarra, usando todo meu esforço para mantê-lo afastado. Bile e saliva pingavam da boca da criatura no meu rosto, salpicando minha bochecha de gotas pretas. Os músculos dos meus braços tremiam de tanto tentar segurá-lo.

Uma silhueta surgiu ao meu lado e meteu o bastão na lateral do tronco do monstro. O ser guinchou quando a eletricidade se espalhou por sua pele, e o cheiro de carne queimada emanou das costelas esqueléticas. A criatura recuou em um pulo, rosnando, quando outro bastão piscou, eletrizado, à minha esquerda.

Jasmine e Celeste se posicionaram cada uma de um lado meu. Enquanto eu ofegava, tentando recuperar o fôlego, elas atacaram o anthropophagus com os bastões elétricos. Foram forçando o monstro a recuar passo a passo, mesmo que ele mordesse o ar entre elas e rosnasse. Celeste brandiu o bastão até ele se encolher, com uma careta, e voltar pelo corredor.

Jasmine aproveitou aquela oportunidade para bater a porta com força e trancá-la.

Com um guincho final, o anthropophagus fugiu pelo outro lado.

Por um segundo, ficamos todos parados, tentando recuperar o fôlego. Raj espreitou devagar pela beirada da bancada, lacrimejando.

— Obrigado — disse ele, dirigindo-se a mim com a voz quase falhando, e pigarreou. — Isso foi, *hum*... bem ousado.

— De nada — consegui responder, ainda ofegante.

— E o que vocês estão fazendo aqui, afinal? — perguntou ele. — Como encontraram este lugar?

— Fui eu que mostrei — respondeu Cole, da jaula.

Ele saiu e acendeu a lanterna, iluminando o rosto de Raj. O piercing dourado no septo cintilou e Raj fechou os olhos com força, se escondendo da luz.

— Cadê o Eli? — perguntou Cole.

— Cole? — perguntou Raj, entreabrindo um olho. — Você tá...

— Aqui? Vivo? É, apesar de você — retrucou Cole, e pigarreou. — Viemos atrás do antídoto para o Menthexus. Seria bom você fugir antes de outro anthropophagus aparecer.

Raj balançou a cabeça.

— É melhor você não descer. Quando arranjamos os telefones por satélite para pedir socorro, Eli decidiu que iria botar fogo nesse lugar... começando pela sala do seu padrasto. Ele quer destruir o antídoto, para não ter jeito de recuperar ninguém lá no Desert Bloom.

— Como assim, ele quer incendiar isso tudo? — perguntei, boquiaberta. — Mas... ele está no porão, então como é que vai sair?

— Tem uma saída de emergência lá embaixo — explicou Cole, estreitando os olhos. — Eu teria sugerido entrar por lá, mas fica trancado e só tem chave na sala do Hank.

— Ele me mandou subir para achar uns produtos inflamáveis para começar o incêndio — explicou Raj, apontando o armário de frascos que Celeste analisara antes. — Aí a luz apagou. Tentei me esconder, mas…

— Você ia ajudar ele a fazer isso — acusei, erguendo as sobrancelhas. Eu recuperara fôlego suficiente para me levantar, então aproveitei a oportunidade para me erguer acima de Raj, que ainda estava sentado no chão. — Qual é o seu problema? Sem esse antídoto, todo mundo que vocês drogaram no Desert Bloom vai passar o resto da vida como monstro!

— São carniçais — retrucou Raj. — Já eram monstros. A gente só deixou mais óbvio para quem não sabe olhar direito.

— A gente deveria ter deixado aquele troço te comer — resmungou Jasmine, revirando os olhos.

Antes que ela continuasse, eu interrompi:

— Escuta, estamos nos divertindo muito aqui, mas temos pouco tempo, então acho bom a gente ir andando. Deixa esse drama sobre carniçais serem cruéis e monstruosos para depois que encontrarmos a Val.

Celeste e Jasmine concordaram, e Raj logo disse:

— Vocês estão procurando a Val?

Ficamos paralisadas. Devagar, apontei o bastão para ele. Ele arregalou os olhos. Encostei o dedo no botão, mas não apertei.

— Você sabe de alguma coisa, não sabe? Cadê ela?

Ele levantou as mãos em um gesto indefeso.

— Eita, tá, vai com calma. Eu sei onde ela está, sim… ela atacou nosso jipe no caminho pra cá. Não sabia que a Val era carniçal até tentar arrancar nossas cabeças. Ela nitidamente não andava comendo, porque Eli conseguiu nocautear ela e trazer para o carro sem muita dificuldade.

— Ele machucou ela? — Jasmine exigiu saber.

Ela avançou, furiosa, até parar ao meu lado, com os dedos tremendo junto ao botão do bastão elétrico.

Raj se encolheu.

— Eu… eu sei lá! Olha, só sei que ela ainda estava respirando e que ele levou ela para o porão, com os outros anthropophagi. Não sei se ainda está por lá, mas estava antes de ficarmos sem luz.

— Vamos — falei, apontando a placa no fundo da sala que indicava a escada para descer. — Vamos ver se isso é verdade.

— Espera! — exclamou Raj, olhando freneticamente para nós quatro. — Vocês não podem me largar aqui assim!

— Tudo que vai volta, seu cuzão — resmungou Cole, baixinho, e fez sinal para a gente. — Vamos logo.

Celeste, Jasmine e eu nos entreolhamos antes de concordar e segui-lo em direção ao porão.

Se você estiver aí embaixo, Val, pensei, *estamos indo te salvar.*

vinte e um

O que se deve a um amigo
Se meu coração ainda bate
E o dele corre perigo?
Pele que é pó, durma pro mundo
Baby, prometo, te enterro lá no fundo.

— *"Monstro", No Flash Photography*

Fazia um silêncio sepulcral no porão do Centro B.
    Depois de deixar Raj no laboratório, encontramos a escada que levava ao andar subterrâneo. Ao descer os degraus, os gritos dos anthropophagi começaram a soar mais distantes — parecia que pelo menos dois tinham chegado ao térreo, além do outro ainda no segundo andar. Eu não fazia ideia de quantos restavam ali no subsolo, mas rezei para já terem se dispersado.
    Acabamos em um corredor comprido no fim da escadaria. Do outro lado estava uma porta dupla larga, ladeada por placas de alerta: CUIDADO AO ENTRAR. PERMISSÃO ESPECIAL EXIGIDA. ESPÉCIMES VIVOS. Havia três portas de cada lado, algumas entreabertas.

— Cadê a sala do seu padrasto? — cochichei para Cole.

— É por ali. — Ele apontou para a porta cheia de avisos. — Ele tinha uma espécie de... laboratório particular. Não se dava bem com o resto do grupo, mas mostrava resultado, então deixaram ele montar esse pesadelo.

— É aqui que mantinham os anthropophagi? — adivinhou Celeste.

Cole confirmou com um aceno.

— Com sorte, vão ter acabado com Eli antes de a gente chegar. Melhor, talvez tenham até se atacado entre si. Eles não parecem se opor a canibalismo, caso precisem.

— Nossa amiga talvez esteja aí — interrompi, irritada. — Você não tem empatia?

— Ah... é, desculpa — disse Cole, fazendo sinal para continuarmos. — Me sigam.

Nós quatro continuamos percorrendo o corredor de fininho, tentando ser o mais silenciosos possível. Meu coração ressoava até os ouvidos, e eu estava toda arrepiada. Todos os nervos do corpo pareciam faiscar ao mesmo tempo, elétricos na expectativa de que algo, qualquer coisa, me tocasse, para eu poder dar um choque. Apertei o bastão com tanta força que meus dedos ficaram brancos. Cada mínima respiração e movimento ao meu redor me fazia ranger os dentes.

Jasmine e Celeste, uma de cada lado, pareciam sentir o mesmo, considerando as lanternas baixas e os bastões a postos.

No fim do corredor, Cole segurou a maçaneta. A porta se abriu com um estalo e soltou um rangido agudo que quase fez meu coração arrebentar o peito.

Por um instante, ficamos parados no silêncio absoluto.

Nada aconteceu.

Cole fez sinal para continuarmos. Em silêncio, avançamos pé ante pé.

Assim que entramos, percebi que tínhamos chegado ao fundo do prédio, onde a abóbada enorme se erguia da terra. Do lado de dentro, eu via o brilho da lua diretamente acima de nós. Sua luz delineava o que antigamente era uma imensa estufa subterrânea, repleta de mesas enfileiradas e cobertas por plantas mortas.

— Ei — chamou Jasmine, cutucando meu ombro. — Olha ali.

Enfileiradas nas paredes estavam jaulas feitas de um material que parecia ser plástico, inteiramente transparentes para enxergarmos o que estava lá dentro. As portas, de grades brancas, estavam todas abertas.

Exceto por uma.

— Val! — gritou Jasmine.

Ela começou a correr, e eu e Celeste fomos atrás, desviando das mesas. O luar era claro o bastante para identificarmos com facilidade a silhueta desacordada de Val. Quando nos aproximamos, porém, senti um aperto no estômago.

Apesar de nitidamente ser Val, seu corpo tinha mudado. As pernas, antes curtas, tinham se tornado compridas e finas, deixando as rótulas expostas sob a pele emaciada e sem vida. O vestido amarelo estava rasgado, revelando parte das costelas, cujos ossos se sobressaíam. O rosto dela estava mais afundado e, apesar de ainda ter lábios, as feições tinham se tornado marcadamente esqueléticas. Veias pretas pulsavam ao redor dos olhos, e todos seus dedos alongados terminavam em garras pretas pontiagudas.

Ainda assim, ela respirava.

O que significava que ainda existia uma salvação.

— Vocês não deviam ter vindo para cá.

Nós nos viramos e juntamos os feixes das lanternas para iluminar Eli, de pé perto de uma das mesas da estufa, empunhando seu próprio bastão de choque. A pele dele brilhava de suor, e uma mecha de cabelo preto caía sobre os olhos. Ele tinha um corte comprido e ensanguentado na mandíbula e marcas de arranhão no braço esquerdo, rasgando as tatuagens e escorrendo sangue da pele até o chão, gota a gota.

Meu estômago roncou e manchas vermelhas começaram a forçar os cantos da minha visão. Recuei com uma careta. *Nossa, que fome.*

— Aí está você — rosnou Cole, e seus dentes se alongaram em presas. — Você me largou para *morrer*, depois de tudo que eu fiz por você!

Eli riu, tossindo, e levou um dedo à boca. Baixinho, falou:

— *Shiu.* Se fosse você, eu falaria mais baixo.

Com a mão livre, ele apontou para cima. Fique completamente tensa ao acompanhar seu dedo até as paredes altíssimas que levavam ao teto abobadado. Ali, a seis metros de altura, pendurados pelas garras, estavam dois anthropophagi. Um era grande, de aparência masculina e altura próxima de uns três metros, com cabelo preto desgrenhado e pele macilenta. O outro era menor, de cabeça raspada e pele enrugada, como se tivesse uns vinte anos a mais. Os dois nos encaravam diretamente com olhos enevoados. O mais novo passou a língua preta e comprida pelo que antes foram seus lábios, e soltou um leve silvo.

Meu coração foi parar na boca, e eu engasguei.

— É fácil provocar eles — disse Eli, mantendo a voz baixa, e apontou o bastão para as criaturas em um gesto preguiçoso. — Contive os dois com isso aqui, mas sei lá quanto tempo isso vai durar.

— Larga de enrolação — rosnei. — Cadê o antídoto do Menthexus?

— A sala do Hank é por ali — respondeu Cole, apontando mais uma porta aberta do outro lado do cômodo. — O antídoto fica em frasquinhos na geladeira ao lado da escrivaninha. Deve ter seringas para injeção também.

Eli balançou a cabeça.

— Não… não, vamos com calma. Ninguém vai usar o antídoto. Não enquanto eu estiver aqui para impedir.

— Você odeia carniçais a esse ponto? — perguntou Celeste, franzindo a testa. — A ponto de condenar um cara da sua banda e a garota que está paquerando há dias a passar o resto da vida como monstros?

— Eles já são monstros — retrucou Eli, apontando o bastão para Cole. — Ele contou pra vocês o que fez? Durante o Esvaziamento?

— Eli… — começou Cole.

— Ele matou a própria irmã!

Os anthropophagi rosnaram lá em cima, e um deles deu um pulo lateral, parando um pouco mais baixo na parede. Bile preta escorria da boca, e dava para sentir o fedor podre dali. Ficamos todos paralisados por um momento enquanto a criatura inclinava a cabeça de um lado para o outro, nos encarando.

Ele não se mexeu mais.

— Nem ouse falar de Melanie — rosnou Cole, rangendo os dentes, com o cuidado de manter a voz baixa.

— Você adoraria esquecer essa história, né? — cuspiu Eli, e se voltou para mim, para Jasmine e Celeste. — O Cole dilacerou a irmã todinha no meio de uma videochamada comigo. Fiquei assistindo enquanto ele devorava minha namorada ao vivo, sem poder fazer *nada*.

A voz fraquejou no meio da frase, e Eli se interrompeu, abaixando a cabeça. Esticou o braço que não estava machucado, com a mão fechada em punho, e secou os olhos marejados. Com a voz trêmula, acrescentou:

— Mal posso esperar para ver você sofrer metade do que ela sofreu, para finalmente ter o que você merece. É o que Melanie gostaria.

— Tira o nome da minha irmã dessa sua boca imunda…!

Lá no alto, os anthropophagi berraram. Mal consegui desviar antes de eles aterrissarem no chão, estalando ossos e articulações enquanto se levantavam, rosnando. Eu e as garotas recuamos aos tropeços, esticando os braços para nos proteger, e Cole e Eli soltaram palavrões, tentando se esquivar.

A criatura mais jovem se endireitou até assumir a altura completa e uivou. Com a língua preta pendendo da boca, ele se jogou em cima de Cole e o empurrou contra a mesa de metal com um baque. Eli gritou, e o mais velho atacou o rosto dele com as garras. A pele rasgou como papel-toalha encharcado, e o sangue saiu borbulhando, manchando a bochecha esquerda de carmim.

— Vamos! — falei para as garotas. — A gente tem que chegar na sala!

Elas concordaram, e nós três saímos correndo na direção da porta do outro lado da estufa. Pulamos por cima das bancadas, ofegando com os dentes cerrados enquanto nos esquivávamos e desviávamos pelo labirinto de plantas mortas e equipamento. Atrás de nós, Eli ia gritando cada vez mais alto, a voz ecoando pelas paredes em cacofonia aguda. Os bastões foram ligados, e lampejos de eletricidade azul iluminaram o ambiente.

No meio do caminho, algo imenso me atacou pelas costas. Gritei quando caí no chão e o bastão saiu voando da minha mão. Bati o queixo no linóleo e mordi a língua com o impacto, soltando o gosto de sangue forte e metálico. Garras afiadas afundaram nas minhas costas, perfurando pele e músculo. Uma dor quente subiu pela minha coluna, e eu berrei quando o arranhão se aprofundou, arrebentando nervos e tendões.

— Zoey! — gritou Celeste, derrapando até se virar.

Ela ergueu o bastão e o ligou, mas empalideceu ao iluminar o rosto da criatura.

— Não! — exclamou Jasmine, engasgada. — *Val*.

Estiquei o pescoço para trás e vi o rosto esquelético de Val me encarando, os olhos cor de mel enevoados por uma camada branca, as feições protuberantes e alongadas. A boca se estendia de um lado ao outro como um corte no rosto, e duas fileiras de dentes cortantes como cacos de vidro reluziam entre os lábios manchados de bile.

Ela jogou a cabeça para trás e soltou um uivo estridente.

Bom, pensei. *Foi ótimo conhecer vocês.*

Então, naquele instante, Jasmine meteu o bastão no tronco de Val, a atingindo com um choque. Val berrou com a voz repentinamente mais humana, familiar. Mais parecida com nossa amiga, e não com um monstro. Ela recuou de um pulo, choramingando.

Celeste me pegou por baixo dos braços e me levantou, enquanto Jasmine sacudia o bastão no ar, empurrando Val alguns passos para trás. Consegui apoiar os pés no chão quando Val soltou mais um grito e tentou atacar Jasmine. Ela mal teve tempo de se esquivar, e uma garra a acertou no ombro. Rasgou a pele, jorrando sangue pelo lado do corpo.

Minhas garras e dentes saíram do seu esconderijo. Aquela era minha oportunidade.

Corri, saltei e me joguei nas costas de Val. Ela rugiu quando envolvi seu pescoço com os braços e sua cintura com as pernas. Ela se debateu, tentando me derrubar, mas eu a segurava com força.

— Valeria! — gritei no ouvido dela. — Olha bem, somos as suas amigas! Você tem que lembrar!

Com mais um berro que fez o chão estremecer, Val estendeu a mão para trás e agarrou minha blusa. Soltei um grito, e minhas garras arranharam sua pele no processo — por sorte, superficialmente demais para romper algo importante. Val me arremessou pelo ar. Gritei, sacudindo os braços até parar com um estrondo, batendo o corpo com tudo em uma bancada de metal. Senti algo quebrar no meu peito. Agonia ardente se espalhava pelos meus nervos a cada mínima respiração. Gemi, sem consegui me mexer, caída em cima de uma pilha de terra e planta morta.

Ergui o olhar, estremecendo. O mundo parecia estar em câmera lenta enquanto Val vinha saltando em minha direção. Baba respingava de seus dentes, e ela erguia as garras manchadas de vermelho.

Uma silhueta entrou no meio do caminho bem a tempo e meteu o bastão bem no peito de Val.

O corpo de Val convulsionou antes de desabar, tremendo.

Celeste se virou para mim, o bastão iluminando seu rosto com o brilho azul-claro. Tinha gotas finas de sangue salpicadas na bochecha esquerda e uma marca vermelha ao redor do olho, que dali a umas horas definitivamente acabaria quase preta de tão roxa. As veias escuras que cercavam os olhos se destacavam, e os dentes e unhas eram pontas afiadas e mortíferas. Fazia muito tempo que eu não a via em forma carniçal completa, e algo nisso fez meu coração, já acelerado, bater ainda mais rápido.

— Tudo bem? — perguntou ela.

Balancei a cabeça em negativa.

— Eu... a costela, quebrei. Acho.

Enquanto eu falava, Val ergueu o rosto um pouco, gemendo. Ela piscou e, por um momento, achei ter visto a nuvem em seu olhar se dissipar.

— Val — chamei, engasgando, me encolhendo quando outro choque de dor ardida se espalhou pelas minhas costelas. — Por favor... somos suas amigas. Não queremos machucar você.

— Podemos te ajudar — acrescentou Celeste, em voz baixa. — Você só tem que deixar.

— Você não é um monstro, Val — acrescentou Jasmine, abaixando o bastão para avançar um passo, com a expressão doce. — Lembra quando falei isso, lá naquela festa em Aspen Flats? Nunca deixei de acreditar.

Val estava quieta, exceto pela respiração trépida. Devagar, ela começou a se levantar, e nós três nos encolhemos, tensas.

Até que, do outro lado da sala, um dos outros anthropophagi uivou. Val deu um passo para trás e hesitou.

Ela se virou e foi aos saltos em direção ao som.

Nós três arfamos ao mesmo tempo. Celeste estendeu a mão para mim e me ajudou a levantar, enquanto eu fazia uma careta devido à dor na costela. Ela pegou meu braço e o passou por cima do ombro, para que eu pudesse me apoiar nela.

— Vamos — disse ela, indicando a outra sala. — Enquanto estão distraídos.

Nós três mancamos o mais rápido possível, nos encolhendo a cada grito e berro que se faziam ouvir ali. Jasmine não parava de olhar para trás, e eu rangia os dentes, tentando me preparar para a dor que vinha a cada passo. Celeste ia oferecendo palavras gentis de encorajamento, mantendo-se firme ao meu lado.

Quando finalmente chegamos à outra sala, fechamos a porta com um estalido. Apenas Jasmine ergueu a lanterna — Celeste devia ter deixado a dela cair. A sala era grande, talvez o dobro do que eu esperava, e continha uma mistura das bancadas de metal do laboratório do outro andar e de equipamento tradicional de escritório, como uma escrivaninha e madeira pesada e um computador. Sobre a mesa estavam papéis empoeirados e fotos de família emolduradas — uma delas mostrava um homem, provavelmente Hank Niedermeyer, posando com duas crianças ruivas. Cole e a irmã, eu supus.

— Cole disse que deve estar na geladeira perto da mesa — falei.

— Entendido — confirmou Jasmine.

Ela apontou um cubo preto ao lado da bancada de metal e se ajoelhou para abrir a porta. Apontou a lanterna ali dentro, iluminando inúmeras fileiras de frasquinhos de vidro com etiquetas escritas à mão. Uma caixa de seringas estava presa à porta.

— Temos que ser rápidas — alertou Celeste. — Se precisa ficar na geladeira, talvez estrague logo.

Jasmine concordou. Ela virou a mochila e começou a enchê-la de frascos, intercalados com algumas bolsas térmicas geladas que ficavam no freezer da geladeirinha. Enquanto isso, Celeste me soltou e se ajoelhou para pegar um vidrinho e uma seringa da caixa. Enfiou a agulha na tampa e puxou o líquido de dentro.

— O que você tá fazendo? — perguntei, me apoiando, fraca, na escrivaninha de madeira.

— Te salvando de virar um troço daqueles — respondeu Celeste, e se virou, com a seringa na mão. — Me dá o braço.

— Você sabe usar isso?

Celeste deu de ombros.

— Teve uns meses esquisitos em que o plano de saúde ameaçou só cobrir meu estrogênio se eu usasse a forma injetável, então fui me informar. Assim, não faço a menor ideia da quantidade necessária que precisamos usar disso aqui, mas podemos começar aos poucos e injetar mais se não funcionar.

— Acho que não tenho outra opção — falei, estendendo o braço. — Vai nessa.

Mal senti a agulha perfurar meu braço antes de Celeste pressionar o êmbolo. O líquido que entrou era frio, e eu fiz uma careta.

— Pronto.

Ela jogou a seringa na lixeira mais próxima.

— Ei — chamou Jasmine, pendurando a mochila nas costas.

Ela desgrudou algo da parte interna da porta da geladeira e ergueu o objeto até a luz. Era uma chave, ainda grudada com um pedaço de fita adesiva.

— Será que isso dá na saída de emer...

Antes que ela concluísse a frase, alguma coisa bateu na porta. Todas nos viramos a tempo de ver a porta se escancarar e um corpo cair ali dentro.

Ensanguentado e largado no chão estava Eli, o rosto repleto de cortes e as roupas esfarrapadas. Ele foi se arrastando para entrar, puxando a perna que não conseguia mexer. A perna estava destroçada, com o osso exposto onde um pedaço fora mastigado. Ele gemeu, estendendo a mão trêmula.

— Por favor — implorou. — Ela vai...

Na mesma velocidade com que ele aparecera, uma mão cheia de garras saiu das sombras e o puxou de volta pelo tornozelo.

Corremos atrás dele o mais rápido que conseguíamos. Chegando na porta, Jasmine ergueu a lanterna e revelou que quem estava ali era Val. Ela arrastava Eli para trás, com a boca manchada pelo sangue dele. Eli arranhava o chão imundo enquanto tentava se segurar, mas Val era forte demais. Ela levantou a perna dele até a boca, escancarando a mandíbula e revelando as várias fileiras de dentes.

— Socorro! — gritou Eli, desesperado.

— Ah — disse Jasmine, erguendo uma seringa —, ele não merece *isso*.

Ela avançou e se jogou em Val, gritando.

Val desviou o rosto bruscamente da perna de Eli. Ela rosnou, deixando-o de lado, e tentou se esquivar. Jasmine permitiu que as unhas se esticassem em garras curvadas, os dentes afiados à mostra. Pulou em Val e afundou as garras no ombro dela para conseguir se segurar.

Val soltou um grito, tentando se desvencilhar. Porém, em um gesto fluido, Jasmine enfiou a agulha no braço dela e apertou o êmbolo.

A tensão se esvaiu do rosto de Val. Jasmine retraiu as garras, e Val cambaleou, piscando sem parar. A perna de Eli escorregou de sua mão, e ela se apoiou na porta.

— Funcionou? — perguntei.

Depois de um momento de tensão, Val ergueu o rosto para mim. Seus olhos não estavam mais enevoados e, lentamente, a cor começou a voltar a sua pele.

— Zoey? — perguntou, se virando para as outras. — Celeste? Jaz? O que está acontecendo?

Jasmine a abraçou.

— Ah, graças a Deus.

— A gente explica depois — falei.

A dor nas minhas costelas era tão intensa que eu senti que desmaiaria logo se não encontrasse algum alívio. Além disso, também sentia a umidade das minhas costas, que eu sabia vir dos furos sangrentos deixados pelas garras de Val.

— Temos que achar a saída — continuei. — Dar no pé.

— Vocês não vão para lugar nenhum, suas arrombadas.

Eli cuspiu no chão e se ergueu um pouco, apoiado em um braço. Estremecendo, nos encarou com fúria, o branco de seus olhos ardendo ao nos fitar.

Só vi o que tinha na mão dele depois que ele acendeu e iluminou o espaço: um isqueiro, queimando em laranja e azul, tremendo em sua mão. Ele usou o que restava de força para jogá-lo em uma das mesas. Um instante, e um estalo.

As plantas mortas explodiram em chamas.

O fogo se alastrou pela bancada, a fumaça preta se espalhando no ar. No chão, Eli riu enquanto via as chamas aumentarem. Do outro lado da sala, os dois anthropophagi uivaram, pulando para se agarrar à parede. Eles sibilaram, começando a escalar até o teto de vidro.

— Aqui! — gritou Celeste, apontando o fundo da sala, atrás de onde tínhamos encontrado Val. — A saída de emergência!

— A chave está comigo — disse Jasmine, estendendo a mão para Val. — Vamos!

Val e Jasmine começaram a correr e eu tentei alcançá-las, mancando. Celeste parou de repente, olhando para mim.

— Eu… Não dá… — Arquejei, segurando as costelas. — Dói, e…

Sem uma palavra, ela veio até mim e me pegou no colo.

— Não vou te deixar para trás — prometeu ela. — Nem agora, nem nunca.

Celeste começou a correr, me abraçando com força.

O fogo se alastrou com rapidez. Alimentado por tantas plantas mortas, as chamas cobriram as mesas de metal, faíscas pulando de uma folha para a outra, acendendo a sala toda em tons de laranja. O calor era sufocante, e tanto suor escorria pelo meu rosto, que encostei na camisa de Celeste. O ar foi tomado por fumaça, e Celeste tossiu, correndo atrás das outras garotas.

Assim que passamos pela última fileira de mesas, uma voz chamou:

— E… Esperem, por favor!

Paramos de andar. Caído em uma poça do próprio sangue estava Cole, apertando o tronco com força para conter o sangramento de uma mordida. Os olhos verdes brilhavam à luz do fogo, e sua pele estava pálida e doentia, salpicada de sangue.

— Por favor — suplicou ele, estendendo a mão. — Sei que fiz mal a vocês… Eu *sei* que é tudo culpa minha. Mas, por favor, deixem eu me redimir. Me levem junto.

Nós quatro nos entreolhamos. O corpo de Val estava começando a encolher, voltando ao tamanho natural, e seu rosto voltava a ficar mais carnudo. Todas a olhamos — afinal, era ela quem mais tinha sofrido por causa dele.

Ela concordou com um gesto leve de cabeça.

— Você vai ficar nos devendo, seu escroto.

— Sorte sua ela ser boazinha — grunhiu Jasmine, estendendo a mão para Cole. — Eu teria deixado você aqui.

Cole aceitou a mão dela, e Jasmine o puxou para levantá-lo. Ela e Val deram apoio a ele, uma de cada lado, para que avançasse mesmo mancando.

— Obrigado — sussurrou ele, com lágrimas nos olhos. — Obrigado. *Obrigado.*

Depois disso, corremos até a saída de emergência, enquanto o som dos gritos dos anthropophagi desaparecia atrás de nós.

Epílogo

Foi bom termos decidido salvar Cole, pois no fim só acreditaram nele quando decidimos contar a verdade às autoridades.

Voltamos de carro ao vale, onde imediatamente fomos interceptados pela Guarda Nacional, que por fim tinha conseguido conter a situação dos anthropophagi. Quando abriram as portas e nos encontraram sangrando dentro do carro, chamaram por socorro.

Assim que trataram nossos ferimentos o suficiente para nos deixar em uma situação estável, os paramédicos nos entregaram para a polícia, que nos manteve detidos por horas. Apesar da cabeça latejando, da dor no corpo e do quanto precisava dormir, parecia que a polícia precisava me fazer as mesmas poucas perguntas sem parar. *Como você soube da Farmacêutica Blackwell? Qual foi o envolvimento de Cole Greenleaf? O que ocorreu no centro de pesquisa?*

Quando finalmente nos liberaram, eu, Jasmine, Val e Celeste voltamos todas à cabana, mancando e em silêncio. Era estranho estar de volta e ver Celeste digitar o código da porta, como se ainda fôssemos garotas comuns, curtindo as férias em Desert Bloom. Nós nos revezamos para tomar banho, nenhuma querendo deitar com aquele fedor de sangue ainda grudado na pele. A polícia disse que precisariam voltar a falar conosco, mas que, por enquanto, estávamos liberadas para voltar para a cabana.

Cole não teve a mesma sorte. Afinal, como Raj e Eli ainda estavam desaparecidos nos escombros do incêndio do Centro B, e Kaiden também não tinha aparecido, só restava ele para assumir a culpa.

Quando finalmente botei o celular para carregar na cabana, recebi algumas mensagens dele. O sinal de telefone foi religado pouco depois da nossa conversa com a polícia.

Cole Greenleaf
Hoje, 5:22

oi, zoey

quis mandar mensagem já que provavelmente vão tirar meu celular daqui a pouco. parece que o FBI teve que ser envolvido. não deve ser muita surpresa, já que o ministério da saúde e a guarda nacional vieram por minha causa.

só queria me desculpar de novo por tudo que aconteceu. muita gente morreu ou se machucou e foi culpa minha.

não paro de pensar no que minha irmã ia querer que eu fizesse. ela não ia querer que eu estragasse a vida dos carniçais. acho que a culpa só era demais para eu aguentar de outro jeito, então deixei eli me dizer o que fazer, mesmo que melanie não fosse querer isso de jeito nenhum. ela ia querer que eu confessasse e tentasse consertar as coisas.

desculpa, de novo. você é uma garota legal mesmo. em outra vida, eu teria gostado de sair mais com você. mas parece que a celeste já está cuidando disso.

boa sorte, zo.

obrigado de novo. por tudo.

— Tudo bem? — perguntou Celeste quando eu ergui o olhar do telefone.

Fiz que sim, secando uma lágrima.

— Tudo. Só uma alergia no olho.

Ela apertou meu ombro de leve antes de ir tomar banho. Pouco depois, mesmo com a cabeça ainda a mil, consegui me deitar e acabei dormindo sem sonhar com nada.

O dia seguinte teria sido o final do Desert Bloom, se não fosse a quarentena. Acordamos tarde e vimos a mensagem de que o isolamento não estava mais valendo, e que todas as pessoas Vazias com sintomas anthropophagi deveriam ir à barraca do pronto-socorro para tratamento — provavelmente para o pessoal da vigilância sanitária usar os frascos que Jasmine levara na bolsa e entregara às autoridades. Sem a barreira, a estrada que saía do vale ficou imediatamente engarrafada, a fila de carros parecendo se estender por quilômetros a fio. Com a volta do sinal telefônico, fazia horas que não paravam de chegar novas mensagens no celular.

Uma delas, porém, se destacou.

Pai
Hoje, 11:31
Oi, Zoey. Eu e sua mãe soubemos do que aconteceu no Desert Bloom. As notícias dizem que o impacto nos indivíduos Vazios foi causado por uma substância, e não por uma nova variante do vírus, mas sua mãe ficaria mais confortável se você pudesse se hospedar na casa das Fairbanks por alguns dias depois que voltar, só por segurança. Enquanto isso, vou transferir dinheiro para sua conta, para pagar a comida e a gasolina. — Pai

Li a mensagem algumas vezes, sentindo meu corpo entorpecido. Celeste, que trocava mensagens com a mãe do outro lado da nossa cama, ergueu o rosto. Ela franziu as sobrancelhas.

Eu pigarreei, tentando controlar minha voz.

— Ei, *hum*… Tudo bem eu passar uns dias com você e com a Wendy quando voltarmos?

A expressão de Celeste se suavizou. Olhou de relance para meu celular, em dúvida, e eu virei a tela para ela ler a mensagem. Ela pegou o aparelho e leu, estreitando os olhos. Suspirou e o devolveu para mim.

Em seguida, sem nenhum aviso, ela se esticou por cima da cama e me abraçou.

— O que… — comecei.

— Claro — disse Celeste, com o rosto encostado no meu cabelo. — Você é sempre bem-vinda onde eu estiver.

Eu a abracei de volta. Os dias anteriores tinham sido um turbilhão de tantos baques emocionais que era estranho ser aquele abraço a finalmente me fazer chorar. Mesmo que não estivéssemos mais em quarentena e Cole estava detido, meu cérebro ainda tinha dificuldade de processar que a vida continuaria da mesma forma que antes. Jasmine iria para Yale; Val, para a Universidade do Sul da Califórnia; e eu, para a Universidade de Nova York. Até lá, voltaria para a casa dos meus pais, com as portas trancadas e jantares solitários e silenciosos.

Funguei, chorando.

— Vai ser esquisito passar o ano que vem sem você. Para onde eu vou quando precisar que alguém me diga que vai ficar tudo bem em Nova York?

— Bom... — começou Celeste, recuando o suficiente apenas para afastar meu cabelo castanho-escuro dos olhos com seus dedos compridos. — E se eu fosse com você?

Fiquei paralisada por um milissegundo, pois meu cérebro não conseguia processar o que ela dissera. Em seguida, me endireitei, arregalando os olhos, e abri um sorriso lento. Estendi a mão e a apoiei no joelho dela.

— Está falando sério?

Celeste deu de ombros.

— Por que não? Nova York é uma cidade ótima para o que eu quero fazer. Tem artista para tudo quanto é lado. Além do mais... — Ela fez uma pausa, acariciando meu rosto. — Acho que a gente montaria um cantinho legal. Dá para a gente arranjar um apartamento no Brooklyn, comprar um monte de plantas, emoldurar uns posteres bonitos, ver o que consegue comprar usado na internet. Essas coisas.

— Mesmo que eu passe quatro anos sem ganhar nenhum dinheiro? — questionei.

Celeste segurou a risada.

— Está pedindo para eu sustentar você com a minha grana, é?

— *Para* — falei, dando um empurrão no ombro dela de brincadeira. — Só estou falando... Não quero que você se mude para o outro lado do país do nada só por estar com pena de mim.

— Posso ser totalmente sincera?

Celeste se endireitou, cruzou as pernas e ficou bem de frente para mim. Ela tinha trançado o cabelo antes de dormir, e uma nuvem de fios ondulados brilhava em rosa sob a luz do sol ao redor de seu rosto.

— Eu ando me sentindo muito perdida desde a formatura. Todo mundo está indo para a faculdade, e eu estou só... à deriva, sei lá. Não faço ideia para onde ir. Los Angeles, Londres... nossa, até Milão, Berlim, quem sabe... Mas nada me atrai para nenhum desses lugares. Talvez o que eu precise não seja que um lugar me atraia.

— Mas e Aspen Flats? — perguntei, baixinho, começando a corar enquanto meu coração acelerava. — Sua casa, Wendy... Você não tem medo de sair de casa assim?

Celeste apertou minha mão.

— Talvez você possa ser minha casa, e eu possa ser a sua.

Meus olhos foram imediatamente inundados de lágrimas, e me joguei no abraço dela. Eu a apertei com força, afundando o rosto em seu ombro para tentar me impedir de chorar ainda mais. Comecei a concordar com a cabeça antes de conseguir falar, e finalmente soltei as palavras, engasgadas e chorosas.

— Sim — falei, recuando para passar os dedos pelo cabelo dela. — Sim, com certeza.

Eu a puxei para um beijo, e o cheiro de seu sabonete e xampu me envolveu em uma aura de flores, como se eu estivesse me deitando em uma campina. Sua pele sob meus dedos era macia, quente e levemente bronzeada pelos dias ao sol do deserto. Ela também me beijou, me abraçando e me puxando para perto.

Depois de um momento, porém, ela me puxou demais e acabou caindo de costas no travesseiro, com um gritinho.

Caí em cima dela, rindo, enquanto ela gaguejava:

— Desculpa, foi mal! Eu... eu não tenho, *hum*, muita experiência... ai, nossa.

O rosto dela estava todo corado, e foi bom, pelo menos uma vez, não ser eu com a sensação de que estava em chamas. Eu me levantei devagar e ajustei a posição, passando a perna para o lado até estar sentada no colo dela. Celeste cobria o rosto com as mãos, então eu me abaixei e a beijei no pescoço.

— Tudo bem, já te vi passar por vergonhas muito piores. Tipo, teve aquela vez no fundamental que você decidiu beber uma caixa de leite toda de uma vez, o mais rápido possível, para provar que não tinha intolerância a lactose, apesar de você *definitivamente* ter intolerância a lactose…

— Mudei de ideia, vou ficar na Califórnia — interrompeu Celeste.

Eu caí na gargalhada e gentilmente puxei as mãos dela para longe do rosto. Celeste estava corada das orelhas ao pescoço, com os olhos azuis arregalados. Acariciei o rosto dela com suavidade e me abaixei para beijá-la outra vez.

De repente, a porta do quarto foi escancarada, e Jasmine começou a dizer:

— Ei, boa notícia, decidiram… — Ela se interrompeu ao notar nossa posição, e bufou. — Ah, foi mal. Não sabia que vocês estavam sendo gays. Eu ia dizer que abriram a roda-gigante para tentar dar uma distração pra galera até aliviar o engarrafamento, então eu e Val vamos pra lá. Eu vim convidar vocês, mas parece que já têm outros planos.

Fiquei vermelha até combinar com Celeste e me levantei um pouco, de repente muito ciente de que ela estava entre minhas pernas.

— *Hum…*

— A gente vai sair daqui a uns cinco minutos, caso vocês mudem de ideia quanto à pegação ou sei lá — disse

Jasmine, acenando com a mão. — Enfim, divirtam-se! Usem camisinha!

Ela saiu e fechou a porta.

❦

Para nos poupar de passar mais vergonha, eu e Celeste decidimos nos juntar a Val e Jasmine na roda-gigante.

Naquele momento, o festival já tinha se esvaziado. Os artistas recolheram o equipamento e a maioria dos carrinhos de comida já estava fechada. Os últimos shows foram cancelados e, com o êxodo em massa, Desert Bloom perdera muito da energia caótica que o tornava o que era. O burburinho fora substituído pela brisa do deserto e conversas ocasionais.

Nas horas desde a fuga do Centro B, Val tinha voltado quase completamente ao normal. Os dentes dela ainda estavam um pouco mais pontiagudos do que de costume, e as unhas pareciam ser de acrílico, mas não era suficiente nem para a maioria das pessoas nos olhar torto. Porém ela definitivamente precisava de um cochilo, que eu supunha que ela tiraria no carro.

— Podem subir! — avisou o funcionário da roda-gigante, indicando uma cabine turquesa.

Nós quatro subimos, Jasmine e Val em um banco, eu e Celeste no outro. O funcionário fechou a porta e disse para aproveitarmos o passeio.

A roda começou a se mexer, e a vista do deserto se estendeu diante de nós. As árvores e os arbustos, tão do alto, eram apenas pontinhos, e as rochas vermelhas e as estradas marrom-claro que entravam e saíam do vale dominavam a cena. A fileira de carros engarrafados seguia para um lado, praticamente imóvel. Parecia que ninguém sairia tão facilmente de Desert Bloom.

— Está melhor, Val? — perguntou Celeste.

A amiga deu de ombros.

— Ah, sei lá. O melhor que dá pra ficar depois disso tudo, acho. Não sei se vou me livrar desse gosto de bile tão cedo. Acho que já escovei os dentes umas quarenta vezes desde que voltamos.

— O que será que aconteceu com os anthropophagi? — falei, admirando o deserto, levemente apoiada em Celeste. — Pelo menos com os que escaparam. Acho que talvez ainda estejam por aí.

— Na internet estavam dizendo que o FBI vai tentar investigar as cavernas ao redor do vale — contou Jasmine. — Para ver se estão escondidos lá.

Val abaixou o olhar. Eu tinha certeza que pensar naquilo a afetava. Ela cruzou e descruzou as mãos no colo, fechando os olhos.

— Parecia que eu só conseguia pensar na fome — confessou ela. — Mesmo sabendo que vocês estavam lá, eu esqueci quem vocês eram. Foi assustador.

Jasmine a abraçou, e Val se aconchegou antes de continuar:

— Nem sei como agradecer por não desistirem de mim. Sei que fui meio escrota nesses últimos dias, mas mesmo assim vocês continuaram do meu lado.

— É claro. A gente seria péssima se te abandonasse — argumentei. — Além do mais, se a gente não cuidar uma da outra, quem vai cuidar da gente?

— Exato — concordou Jasmine, massageando o braço de Val. — Fala sério. A gente escondeu um cadáver juntas. Literalmente. Não tem prova de amor maior que essa.

— Falando nisso... — disse Celeste, sussurrando tão baixo que eu mal a escutava em meio à música que tocava nos alto-falantes da roda-gigante. — Agora que isso tudo acabou... o que a gente vai fazer sobre o Kaiden?

— Honestamente, eu me sinto menos culpada por comer ele agora que sei que ele estava metido no plano de terrorismo doméstico da No Flash Photography — murmurou Jasmine.

— Ainda assim, a família dele merece saber o que aconteceu — sussurrou Val, começando a cutucar as cutículas, sem nos olhar. — Idem com o Eli e o Raj. Eles fizeram coisas horríveis, mas ainda eram filhos de alguém. Mesmo que tenham merecido, queria que as pessoas mais próximas deles pudessem ser informadas do que aconteceu.

— Acho que a polícia vai falar com as famílias do Eli e do Raj se encontrarem eles no Centro B — comentei, e fiz o possível para não pensar se era possível que algum deles tivesse conseguido escapar antes de o fogo engolir o lugar, mas meu peito ainda doía. — Quanto ao Kaiden... Talvez a gente possa dar uma pista anônima?

Jasmine e Val levantaram as sobrancelhas, e Celeste respondeu:

— Ah, é... A polícia deu um número de denúncia anônima para quem souber alguma coisa dos desaparecimentos de Desert Bloom. Dá pra gente aproveitar.

Abaixei a voz um pouco.

— O que você acha, Val?

Ela assentiu e finalmente ergueu o rosto.

— É. Acho que vai me ajudar a deixar isso tudo para trás.

— Sério — comentou Jasmine, apoiando o pé na trava da porta. — Que semaninha, hein? Monstros, drogas, assassinato... e a Celeste e a Zoey agora estão namorando.

Val se empertigou completamente.

— Como é que *é*?

Celeste e eu coramos. Olhei de relance para Celeste, e ela apoiou a mão de leve na minha perna. Fiquei ainda mais vermelha.

— A gente, *hum*, não chegou dar um nome — disse Celeste, com um sorriso tímido.

— Não acredito que vocês não me contaram! — reclamou Val, boquiaberta, e levantou as mãos. — Sou a última a saber? Sou, né? *Argh!* É nisso que dá eu virar um monstro e fugir para o deserto!

— Acabou de acontecer — murmurei, tentando consolá-la.

— É verdade — concordou Celeste, me olhando com um sorrisinho. — A gente ainda nem oficializou o namoro.

Eu pisquei com força, sentindo a boca seca.

— Você gostaria disso?

Celeste fez que sim com a cabeça devagar.

— Definitivamente.

— Ai, meu Deus, *não dá* — exclamou Val, quicando um pouco no lugar. — Que fofura! Espera, peraí, preciso registrar esse momento.

— Olha só o que vocês fizeram — resmungou Jasmine.

Val pegou o celular e o estendeu para nós quatro aparecermos na tela. Ela abriu um sorrisão e fez sinal da paz com os dedos.

— Digam *carnamoradas* pra foto!

— Não vou... — comecei a balbuciar.

Celeste me interrompeu com um beijinho na bochecha, que imediatamente me deixou vermelha como um pimentão. Jasmine mostrou a língua e deu uma piscadela, enquanto Val abria o maior sorriso do mundo. Em uníssono, as três disseram:

— Carnamoradas!

Val tirou a foto.

— Fofo! — disse ela. — Vou mandar enquadrar.

— Meu Deus do céu — resmunguei.

— Ah, fala sério — repreendeu Celeste, me cutucando na costela. Ela se aproximou para cochichar: — É um bom momento para ser lembrado, né?

A respiração dela esquentou meu rosto, e meu coração deu uma cambalhota. Enquanto Jasmine e Val se esticavam para ver a foto melhor, eu me virei para Celeste.

— É. Mas tem uma coisa que vai melhorar ainda mais.

Então, sob o sol do entardecer de verão, me estiquei e beijei minha melhor amiga, sentindo o coração dela bater junto ao meu. Pela primeira vez, depois de tanto tempo, parecia que tínhamos resolvido tudo.

E o futuro era todo nosso.